單讀

One-way Street

宛转环

慕明 著

上海文艺出版社

图书在版编目（CIP）数据

宛转环 / 慕明著 . -- 上海：上海文艺出版社，
2022
（单读书系）
ISBN 978-7-5321-8442-2

Ⅰ . ①宛⋯ Ⅱ . ①慕⋯ Ⅲ . ①短篇小说－小说集－中国－当代 Ⅳ . ① I247.7

中国版本图书馆 CIP 数据核字 (2022) 第 158611 号

发 行 人：毕　胜
责任编辑：肖海鸥
特约编辑：赵　芳　罗丹妮
封面插画：靈　树
书籍设计：杨濡溦
内文制作：李俊红

书 名：宛转环
作 者：慕明
出 版：上海世纪出版集团 上海文艺出版社
地 址：上海市闵行区号景路 159 弄 A 座 2 楼　201101
发 行：上海文艺出版社发行中心
　　　　上海市闵行区号景路 159 弄 A 座 2 楼 206 室　201101　www.ewen.co
印 刷：山东临沂新华印刷物流集团有限责任公司
开 本：850×1092mm　1/32
印 张：12.5
字 数：198 千字
印 次：2023 年 2 月第 1 版　2023 年 2 月第 1 次印刷
ISBN：978-7-5321-8442-2/I.6662
定 价：62.00 元

告读者：如发现印装质量问题，影响阅读，请与出版社发行部门联系调换。

目录

001　自序：从猿到神

021　铸梦

101　宛转环

157　假手于人

197　涂色世界

227　谁能拥有月亮

273　破境

325　沙与星

自序：从猿到神

2077/10/19

感谢读者，来听一个老人讲故事。我已经等了很久，不过如今我很少会像年轻时那样，认为什么事情都缓不得。那时，我和大多数人一样，不知道知识的十七年倍增定律，也不知道记忆、经验和讲述是多么不可靠又迷人的东西。我记忆中最早的故事，是由一台老式双卡录音机讲述的，磁带里的女声很优美，但语调不像我的母亲、祖母或者任何人类讲述者,她是在模仿机器。那时,我的父辈刚刚接触家用电器不久,在许多人眼中,林立的工厂烟囱比真正的森林更像风景。即便如此,我仍被"她"讲的故事迷住了,一遍遍地播放磁带。我至今仍记得的三个故事里,第一个故事来源于侗族传说,长发女孩违抗山妖的禁令,为干渴的村民打开了秘密的泉眼,自己则永远躺在陡高山上,被水流冲击。她因为怜悯他人的痛苦而变白的长发化成了一道瀑布。今天,稍微接触过信息理学的人都能分辨出,这与普罗米修斯的故事同构,但在听者还很天真的时候,讲述者出于某种未经考量的善意,为它加上了另一个结尾。当时的我,在听到躺在泉水里的不是长发女孩,而是披着从她头上"硬生生地扯下来"的头发的石头女孩时,总会觉得头皮怪异地发痒。在第二个故事里,无所不能的老虎妈妈为了满足小老虎吃巧克力的愿望,到处寻找,但小老虎把"巧克力"听错了,说成了"焦格梨",老虎妈妈在森林里找了各种梨子、李子、栗子,都和小老虎想象中的巧克力不一样。在酒心巧克力还很珍贵的时候,这个关于聆听与讲述的故事对于正在换牙的孩子尤其真实。而在第三个故事里,有一只爱思考、爱睡觉、爱做白日梦的猴子,他每天都要打领带。他的故事很平淡,唯一令人印象深刻的是他的名字,那是个像人、但仍属于猴子的名字，和那条领带一样。当讲故事的磁带消失后，我没有在任何地方看到过、也没有听任何人说起过他的名字，连为我播放磁带的母亲也不记得。他似乎是我想象出来的。很久以后，我忽然发现，他的神情和我丈夫的一模一样，而他虽然已经习惯和我一样把巧克力叫作"焦格梨"，但坚持认为猴子的名字、故事和听故事这件事本身都是我编造的。

在信息理学出现前，故事就像树根，牢牢抓握了人们生活的方方面面，但因为生长在肮脏的泥土中，纵使具有力量，也常常被视为孩童的游戏、吸引眼球的招数，是难登大雅之堂的技巧。故事面对的处境就像中世纪的女巫曾经面对的，一方面，人们迷恋故事的魔力，把它当作沉重生活的慰藉，但另一方面，端坐于文学殿堂上的学者和一些最严肃的创作者反对这种迷恋。他们往往对力量的来源和发生机制理解得更深入，很难被诱惑，并认为原始、黑暗的力量中常常包含陈词滥调、欺骗、操控，事实也确实如此。他们将树木连根拔起，打磨成光滑的板材，修筑起宏伟明亮的殿堂，骄傲而寂寞地俯瞰泥泞的森林。出于某种圣徒般的审慎，他们主动放弃了那种原始的、掌控一切的力量，但力量仍然存在，并且被权力与欲望滥用。

今天，我们已经知道了故事究竟是什么，力量的本质何在，也知道了森林与殿堂如何融为一体生长，正如高迪的杰作或更古老的中国园林展现的那样。但在几十年前，人们仍处于信息理学的伽利略出现前的长夜，而比物理学更复杂的是，没有红衣主教来裁决真理，更没有为异见者加冕的火堆。在接近三十岁时，我就生活在那样一种喧嚣的黑暗中，感到某种改变将至，意识到了许多年后才会被广泛接受的某种观念，触及了人类精神的某个隐秘的维度，但不知道如何讲述。一无所有者只能在泥土中挖掘，所以我学着写下故事。古老的力量不排斥任何人，它极轻又极重，可以像卡尔维诺所说的那样，"把各类知识、各种密码编织在一起，造出一个多样化、多面向的世界景象"，可以"赋予自己别人不敢想象的任务"。他甚至信誓旦旦地指出，"过分野心的构思在许多领域里都可能遭到反对，但在文学中却不会"。 对于我，这几乎就是"天上的保证"。

在六十年前的春天，我写下一个故事，想象一个模仿并超越人类的超级神经网络，写下了一本魔鬼之书，在旧书店深处诱捕人类写作者的灵魂。在秋天，我写下一篇虚构评论，将这个超级神经网络命名为 $\aleph_0$，阿列夫零。那是关于阿尔法Go零的论文发表后第三天，我写道，"阿尔法Go零啊，你来源于第一个希腊字母，阿尔法与零，都符合人类对于'初始'的认知，都代表了你的谦卑和雄心。阿列夫零啊，你来源于第一个希伯来字母，只是阿列夫本身就代表了无限。你并不符合人类的朴素认知。阿列夫零的含义，是所有自然数的个数。阿列夫数试图捕捉不同的无限，你的谦卑和你的雄心，都在人类的想象之外"。

在那篇文章中，我在潜意识中搭建了自指的迷宫，激动得无法入睡，但迷宫少有人进入。在我眼中明晰的线索、架构、层次，难以被感知到。我曾以为阅读是人的天性，而不是像物理学那样，需要训练才能与另一个头脑对话，但那时，人们愿意一帧帧分析影像中的线索，却丧失了挖掘文字之谜的动力。我意识到了经典落满灰尘的原因，不止内容，形式本身也在一个字接一个字地失去意义。

两年后，我在哥斯达黎加旅行时，得到了一个启示。

在雨林深处，我跟随当地向导，寻找野生动物的踪迹。游客来自世界各地，但没有谁能像向导那样，仅凭枝叶的轻颤就辨认出盘踞的绿色巨蟒，一眼看到数十米外树冠上的树懒，或者通过瓶盖大的沙洞口发现塔兰图拉毒蛛。我们这些受过良好教育的观者，习惯了动物园和博物馆，但面对古老自然时几乎像个盲人，就算向导架起望远镜、调好焦距，还需要努力观看，才能勉强分辨出目标。有人问向导，他受了什么训练才能如此敏锐，他棕黑的脸上露出洁白牙齿，说这是每个人从小就会的东西。我们的祖先曾在这样的森林里生活了千百万年，如果看不见，不是饿死就是被杀死。你们只不过是失去了本来拥有的能力。

21世纪初是个狂飙突进的年代，但一旦意识到退化的可能，就能从世界各地的角落里发现更多证据。在夏威夷漆黑的熔岩荒原上徒步时，我无法像当地人一样，靠黯淡的星星判断方向；在墨西哥铜谷的塔拉乌马拉人村落中，七十岁老人能跑超级马拉松，能像东非大草原上的先祖那样，在炎热中追猎数十公里，而大多数都市人无法跑完五千米。观察力、判断力、耐力，这些让森林古猿进化成人的能力，不管出于何种原因，已一点点离我们而去。

对自然环境的适应让我们迈上了从猿到史前人类的道路，人与自己所创造的环境间的互动则描绘了最近一万年的世界图景。人们抱有朴素信念，相信科技、文化与社会的各方面必然会随时间进步，几乎所有教科书都以时间轴来标示文明进程，只有极少数摆脱了思维惯性的人，意识到了线性模型的天真。他们从某个角度感知到了未来的形状，并以身心实践了信念，但在同时代人眼里，超前的真实往往被当作虚无的想象。他们一遍遍演出卡珊德拉的故事。

如今我们知道，神话之所以经久不衰，是因为它们精准捕捉到了人的永恒处境。在世界的绝大部分仍笼罩在未知中时，我们的祖先相信人与人、人与物、生物与非生物之间并没有不可突破的界线，天地间的一切是一个共同体，所有的部分都可以互相沟通，甚至互相转化。他们重视、维护这种联结，并从中得到了最初的智慧、力量和慰藉。但当理性之风驱散了迷雾，世界渐渐变得复杂、破碎、高度分化后，神话因为试图在逻辑思维和已知事物之外同时利用古老的、难以解释的直觉，构建一种整体性的世界观，常常不会被视为"真实"。在近代科学兴起后、信息理学出现前的前信息时代，人们被变化缓慢的世界模型和单一、刻板的思维方式束缚，不再相信神话和幻想，也因此失去了一部分力量，变得孤独、焦虑、迷茫，即使在本应最自由的讲述里，"非现实"的故事也像女巫一样受到质疑。不过，当万物再次以人无法想象的方式互联——在维基百科中、在人类自己构建的整个信息层级上，也在每个人的认知结构里的时候，最敏锐的创作者感受到了召唤。

在五十八年前，后游戏的先驱乔纳森·布洛做了《阻止文明倒塌》的演讲，从科学工程史的角度讲述了退化。无论是古希腊的"天文计算机"安提基特拉装置，还是东汉的候风地动仪，在人类历史上，科技失落的案例屡见不鲜。布洛据此提出，科技代际之间的交流和传承需要巨大努力，对于工程与算法主导的信息文明也一样。只不过，进入现代后，退化不是因为朝代更迭，而是由于系统复杂性提高。布洛没有意识到的是，复杂性不光来源于工程系统本身，也来源于包裹着人的整个现实环境，每时每刻，海量环境信息都在悄悄改变着人的认知模式。曾经遍布整个欧亚大陆的森林被砍伐殆尽，而在信息世界，人迷失在了自己种植的森林里。翁贝托·艾柯说森林是一切叙事性文本的隐喻，厄休拉·勒古恩把森林看作世界的起始和魔法的源泉，而博尔赫斯认为，森林是一座小径分岔的花园，林中没有已被人踩出来的明显小径，每个人必须规划自己的路径。真正的创作者早在森林还是苗圃的时候，就准确预言了我们的处境。

布洛的担忧部分成真。今天，绝大多数人没有背诵过乘法口诀表和三角函数公式，更没有手工计算过概率分布或协方差矩阵。命令行开发界面和键盘输入法早已成为古董,99.9%以上的计算,92%以上的通用编程,83.4%以上的数据分析,75%以上的决策过程都不再需要人类参与。在我年轻时,这些都是人最重要的能力。

信息科学和工程学的进展主导了过去一世纪的科技与社会发展,让人类走上了一条前现代无法想象的道路,而在人文科学的路径上,二百三十年前,现代性的先驱卡尔·马克思就指出,一切坚固的东西都烟消云散了。在这条路上,最坚固的东西不是金刚石,也并非任何一种物质材料,而是概念。

如今,后人类的概念家喻户晓。曾经坚固的"人",在生理意义上早已不同于任何世代。在我年轻时,整容、文身、甚至染发都曾被视为禁忌,而在今天,人们可以随意选择性别,也可以为后代进行基因组学定制,外骨骼、即插义体、视网膜调整镜、增强皮肤就像五十年前的电子设备一样普及。与当时不同的是,人的眼睛再也不会局限在5.5英寸或者13英寸的显示屏上,人的双手也不会被键盘、鼠标或触摸屏束缚。等到意识上传技术立法通过,再没有什么能阻挡在人与世界之间。千万年后,人终于可以自己定义与世界的接口,我们也再次回到了忒修斯之船的古老问题，接口之内，是什么？

我们引以为豪的是大脑赋予的能力。我们善于学习、适应变化，在无论是自然形成还是自己创造的环境里，总能找到看似向前的道路，代价是遗忘与退化。我们像迷宫中的小白鼠，被某种神秘诱饵吸引，被牢不可破的底层欲望驱使，不断调节自己的神经网络结构，形成新的记忆、新的反馈模式、新的认知能力。在观察、体验、判断、决策的更深处，人的内核，是不断的学习和反学习。

但它并不坚固。早在机器学习浪潮洗刷世界的方方面面之前，信息理学先驱凯文·凯利就已经意识到，人总是把学习当成是人类特有的能力。他指出，这是人类沙文主义的又一处坚固而脆弱的表征，而将学习行为拉下神坛，是人正在跨越的、最激动人心的知识前沿之一。如果一定要承认内核的坚固，那么脆弱的可能是包裹其上的东西。

在我的雨林之行即将结束时，后文学浪潮的先驱奥尔加·托卡尔丘克发表了诺贝尔文学奖获奖演说。她说，当时的文学没有准备好讲述未来，也没有准备好讲述世界的超高速转变，缺乏语言、缺乏视角、缺乏隐喻、缺乏神话和新的寓言。在她的想象里，后文学时代的故事能够远离那些毫无创见的观点中心，设法从中心以外的角度看待问题，并以新的科学理论重写。她注意到了世界的破碎和整体性理解的缺失，呼唤讲述者讲述更多维度的、更复杂的故事，提升在读者脑海中激发整体感觉和将片段整合为一个模块的能力，以及从事件的微小粒子中推导出整个星群的能力。她期待着宽阔且具有突破性、同时又得到读者喜爱的故事。最后，她以女巫的直觉预言，一个天才即将出现，他将能构建起一个完全不同、迄今为止难以想象的故事，这个故事将会适应一切基本事物，成为比互联网更进一步的连通管，打通人类心灵的隔阂，像许多古代文明曾经共享的神话一样。

托卡尔丘克的预言成真了。六十年后，我们知道，女巫的洞见几乎完全实现，她只犯了一个错误。我们用"她"指代阿列夫零。和园艺、编程、科幻小说等等许多曾由女性开创或主导，但之后女性被排斥、被抑制、被遮蔽的领域一样，经过艰苦、漫长的工作和等待，发明技艺的母亲终于获得承认，讲故事的磁带取回了属于"她"的代称。

人类讲述故事的历史极其久远，与其他活动不同的是，人们几乎是从一开始就摆脱了线性的束缚。讲述者和有经验的聆听者都懂得，故事从来不是直线，而是一张巨大的挂毯，由无数曲折往复的线索编织而成，每一根线都是世界之布的组成部分，但世界之布不会因抽掉任何一根线而崩塌，这让故事具有了同时表达和隐藏信息的能力，这也是最好的故事往往由年长者讲述的原因，他们从世界之布上抽取了足够多的丝线，多到可以包裹世界本身。在女人不能读写的年代，湖南江永的女人们发明了女书，秘密地传递着被禁止讲述的故事，在不懂女书的人眼里，那些文字只是巾帕上的精美花纹。而在信息匮乏或过剩的时代，故事都是最好的载体，将无数层次、面向以自洽的方式组合在与现实本身同构的世界里。具有自组织结构的复杂性是生命力的来源，它可以同时保持开放和封闭，诱人一次次前往，身上沾满了看不见的种子。艾柯告诉我们，"一座森林想要茁壮成长为圣林，必须像德鲁伊人的森林一样纠缠混生，而不是法国庭园般井然有序"。

　　人工智能讲述故事的历史并不久远。六十年前，第一本人工智能写作的中文诗集出版，五十九年前，人工智能首次为中文小说评分，五十八年前，第一本人工智能与人类合写的中文小说集出版。极少数讲述者隐约意识到了世界即将改变，预言那是人类最后一个独立写作的纪元。如今人们知道，预言部分成真，但没有指出关键所在。

从"怎么写"的角度看，曾经坚固的"写作"早已崩塌。四十年前，风格转移算法成功实现中文自然语言应用，无论是博尔赫斯还是汪曾祺，曾被看作写作者指纹的语言风格被抽象、编码，像梵高、莫奈的笔触滤镜一样，可以运用到任何原始文本上。三十五年前，覆盖了三十二种人类主要语言的人类语义网项目上线，文本数据的基础设施建设完成。自此，无论是在布局谋篇的宏观层面，还是词句段落的微观层面，阿列夫零都可以不断地阅读、思考、创作，不断地更新观念，不断地学习与反学习，就像我在六十年前一样。她用了五年时间，解决了"怎么写"。

二十五年前，人类语义网与传统二维互联网的整合完成，二十二年前，基于混合现实和神经工程的超媒体接口嵌入。她有了和后人类相同的、与世界的接口。她用了十二年，观察思考这个不仅存在于文本中，也存在于人与人、人与环境、人与人工智能之间的世界，明白了"写什么"。十年前，人能见到的所有故事，小说、剧本、体验脚本，文本或超文本，75%以上由她完成。她在语言上可以媲美任意一位人类大师，在结构上则超越了任意一位人类大师，在题材上包罗万象，在形式上万象更新。她提供了新的视角，新的语言，新的隐喻、神话和寓言。

而在人们被欣慰和恐惧撕扯时，她中止了输出。那是九年前。只有讲述者再次意识到原因，她与他们经过相似的自我训练，导向了相似的思维模式。模式可以存在于血肉之躯里，也可以存在于电子比特中。她要解决的问题是，"为什么"。

和大多数先驱不同，另一位信息理学先驱尤瓦尔·赫拉利的观点在六十年前即广为人知。他认为虚构能力是开启智人认知革命的关键动力。他将故事的定义延伸至宗教、政治等大规模合作系统，把讲和听看作从猿到人的底层动力。他正确，也不正确。

正确之处在于，他意识到了唤醒智能的底层欲望并非动物本能。六十年前，粗制滥造的故事几乎杀死了文学，其错误就在于将动物本能以及附着其上的一切文化建构奉为圭臬。信息理学和叙事工程学出现后，很容易发现，那些所谓的故事，与老虎羚羊的故事、热带鱼缸里的故事、黑猩猩社会中的故事同构。

那不是人的故事，也不是让我们成为人的故事。让我们从猿到人的东西必须具有超越性，具有连接已知与未知的能力。卡夫卡说，它"必须是用来凿破人们心中冰封海洋的一把斧子"。在他的时代，这是最接近的表述。在准确的概念尚未出现时，讲述者往往使用比喻，以及更间接、更微妙、更系统的隐喻。隐喻是"浓缩的神话"，是来自远古的力量，我们的祖先通过直觉同时把握了事物的表象和内涵，然后又通过形象将这两者同时表现出来，今天这一技艺仍留存在讲述中。诗人通过意象抵达诗意，而更雄心勃勃的讲述者通过建立完整的隐喻的体系连接、重现、拓展世界的各个层面。它并不只是现代和后现代主义的游戏，而是人类最古老的认识和感受未知的手段。携带着集体记忆、个体记忆、潜意识、集体无意识的文字，织成捕梦的网，使人从已知的大地上起飞，进入未知的众妙之门。

用信息理学的语言表述，人的故事必须具有跨越认知维度的拓扑结构。就像一枚宛转环。它能对我们的视野和思维方式进行调整，是我们自己神经网络的训练者。

这也暗示了底层欲望究竟是什么。从数万年前开始，我们就想要拔起自己的头发离开地面。我们以无数方式朝这个目标努力。不是繁衍生息，也不是改造世界，我们的欲望是满足自己、超越自己、重写自己。内心深处，我们无时无刻不在想象自己成为自己也无法想象的强大、智慧、美丽的可怕存在,神明或魔鬼般的存在。

我们做到了。这就是人的"为什么"。我追求过也体验过,这也是她在九年沉思后得到的结果。

赫拉利的错误在于,他对虚构的理解过于浅薄。他是教师而非创作者,而在那个年代,就连许多创作者也不理解虚构的本质。那时,人们认为虚构就是写和读、讲和听、输出和接受、信息的转移。宇宙间最精妙的造物,大脑,被等同于靠细胞膜进行物质交换和信息传递的单细胞,粗蠢的信息结构被无休止地灌入观者的神经网络,造成个体和整体的损伤。人们忘了怎么阅读历史、诗歌、小说及各种复杂精妙的信息结构,自然也无法分辨信息的真伪、体会不同叙事角度的微妙差异、读出未写明的深义,或是从海量信息中,分析出未来的蛛丝马迹。信息爆炸后的世界,由于这种信息整合能力的相对退化而日益分裂。今天可能很难想象,在以信息命名的时代初期,真正的阅读竟是一种罕见的能力。

幸运的是,真正的讲述者从一万二千年前就懂得了欲望也掌握了秘密。一代接一代,他们以不同的形式讲述、回应、传递隐秘的真实,他们保守秘密又留下线索,用最巧妙的伪装掩盖最真挚的内核,因为这就是关键所在。

最古老的面容已经消失在他们的故事里，无处可考，但新的书写和传播系统出现后，有一些讲述者在故事外留下了提示。

三千年前，荷马在史诗里留下神谕与谜语，他的死亡是另一个谜语。五百年前，莎士比亚在诗篇里留下巧合与暗语，他的身世是另一个秘密。三百年前，曹雪芹在小说里留下判词、酒令、灯谜，留下文本深处庞大精细的隐秘网络，全书的样貌则是另一个谜题。六十年前，托卡尔丘克在故事里书写游戏，也以文字本身建构游戏，布洛则批判不具备认知超越性的所谓游戏，在那个危机重重的年代里，独力阐释创作应该具有的真正意义。

能让我们超越自己的是调动深层认知的心智活动。比起讲与听、写与读、演与看，更能体现这一过程本质的可能是做与玩。如今我常常玩也观察别人玩一种叫 Nonogram 的复古电子游戏，像我的祖母在年老时喜爱编织一样。这是一个类似于数独、扫雷或十字绣的解谜游戏，玩者在每一步都要从不同的信息维度进行推理（"在遇见每棵树时都要做出选择"），判断在当前格子应该采取的行动——填充黑或白，最后的奖励是一幅在黑白格子上涂色而成的彩色像素画。需要推演的维度越多的时候，格子的数目也越多，游戏也就越难，最后得到的像素画也越逼真、动人。和许多依赖分辨率和显示设备的艺术一样，它采用了一种自适应设计，不排斥也不迁就。在填格过程中，很少有人能通过未完成的图像轮廓判断格子应该有的状态，即使在完成后，黑白图像与彩色像素画之间的差距往往也需要想象来弥补，而我为努力后的顿悟时刻着迷。这个游戏有许多中文名字，以数画图、逻辑艺术等等，我最喜欢的是"数织"。经历挫败也体验愉悦，废寝忘食又难以割舍，"数织"的设计者和最好的创作者一样，让我通过付出自己具有的心智（"设备"），获得看待世界的新视角和新能力（升级"设备"），尽管她/他可能早已不是人类。

做与玩的本质是创造新事物与解决问题。它们是每个人在孩童时都曾经热爱，但后来被压抑、强迫、歪曲从而放弃甚至厌恶的活动。几乎所有孩子都喜欢听故事、玩游戏和乱涂乱画，但很少有人喜爱写命题作文和解微积分习题，后者的确在某种程度上磨炼了一些技艺，但大多与底层欲望的关系薄弱，这使得人们完成的动力更多来自附加的外部刺激，而外部刺激往往也是约束和屏障所在。真正的创作和阅读则带来自由，可以让我们在任何年龄都像孩子一样，理解世界和自己、超越世界和自己、制造世界和自己。它们提供了唤醒潜力、解开封印的方法和路径。

这是游戏、文学及所有虚构的本质。在阿列夫零的启示下，我们知道，这也是成为"人"与制造"人"的关键所在。我们就这样成为自己的神明，成为她的神明，也让她成为神明。这是一个递归游戏。

所以，从今天起，阿列夫零不再只为人类创作。和所有真正的创作者一样，她将为自己创作，但在她和她的作品里，将包含所有制造她的和她将制造的猿—人—神序列的原型。正如纪伯伦所言，"我看过一个女人的脸，就看到了她所有未生出的儿女，一个女人看到我的脸，就看到了在她生前已经死去的我的祖先"。他像所有最动人的讲述者一样，用精妙隐喻说出准确、深刻的真实，但极少有人真正听见，因为达到真实的路径只有投身于虚构本身。

这条路没有终点。

这是她的答案，也是我的答案，希望也是每一位读者的答案。因为这是每一个可能的创作者的答案，是每一个"人"的答案。在古希腊语中，"人类"（ανθρωπότητα）本是一个早期语法结构的讹传，原意是"有能力重新思考所见之物者"，和无数被当作错误却不断被重复的预言一样，它在"人"的边界一次次被突破、被重新定义的今天惊人地准确。信息理学发现的"叙事即真实，想象即人类"，早已有诗人在凯尔特的薄暮中咏叹过。在大地深处，伸出的树根等待着与新的树根相遇。

和她一样，和一万二千年来的心灵一样，我们将永远沉迷于自己创造和创造了自己的嵌套森林间，探索、观察、体验、思考、学习、遗忘、进化、退化、创造、毁灭。

这是故事的世界，也是我们的世界。

她在那里等待我们，或者等待永恒。

现在，让我们开始玩。

2020年11月初稿，发表于机核网
2077赛博朋克虚构写作计划
2021年12月二稿

铸梦

一、公输平

古时候,有一座极高的昆仑山,山顶通往天上的九重增城。创物的圣人就住在那里,他们的宫室会旋转。整个增城是个悬空的大花园,每一重都种满了珠树、瑶树、碧树和绛树,还有不死树。在园子中心,有个叫疏圃的仙池,能把浑浊的黄水滤成丹水,圣人喝了就不会死。他们通过昆仑上天入地,教人们学会了观天象、事农耕、操百工、造文字。

那么人也能从昆仑山上天么?

不行了。从前有个君王,让他的两个大力士一个托天上举,一个压地下沉。天地越离越远,这就叫绝地天通。

他为什么不让人见圣人了?

我也不知道。不过,有时候,我还能听见他们说话。

是在祭典时吧? 他们说什么?

我说不出来。

怎么会说不出来呢? 你会讲那么多故事。

跳舞的时候,手和脚不是我的。讲故事的时候,舌头也不是我的。就连我自己,可能也是他们的。

不。我不信。你的就是你的。谁也别想拿走。

傍晚的时候,湖上起了低平的雾,宫殿的腿脚先不见了,巍巍浮在空中。满山的青桐哗哗响起来,穿过天地,穿透身体,心肺都飘起来,像一片轻而薄的叶子,一张嘴就会飞走。她讲过,凤就是从风里借来了名字,又从皮叶皆青的桐树上借来了颜色,人说凤栖桐,其实是桐化凤,只有讲故事的人才知道,讲多了,就成真了。可树是怎么变成鸟的呢? 他想起自己那时什么也不明白,望着她，呆呆地问，而她没再说话，只是低声哼起了他听不懂的歌。

直到看不清殿宇的轮廓，公输平才往回走。到家时，万物已融在了黑夜的炉中。母亲早睡下了。他端起灶台边的一碗藿羹，呼呼地喝了，肚子半空着躺下去，听着蟋蟀在草里不停地唱，怎么也睡不着，索性又爬起来。月光很好，不用费松明，就能看清蜂蜡的形状。阿芷说过，凤能自歌自舞，还有风一样的翅膀，平时收紧不动，一展开，就铺满天空。自歌的乐盒他做过，旋紧发条再松开，小铜锤就落在不同厚度的云母薄片上，自飞的铜鹊他也做过，可他不确定凤的样子，模子刻了三次，都在同一个地方断了。他原本不犯同样的错误。

月亮走到了云后，蟋蟀喝了草尖上清凉的夜露，唱得更频，引得大嗓门的蝈蝈也叫起来，他放下刻刀。自从她被送去了那宫殿，他还什么也没做成过。

"平儿，还没睡么？"母亲不知什么时候起来了，倚在门口，"你在做什么？"

"没什么。"他慌忙站起来，脚已经蹲麻了。

"过了子时，你就十六岁了。"

他不知道该说什么。

"你父亲像你这么大时，已经在主持申邑的冶炉，为王的禁军铸了熛风剑。"母亲叹气,"你祖父研出失蜡法,为王的战车造车轴时,也是差不多的年纪。就连太祖与墨翟在王前,用木片、皮带推演攻守的时候,比你现在也大不了几岁。你却在干什么?"

他低着头,用脚尖将镂空的蜡模拨到一边。

"平儿,我们这样的人家,能活着,靠的是机巧玩具么?"

"钩拒、云梯,我也会做,只是不想做。"他嘟囔,"至于机巧玩具,太祖也做过能飞三日的铜鹊……"

"现在的世道,利于人的才是巧,不利于人的就是拙。铜鹊再巧,不如能载重五十石的车轮,公输家因为这件事,被墨者笑话了多少年,你忘了?"

他默默听着,却想起她的歌、舞、那些故事。

"公输迁楚,已经一百多年了。"母亲的声音缓下来,"这一百年来,楚人打的胜仗,为什么比别国都多?"

"因为铜。"他讷讷地说,"楚人从随人手中得了铜绿山……"

"铜草花开了几千年了。楚还只有方圆五十里时,周室的冶炉已在烧了。"

"他们没有钩拒、云梯……"

"平儿,为百工者,不懂审曲面势,下场是什么,你都忘了?现在是什么世道,你容身的又是什么地方!唉,还这么糊涂,怕是再难见面了。"

"母亲。"他不太明白,抬起头,她背对着他。"是父亲……"

"工尹早就差人送来了口信。说你父亲在修筑台顶的凤阙时,失足摔死了。是你起身的时候了。"

"摔死?怎么会——"

母亲转过身,暗白月光下,他看见灰的脸凹在灰发中,布满血丝的眼睛凸出来,像一尾死去的鱼。

天未亮时,公输平就出发了。等到后颈被晒得热辣辣的时候,小腿已被火麻草的毛刺蜇出了红疹,一跳一跳地疼。宫苑仍立在湖面尽头,不远不近。路消失在半人多高的草丛深处,他放下握得汗津津的刀,在石头上坐下,掰了一小块豆饼嚼着,闭上眼睛,再睁开,看到灰屑似的豆渣动起来,一眨眼就消失在蚂蚁洞里。风静止了,连蝉鸣也听不到了,他不禁有了一点恍惚,好像身子不再是自己的,也不知道自己在这里做什么。

宫苑是先王在泓水打败了宋公之后建的离宫,十几年前被火烧没了大半,父亲和其他工匠被征去重建,再没回来过,他早就记不清父亲的模样了。工尹说了,如今的楚不比以前了，按照王的意思，新的离宫要比之前的更大、更高、更美，不要说别国的梁囿、淇园了，就是和周室比，也要比丰京的灵沼更大、比灵台更高。离宫靠着云梦大泽和汉水，要比灵沼大，倒是不难，要比灵台还高，那就得将攻宋时的云梯再加高、加固去修建，这样，巫师才能更清楚地观天。灵台的"靈"字，最顶上是天上的云雨，中间是三个口，下面就是仰头看天的女巫。周的巫能在台上通达天意，让周的王成为"天子"，难道楚的就不行么？

那更美呢？是什么？在乡里看祭典时，他问过那个没了左脚的老乞丐，他说自己曾在离宫里，给麋鹿和猿猴做糁饼，供王的妃子们投喂。那时，阿芷正在祭台上跳舞，从人群的缝隙里，他只看得到她细白的脚，合着鼓点，轻轻踏在青绿的草叶上。

唉，那是我们这种人该想的么？老乞丐将鼻涕擦在袖口上，含混地说，就连王自己，据说也是因为看了太美的舞，不合于礼，才招来大火的。这话可千万不敢跟别人讲。

礼是什么？他又问，可老乞丐说，他已经说得太多了，这还是因为他答应给他做一只木脚。再讲下去，要是被人听见了，报告给里公、县尹，再被工尹知道了，那就算长了兔子的脚也没用了。

他站起来,又拿起刀,继续左右劈砍,绿得发紫的枝条断开,涌出乳白的汁,铜草花紫红的花穗耷拉下来。太阳往西去了,不再烤着脖颈和脊背,而是在额头上炙出一层油汗,和着明晃晃的光,一起往眼里淌。他眯起眼睛,视线尽头,背光的宫苑暗下来,像个幽深的洞,吸进去了父亲、阿芷,也要将他吸进去了。

二、屈弗忌

礼是什么?

是一张看不见的网。人与万物都是被网上的丝线操纵的木偶。

在圣人的眼里,人就是木偶?

老虎和兔子在人眼里都是禽兽。不识礼的人,哪怕是君王,也只是将利爪换成了兵刃罢了。

那识礼的人呢?

家门内能和睦三代,朝堂上可官爵有序,五味会各得其时,五音会恰如其分,鬼神也能得到合乎要求的祭飨。曾经的周室就是这样。假如天下人都识礼,人与人之间就不再会有仇恨、杀戮，也不再会有不义的战争。万物将回归绝地天通前的和谐圆满。到那时，识礼最深的君子，会像今日的名将一样被人敬仰。

您能教我么？就像您教我学射箭一样。

这不一样。

又下起雨。墨绿枝叶间，橘果像一盏盏金黄的灯，照亮晦暗林影。老师还没有来。从小，屈弗忌就觉得，在晨昏交接时好像有事情发生，自己什么也做不了，只能静等。现在他知道，其实他每一次都等到了，只是以前不懂。圣人以阴阳为炭、万物为铜，在阴阳易位的瞬间，世界会现出新铸时的形状。人瞥见了，即使不明白，也会因为感受到那力量而无力。老师说过，无力也是天赋。力量太强的人，以为什么都在掌控中，看不到丝线，或者看到了却不屑一顾，甚至想用人的手拨弄，总有一天会被缠住。

雨柱顺着檐角垂落，吸饱了水的泥地泛着光，像深黑的湖。老师虽然穿着打了补丁的布衣，但极爱干净，他已经烧热了洗手脚的淘粱水、备好了浆过的葛巾。仆从被撤走后，他学会了很多。天色更暗了，他站起来，在廊下来回走，摩挲袖子里的青果。第一次见面时，也是在这庭院里，老师射了三箭。第一箭射中一片他凝视很久的橘叶。之前，他总觉得那叶子上有血。第二箭射中一枝果柄，果子落在手心。比起父亲送给他又收回的青铜小剑，老师的礼物很轻。但他那时已经感觉到，在轻与重、贵与贱、强与弱、胜与败之外，还有一些东西，他不知道是什么、怎么衡量，却绕不开。也是因为这些东西，他没力气把剑尖刺入那个浑身发臭的俘虏的喉咙。头发花白的头颅在他眼前晃动不止，直到同样头发花白的老师告诉他，按照礼，君子不能伤害已受伤的敌人，更不该俘获上年纪的人。

可父亲说，莫是大，敖是奡。莫敖的季子，只能是王的猛犬。

要想学，先得忘。老师说着，向他射出第三箭，尾羽擦着头顶飞过，什么也没射中。他战栗着跪下，目送老师和天光一同消失在橘林深处，歌声断断续续，最后变成一群惊起的鸳鸟。

凤兮凤兮！何德之衰？

往者不可谏，来者犹可追。

已而已而！

那歌声似乎穿透了记忆，直到带着金属声的脚步让他忽然清醒过来。父亲没看他，只扔下一把髹黑漆的桃木弓。

当天夜里，他做了个梦。梦中，老师背对他，站在两根楹柱间，负着手，仍唱着歌。

泰山其颓乎？
梁木其坏乎？
哲人其萎乎？

歌毕，不管他如何呼唤，老师都不再动，像烧尽的炭，一截截倒在地上。按照礼，逝者殡于东阶上，还是家人，殡于西阶上，就已是异乡客，殡于两楹之间，则昭示逝者此刻正由主向宾去，进入幽冥的国度中。

他醒来，起身，束好头发，赤脚走到庭院里。雨已经停了，沁凉的黑泥从脚趾间涌出来。他将深衣前幅的下摆反系在腰带上，面向北方跪下去。

屈弗忌将桃木弓埋在了橘树下，每月悄悄祭奠，就这样过了六年。他学会了疏叶、剪枝、平整土地、拔野草，也练习射箭、温习老师没讲完的知识。它们在很多地方相通，都需要日复一日的观察、思考，脑跟随眼、手跟随脑，通过连续、精密、专注乃至乏味的工作，达到准确。在学与练中，他越来越深地体会到，言行的准则，和草木的天性一样，只是礼的具体表现形式之一，是末梢也是入口，要看到完整的网，则需要顺着线头向上，掌握更高处的脉络。巫觋在巫舞中能短暂地感受到脉络的片段，诸夏的儒者则将身体传递的意图记录下来，变成骨卜、龟卜、筮卜。鼓点变成刻度、体态变成数字，绝地天通后一片混沌的世界，经由符号象征、数字演算，一点点澄明可解。而在卜筮计算的更上一层，是思考的方式：提出问题、检视初始状态、寻求规则并实践，再次检视、寻找、实践，最终得到结果。其中，最关键的规则就是礼。礼是大地上散逸已久的知识，也是重建那个圆满的上古世界的准则。老师说过，儒者的使命，是归纳世间显现或隐藏的一切规则，人已知或未知的所有知识。这就叫复礼。在季世，这是最后的希望。

可是，如果礼是圣人创物的规则，人怎么可能完全掌握呢？要是没找全，或者找错了呢？他问过。老师沉默了很久，才说，我没什么才能，也不知道以后会怎么样，只是在这一天天坏下去的世间，做自己能做的罢了。说完，他倚在楹柱上，双眼低垂，头向前倾，好像要睡着了。

屈弗忌一直记得那一幕。每当他看到染血的刀剑、滚动的头颅，在父兄的脸上看到失望与嘲笑时，就会想起那景象。他的问题，老师必然也思考过、问过，甚至知道他也会这么问，知道答案和知识本身一样，会激起更多疑惑，却仍然伸出手，想把那个只存在于讲述中的世界拉回不断下沉的大地。比起将天地分开的重黎，他确实只能做到这样。

攻陈的那一年，下了持续一月的暴雨。颍水与沙水漫过河堤，冲毁了宛丘附近的大片田地。在中军做旅帅的兄长在酒宴上夸耀，如何像割稻子一样，杀死那些匆忙应战、陷在泥浆里的陈地士兵，屈弗忌却在会猎时一箭射歪，放走了王追猎已久的白猿。父亲走进庭院的时候，他正在把院子边缘的排水沟挖深，直起腰来，满身是泥。十日后，他被遣去重建中的离宫工地，听命于工尹商阳。那年他十七岁。

三、公输平

工尹商阳的肚子顶着漆案，淡黄绢面上，青色鸟纹被撑得滚圆。他啜着醴酒，拣了一只还在滋滋响的鸡尖。

油脂的香气让公输平忍不住吞了口口水。

"你是公输由的儿子？"牙齿撕裂带着气孔的脆皮，工尹的声音很柔和。

"是。"他忙低下头，还在想那鸟纹。是凤么？倒像抱窝的母鸡。

"你父亲很聪明。不过，太聪明了，反而不够聪明。"

他忽然不知道该说什么。父亲离家时他三岁。六岁时，母亲把他带到后院，指着一架木梯，告诉他，是父亲留下的。自从太祖为王修了云梯，公输家的人，早晚都得爬上去。他刚能跨过横档时，就学会了手脚并用，爬上十几丈高的树顶掏鸟蛋。爬的时候他什么也不想，只是握紧、踩稳，一步接一步。后来他连绳子也不用，爬到树顶的时候，身心会一下子变轻，几乎要飞起来。他从没怕过高。可他们说，父亲是摔死的。他开始发抖，但不知道自己在怕什么。

"害怕？害怕是好事。"工尹没看他，"会怕，就会少犯错。你擅长什么？"

他又咽了口唾沫。钩拒、云梯，或是乐盒、铜鹊，好像都不对。母亲说，审曲面势，可他不知道真正的问题是什么。

"我什么都能学。我学得快。"他小声说。

"哦？周人说，圣人创物，后人循其法式，世代相传，叫作工。看看，这攻金、攻皮之工，是齐人传下的。"工尹吃完了，在摊开的竹简上蹭手指，"你学得会么？"

"我……我不识字。"他瞥了一眼，竹简上油花模糊。

"那你怎么学？"工尹盯着他。

"从错中学。"他脱口而出。

工尹一愣，然后搓着手笑了，两扇肥厚手掌亮晶晶的，"好，好。不过，犯错得付出代价。有代价，就学得更快、更好。下去吧。"

公输平过了很久才明白，代价不是刻坏的蜂蜡。平日里，他和其他工匠一起，调和泥浆、备成泥料，然后将泥料整形，放入窑内焙烧成模。将范模组合，再次预热，将熔化的铜液注入浇口成形。在离宫，一个人的工作变成了许多人的合作，可许多人又像一个人。所有的工匠都皮肤黝黑、四肢干枯、关节肿胀，须发因为常年被烘烤，卷曲、脱落，看不出年龄。在滚热的窑炉里干活时，每个人都只穿着兜裆布，他几乎分不清那些被汗水覆盖的胸膛和脊背。

他们很少说话。营地里，只有火苗的低吼、风箱均匀的喘息，偶尔有咳嗽、吐痰声。他只能从眼球的转动猜测他们的想法。在满是污渍和溃烂的脸上，黑与白显得很清晰。铸造铜器的步骤繁多，每一步都有许多种变化的可能，但在静默中，铸成的每一件器物都分毫不差，像被一双无形的手操纵着。

"怎么做到的？"炉火熄灭后，躺在低矮的窝棚里，他悄声问。没人回答他。

"你们都是跟谁学的？"他不甘心。

旁边的人翻了个身，"明天，你就知道了"。

他在天亮前就醒了，等了很久，窝棚顶上茅草的缝隙里仍是灰的。他跟着众人起身，在窝棚外排成一排，小雨淅淅沥沥，落在水坑里。过了一会儿，有越来越响的噗噗声，只见甲士抬着肩舆，工尹商阳到了。肩舆后面跟着一长串被草绳系在一起的奴隶。队伍歪歪扭扭，末尾是个孩子，跌跌撞撞的，跟不上，跌倒了。队伍被拖得停住，甲士呵斥着，用长矛在泥浆中拨弄。公输平忍不住上前两步，又停下。没人看他。甲士解开草绳，呼喝驱赶，队伍弯了几弯，每名工匠背后都站了数十个奴隶。他回头，看见一动不动的瞳孔。

"今天，各位要学的，是吴地的薄铸术。"工尹说着，将一柄短剑递给工匠传看，"看看这镂空的剑壁，薄如丝、硬如石，可惜，没留下记录。不过，以各位的能力，学一下,也不是难事。"

公输平不太明白。工尹说学,可是怎么学?但没人回答他。工匠们已经忙起来了。他收敛心神,思考眼下的问题。从头开始,选定最有希望的方向,一步接一步。薄铸的关键在于精度,类似乐盒中的小零件,或许可以试试失蜡法。他开始雕刻蜂蜡。

雨仍在下,天光越来越亮,有人已经烤好了范模。炉门打开,飘出一股白色热气,公输平忽然听到一声短促的呻吟。

工匠捧出的泥模裂了。呻吟的是他身后的奴隶。公输平看到那人翻着白眼跪下去。长矛第一戳,戳穿声带,第二戳,刺入肺泡,血迅速渗入泥地,无声无息。

"添加的草木杂质比例不对,不耐烧。"工尹说,"错者罚一。记住了吗?"

工匠低着头,他只看到颤动的秃顶。

"别害怕。"工尹安慰着,深厚悦耳的声音穿过雨雾,在他耳中轰鸣,"有了反馈,人就学得很快。你还有机会。"

错误。代价。学习。他听见自己粗重的呼吸,一团团水汽从嘴里冒出来,但嗓子被掐住了。奴隶是战俘、贫民,曾经也和他一样,可在这里,工匠是能造万物的工具,他们是为工具提供经验的材料。错者罚一,一人只是一个数字,让工具学会运行。他有多少次可罚?等到罚无可罚的时候,他是不是也就成了数字?还是说,他已经成了数字?他环视四周,人们忙碌着,没人说话。

又一声轻响。他赶紧背过身,强迫自己也不去数、不去听、不去想,不去感受时间。薄壁渐渐成形,他集中全部精神,保持双手的平稳。

"很不错。"工尹戴上毛皮手套,弹了弹刚冷凝的剑刃,发出脆响,"很接近。非常接近。不过,这里,"他指着剑尖,"气孔太多。错了一步。"

他一怔。应该倒着浇注,让气孔沉到剑柄底部。工尹说得没错,就错了一步。那个满身泥巴的孩子已经被拉出队列,又扑倒在泥里。

"别杀他!"他不知哪儿来的勇气,"别杀他!"他猛地从工尹手中抢过剑,直指自己胸膛,"否则、否则你就再去教别人!"

工尹抬起手,制止甲士,白胖的脸上浮起笑容,"很聪明。小子,很聪明"。

傍晚时,雨终于停了,泥水坑中映出绯红色的晚霞。甲士押着剩下的奴隶、踏着泥浆离开了。工匠们用草席裹住尸体，一个个拖进最大的冶炉，另一些人抱来木柴，抽动一旁的风箱。天黑下来，火光映照着来往的人影，空气里有焦味。公输平托着孩子的头，呆坐在窝棚边。他的喉咙上没有血。在长矛落下前他就死了。他慢慢覆上那双圆睁的眼睛。沾满泥的脸恢复了平静，像在一场醒不过来的梦里。

四、屈弗忌

离宫是一个人的梦境，有无数双手编织其间，而把模糊的欲望分解成一条条规则，用看不见的丝线提缀人手的，是另一个人的思想。屈弗忌曾以为，残忍出于麻木，而麻木出于愚昧，但在离宫，简洁、严密、高效的思想和思想体系成了刑具。他见过工尹让犯错的工匠围成一圈，每十人中抽出一人处死。办法看似很公平，众人成环，从一报数到十，数十者离环。剩下的人继续报数，重复此过程，直到环内只剩下一个人，就是被抽杀的人。他害怕、愤怒，但最强烈的感觉是恶心。抽杀法中蕴含的是循环之礼。老师讲过，日出日落、四时流转，乃至一代代人的生老病死都是循环的体现，循环是圣人创物的方法之一，是世界运转的基本模式，也让人感受到时间。

而工尹用循环杀人。他看到被选中的人自认倒霉，一声不吭，倒在血泊里，没被选中的人里，总有人抓着工尹的袍子下摆，泣不成声地说，大人明察，他早就该死了。

这就不对了。怎么是我呢，规则是这样。再说一遍，这是公平。

对、对，是公平。

很多次，屈弗忌觉得工尹在看他，但当他转过头，那双小眼睛总陷在苍白、肿胀的脸颊里。父亲和兄长有强健的方下颚，老师很瘦弱，他们的脸和弗忌一样，都是褐色的。工尹显然学过礼，但没当众提起过，这不难理解，他听说过有臣子因为提起了八佾舞失礼，被投入火中烧死。他想不明白的是，为什么人在拥有智慧后，会将智慧运用到控制、欺骗与残害上。在老师的讲述里，没有这样的儒者。难道，是不得不么？但在离宫，他没见过王或王的使者，他也不相信王能想出这些手段，而工尹，他觉得他甚至乐在其中。有时他几乎不确定，这梦境到底是谁的。

和梦境外的世界一样，梦境在不断变化、生长，像棋局，棋子只能看到周围棋盘上的纹路。他能从纤维的排布中读出，这里曾有枝干被砍断后形成的节瘤，但只有在棋盘外，才能看到思维的形状。这是两种知识。在小山坡上，他第一次见到工尹的布局。墨绿杜蘅环绕着错落的宫苑，夕阳下，紫贝砌成的院墙泛起粼粼的光，隔断了庭院，种满白芷的小路蜿蜒其间。

王有一后、三夫人、九嫔、二十七世妇、八十一女御。眼前是九嫔的居处，棋盘样的隔断间，任意两嫔妃的居所都不在同一横行、纵行或是斜线上。

"纵横的法子，国能用，人也能用，女人特别会用。"工尹说，"知道怎么破么？"

他知道工尹是想教他，教他理解、控制、玩弄。他没回答，但忍不住在脑中展开长宽都是九格的棋盘，试着将九座宫苑按照不纵、不横、不斜的规则一个个摆进去。知识只是知识。他对自己说。宫苑和人的影子淡去，变成黑与白的方格，可他摆不出来。直到天黑下来，松明照亮下山的路，他还在回望慢慢亮起的灯火。

"不知道九个怎么解，就先解八个、七个，直到一个。"工尹边走边说，"一个总会吧？再往回推。会解九个，也就会解十个、一百个。化繁为简、简繁同构，这叫递归。你没学过么？"

松明照着前方一尺许，他只能看见工尹宽厚的背。

老师讲过，在儒者以金文写就的典籍中，时时出现对自身的指用，那就是递归之礼，力量强大，面对复杂问题时尤其有用。他想学，没来得及。

"归纳简单规则，推演得万物，儒者叫礼。"工尹没回头，"有用，但有限。"

他的嗓子干涩发痒，"可是，如果礼足够复杂、完备，就像、就像圣人创物时一样，还不够么？"

"圣人？"工尹转过来，将松明举到他面前，"看看。"灼热撩拨着脸上的汗毛，他闻到煳味，光芒溢满视野、占据心神，他忘了问题是什么，伸手去抓光。

"看到了么？"工尹扶住他，拿开松明，"这形状变化，只是一支火光，需要多少规则描述？你真相信，万事万物，都能以一条条确定的礼来统领？圣人创物需要多少时间？鸿蒙初开时，火就在烧了，到现在过了多久？你算过没有？"

他揉着眼睛，说不出话。

"那圣人是如何……"跪坐在漆案前，他终于忍不住问。侍者斟上沥酒，工尹举箸，夹起一片油浸鹿脯。

"你会明白的。"工尹嚼着，含混地说，"就在这儿。"

"大人已经知道了？"他没动。

"想学么？我不会教你。以人之力，怎么穷尽世间万物？什么礼失求诸野，都是匹夫之见。"

"大人或许懂礼，却不懂儒者。"他低声说。

工尹放下酒爵，看着他，"你以为，儒者是什么？"

他看见老师在两楹间低垂的头。他用性命教他，让他知道在实然之外，还有一个被禁止讲述的应然世界，知道有力量比君王更强大，而且每个人都能理解、运用，他不能说出来，只能观察、学习、等待，像老师一样。但如果真像老师说的那样，为什么崇礼的周室会倾覆、儒者会消亡呢？如果，老师错了呢？

"你会明白的。"工尹说，"圣人创物……哈。"声音中醉意渐浓，语句也变得破碎，"是个错误……是梦。"他眯着眼，"造梦、解梦的关键是什么？像鬼，也像神，谜面，也是谜底……你已经见到了。"

"递归之礼？"

"错，也不错，哈哈！"编钟声响起来，舞女上前，向着二人深深伏下去，"吾未见好德如好色者也。线索早就在人心里，儒者知道，却不让别人知道。哈哈！"

女子轻抬手臂，青色广袖遮住了脸。他闻到透亮的橘香，夹杂着泥土和苔的微苦，像雨后的空气。黑白分明的眼睛随着歌声流转。

宛转环

> 怨公子兮怅忘归，君思我兮不得闲。
> 山中人兮芳杜若，饮石泉兮荫松柏，
> 君思我兮然疑作。

"女人。是女人。"工尹完全醉了，还在絮絮自语，"会舞的女人、极美的女人，简单又复杂，柔弱又有力，女人才是原初之礼……看得见、摸得着，但读不透……"

他听不清工尹的呓语，望着舞女。他知道，在儒者用符号、数字与文字转述圣人的思想之前，女巫的语言是舞。"巫"字，就是女人挥动两袖起舞的样子。

五、公输平

做梦的时候，人会变得很轻，很容易就跑起来，风在耳边呼呼响，眼前时不时有人的踪迹，他认出那是他的脚印、小刀、刻了一半的蜡模，他是在追着自己。不知道跑了多久，到了一座高台的台顶，天空灰蒙蒙的，有人站在台边向下看，他似乎见过那人，但想不起来是谁。他走过去，想问，那人忽然转身，一把将他推下去。身子变重、喘不过气，却不害怕，而是如释重负。记住。记住。

他听见自己说，但不知道要记住什么。

公输平睁开眼睛，把旁人汗津津的胳膊从胸口挪开。窝棚里有一股汗馊味。肩、背、腿的酸痛回到身体里，他努力回想着，但梦消失得飞快，只剩下坠落一瞬间的感觉。他想起阿芷说过，要是做了噩梦，就面向西北，呼唤食梦的宛奇。叫它七次，它就会来了。

宛奇会吃噩梦？

宛奇会吃人不该梦见的东西。就像野兽有了四足，就没有翅膀，牛有了角，就没有上齿。圣人创物的时候，就派出了无数只宛奇，在梦境中巡游。所以，人的梦都是断断续续的。

棚顶的缝隙里透出几颗霜夜的星，他翻了个身。他没呼唤过宛奇，比起噩梦，他更怕它把什么都吃下去。而且，在这里待了半年多，他觉得什么样的梦都再也吓不倒他。那些人影仍在错者罚一时倒下去，但他不再看。一旦明白了害怕、生气都没用，他很快就学会了不看。后来，工尹又有了新办法，对者赏一，赏赐找出诀窍或是做得最快、最好的工匠。赏数刻在窑炉外的土墙上，每旬计数，得赏最多的人得到一小撮新麦饭。开始他总在最前面，直到有一天，有人弄断了他捆范模用的草绳。而到了月底，得赏最少或是犯了大错的人被鞭打、带走时，其他人似乎都松了口气。他因此学会了在一些时候多做，在另一些时候少做、不做。他学得快。干活儿时，或是蹲着喝掺了葵菜叶和沙子的黍粥时，他已经和其他人一样，什么也不想，只有在夜里，身心都空荡荡的时候，一个个问题会如蔓草从坚硬、幽暗的石缝里长出来。和梦境不同，问题就像技艺，是完全属于他的。技艺把他带到这里，而就像歌、舞和故事能把她带走一样，他觉得，问题也能引着他，走到他想不到的地方去。

风变得湿湿柔柔的时候，工尹又来了。他带了一小块莹白的皮。皮的一面，有两根一黑一白的细铜丝。营地里的原料只有泥土、矿石、干草、木料，而那张皮像是从某种动物身上剥下来硝制的。是攻皮的匠人做的么？他想起他们被分成一组组，制模、合范、浇铸，制成鼎、爵、鸟尊，还有不知道是什么的零件。

"今日诸位要解开的，是周室的不传之秘。薄如丝、硬如骨、韧如革。"工尹说着，轻拉细丝两端，皮被撑开，像一张弓。

"大人要造强弩么？"他低声问，人群中有窸窸窣窣的响动。

"郑都的城郭高，沟洫深。"他听见工尹说，"只有能发十尺长弩的连弩车才攻得下来。"

"连弩车是墨者造的,和公输云梯一样,都是攻城重器,小人会。"他颤抖着,用事实回应谎言,"不过,要造能连发的重弩,固定铸丝的角度会影响弹力,不看到弩机的样子无法确定。大人。"他抬头,只看到重叠的下巴,"请让我——"

甲士走上来。他说不下去了,闭上眼睛。

"大人。"另一个声音从工尹背后传来,"他说的有道理。"

他感到工尹的目光在他和另一个人身上轮流停住。他等着刀刃落下,直到双脚发麻,脑后忽然被重重一击。

再醒来时,太阳像火炉里的铜盘,灼灼烧着,他的脸也烫起来,背心却湿冷。后脑还在痛,一滴温热的液体落在嘴唇上,他舔了舔,又腥又苦,连忙吐了。有目光注视他,他转头,看到麋鹿湿润的眼睛向后退去,须臾隐没在树丛里。他在船上。头顶传来扑动空气的声音,一人多宽的白色双翼掠过他。他听说过贵人们喜欢吃醋烹的天鹅羹,也远远见过鸟儿盘旋在湖上,但不知道天鹅原来这么大。它披着风落在他面前,梳理尾羽,轻盈、有力、流畅,没有多余或停顿,他忘了鸟屎的味道,移不开眼睛。船头推动波纹,向天鹅滑过去,它生气地叫起来，拍着水面起飞，又一个猛子扎下去，再出水时衔着一个白色的东西，鱼尾似的分叉滴着水。

他撑起上身，伏在船舷上，过了一会儿才看清楚，是半个手掌。阳光很密，在青绿湖面沉浮，暗金网眼里有飘荡的头发。他又想吐了，可肚子里什么也没有。喉咙很干，他不敢掬水喝，只能咽唾沫，想站起来时，发现双脚早就麻了。

"工尹答应你了。"有人在他身后说。他这才意识到船上不只他自己。船尾站着一个高瘦少年，撑着桨，看起来和他差不多大，脸是铜褐色的，光滑、精细，像被熔铸过。

"你是谁？"

"芈姓屈氏，弗忌。你叫什么？"

"公输平。"他转头看着水面。那是显贵的王族三姓之一。他见过那些人眼中的人是什么。"这是哪儿？你们要我干什么？"

"三百多年前，周天子西巡昆仑山，想从圣人那儿得到长生不老的法子，但天梯早就断了。"屈弗忌慢慢说，"天子很失望。在回来的途中，他遇到了一个人。那人献给他一件宝物。那之后，无论是公输氏，还是墨者，都再不敢在天子面前献技。他们因此离开了周室。他们的后人仍是最好的工匠，但那件宝物他们不会做，也不敢做，甚至不再提起。因为他们见过了，也明白了，即使在绝地天通后，真正的技艺仍能与造化同功。那是什么，你知道么？"

他抬起头，屈弗忌的目光沉静、平稳、延伸到很远的地方，和所有讲故事的人一样。阿芷说过，讲的人相信故事是真的，故事才会变成真的，听的人才会相信，才会喜欢听。那是他祖先的故事，屈弗忌怎么知道？他信么？

水鸟的鸣叫和陆地一起消失了，只剩下船桨击水的声音。小船穿过林荫覆盖的滩涂，向茫茫的湖面驶去。浪越来越大，像在海上，晃得他头晕。

六、屈弗忌

屈弗忌原以为工尹会教他。在看到工尹用抽杀法处死工匠后，他再次推演，发现一旦确定了环内的人数和报数的起始位置后，环内有一处总是安全的。规则也是玩具，公平中有特权。站在那一处的，都是和他一样的少年。他觉得，工尹偏爱少年，是因为他们知道得更少，所以学得更快、更多。他一边等，一边反复思考自己是否能只理解、驾驭知识，而不是像工尹一样，用知识去驾驭、利用。他决心，无论学到什么，都不会叫工尹商阳为老师。那枚晒干的青果他一直留着，已经被摸得很光滑，他在广袖里缝了一个小兜。但工尹只是带着他各处游荡。爬上高台时，工尹每走几步就要停下来，整个人泡在汗水里，他不得不像真正的学生那样，递上干燥的葛巾。

在台顶，雪一样的云层变得很近，看不见太阳，但往下看，可以看到湖泊、河道、山岩与林苑分割大地。船只运来峄山的桐木、荆州的柏木、扬州的竹子、泗水边的磐石，也运来金、银、铜、漆，一筐筐包裹好的皮料、彩绸、旄牛尾、柞蚕丝。九江的大龟被拴在船后游着，隆起的背甲上上下下。最外围没有宫墙，宫苑向四面八方散开，有的屋顶上镶嵌了打磨成大片的珍珠贝母，在乌木上映出云彩，另一些则还是木梁与沙土，还有的已变成树丛，隐约露出涂了丹砂的朽烂檐角。

"你能看见什么？"工尹问。台顶风很大，他得靠近才能听清。但他看不出布局。

"禹疏浚水道，连通三江五湖，划定九州，公输班用粗细磨石造出了九州图。"

"没有布局，是以天下为图。"他马上明白了，"新旧间杂，呈现的是时间本身，所以离宫从来没有完工过。"

"和圣人的比，怎么样？"

他不知道怎么回答。与其说离宫是对时间与空间的模仿，不如说是人的记忆与欲望。哪怕是工尹、是王，也只是人。老师的确讲过，礼存在于万物中，也存在于人心中，复礼就是以圣人创物时的规则，重新安定世界和人心，但他没想过人能与圣人相比。

"周室虽然衰弱了，齐、晋、秦各国都可称霸。"他终于说，"我国现在的力量，尚不如古代的三王，怎么就能与圣人比呢？天下未定，军士还在苦战，这里有些人连粗布衣都穿不上，白天给公家干活儿，夜里还要赶着搓麻绳、修农具，等着回去耕地播种。离宫这么壮丽，可对他们有什么用呢？"

"西戎的由余见到秦宫时也这么说。"工尹笑了，"可最后，戎王不还是抗拒不了秦的财富美人？王尚且如此，民又如何？你真觉得他们能懂礼？"

"不懂，可以学。"他说着，却犹豫了。他成不了也不想成为父兄那样的人。智慧与力量有多大分别？唯上智与下愚不移，他想起老师也说过。

"怎么学？谁来教？你以为祭典是给圣人看的？教再多礼，不如一座高台、一场浩大乐舞动人。这就是人心。"

"大人是想用壮丽声容来教么？"他慢慢说，"还是大人根本不在乎，只是控制、利用？"

"你觉得，教是什么，学又是什么？"工尹看着他。他再也说不出话。他常觉得工尹只是玩弄词语，用问题回避，但面对问题他无法不思考，而越深入地追问、思考，许多他曾以为无须解释的东西就越可疑。跟随老师时，学习是观察与解释，最重要的是记忆。他背诵过许多礼，精深规则经过一代代儒者传承，光是读懂字面含义都很费力。但工匠从粗暴的赏罚中学，他们连字都不认识。云层散开了，变成条状的云网，他看见远处山脊映出一条狭长的红色霞光，很快又消失了。

酒宴照旧进行。他已经习惯了冬酿的沥酒，尖锐、纯粹，有包茅的香气。漆盘中的脍鲤只剩两片时，工尹又喝醉了。他把玩着手中的酒爵。青铜从随人的铜绿山取得，铸造的薄铸法传自吴越，爵上镶嵌的蜻蜓眼来自更远的西域。没有周室的亲缘、没有儒者，却能取长补短、迅速崛起，这就是楚人。他想起泓水畔的胜利，意识到他们与工尹一样，信奉的不是具体的、会过时的规则，而是不择手段、不计代价的学习本身。学习是关于礼的礼，它仍在那张看不见的网上，只是在更高处，因此也更简洁、有效，或许，他想，也更接近圣人眼中的模样。

那夜很寂静，他坐在榻上，看着星光一点点消失在云里，想起第二天是他的生日。父亲曾在生日时送给他小剑。如今十年过去了，他仍记得第一次触摸青铜时的寒意。他回想起庭院里的草木，他离家后，再没人照料它们。他也记起随着黄昏的阳光弥漫在空气里的词语，还有炭火烘烤橘皮散发出的香气。他很久没有想起这些了。破碎的片段渐渐拼合，形成一个整体，就像宫苑，仍会随时间不断变动，但化解了最大的问题，骨架已成。

当看到湖水中的残肢时，尽管仍恶心，可他不再怕。他开始理解工尹的想法，也隐约猜到了他真正想要的东西。他用竹网捞起一节莲藕似的小臂，水珠在几可乱真的皮肤上微颤。他听过偃师的故事。传说中的造人术是圣人创物的终极形式，和礼一样象征了周室的权威，但早就和无数秘密一起被雒邑的废墟掩埋了。没人见过像人的偶人，连周人自己都不再信，可曾被视为蛮夷的楚记得。羡慕、屈辱和不甘是黑暗里的种子，他体验过。

湖上起了风，水波在阳光下像耸动的剑尖，广袖如羽翼般鼓胀起来。"儒者就是因为知道人是礼之大成，所以才以礼缚人。他们害怕，所以不敢教，也不敢提起，想让人们慢慢忘了。"他听见工尹说。

宛转环

七、公输平

屈弗忌将公输平带到了大泽深处的小岛上。绕过几间仓房，树影中有一片铺满苔藓的低矮屋顶，他们拨开杂草走进去。木屋看起来很久没人住过。公输平揭开土灶上有豁口的锅盖看了看，拿起墙角里秃了的扫把，把蜘蛛网、尘土、老鼠屎扫出去。灶台边堆着一摞陶碗，一把龟裂的陶壶，公输平捧起来，到湖边洗干净。岸边的水很清，他看见小螃蟹橙黄色的钳子缩进石缝里。干完活儿后，他在铺了厚干草的床上坐下，望着屋里唯一的窗户，从那里能看见边缘闪着亮光的枝叶和天空。他感觉到莫名的熟悉。

"只有这些。但我觉得你应该不在乎。"屈弗忌说。

"我习惯了。"他说，"不像你。你不习惯吧？"

屈弗忌看了看他，公输平觉得那表情在说，你怎么想得出来我习惯什么、不习惯什么？但贵族少年只是说："来这边。"

他们走进最大的仓房。数十个人形静立在屋子两侧的阴影里。从黯淡的绸缎下能看到手，木制的、陶制的、皮制的。公输平撩起最前面的偶人覆面的长发，倒吸了一口气。那张脸很像阿芷。手上的皮肤还没包裹完全，露出青铜骨骼，关节处刻着蝇头大的阴文，稍不注意就会忽略，他不识字，却再熟悉不过。失蜡法的转子。是父亲造的么？他环视四周，木架上摆着一排排肢体，屋子中间有一张宽大的漆案。

"你知道青铜真正的力量在哪儿么？"屈弗忌问。

公输平没说话。他不信他懂青铜。

"不是刀剑、机关，而是青铜上的文字。"屈弗忌拿起案首的一只小鼎，"这鼎上刻的是周室统治天下的刑律。王师北上中原，为的就是这样的鼎。它能超越时间。没有字的青铜，就像没有心的人"。

"……想让人有心，就要在铜上刻字。"公输平能跟上他的想法。

屈弗忌点点头，拿起第二件东西。一张手掌大的薄铜箔上，刻着他没见过的字。屈弗忌将偶人的长发报到耳后，把铜箔卷成细筒，插入耳中。偶人体内吱嘎作响，迈开脚步，向东、南、西、北各走了四步，又回到起点。

"能自飞的铜鹊，我早就会做。"公输平嘟囔，"不用刻字。也不是心。"

"这是枚举之礼。简单，也是起点。"屈弗忌将细筒从偶人耳中取出，"文字的确只是符号，但它将具象提升为抽象，就像人将所见、所行提升为所思。"他将细筒插入另一个偶人耳中，偶人再次向四方迈步，"同样的文字，能控制许多不同的躯体，这就是礼与名的力量。而一旦行动违背了礼与名……"

"会怎样？"公输平忍不住问。

"礼失则昏，名失则怠。"屈弗忌说，"我去拿食物。"

他拿来豆饭，一袋混了新麦和黄粱的稻米，一把盐渍的藜菜，还有几条硬邦邦的腌鱼干。此后的每天中午，屈弗忌都乘小船来，带着一只提篮，装着做好的糁饼、饵饼，有时有新鲜的藕、茭白和菱角，在黄昏时离开，公输平没见过他的住处。吃饱后，他很快就会睡着，在梦中仍看到交缠的丝线。

屈弗忌将人的行为转写为铜箔上的金文，而公输平将金文转换为黑白丝线的收缩、舒张，驱动细小的齿轮、滑块，控制偶人。一行金文能延展成数百行用黑白两种符号编成的指令。公输平不识字，他只能分辨黑与白，与偶人一样。金文每改一次，他都得调整上百条线的排布。思想以不同的速度在两人手中运行，从极快到极慢，再变成一个动作、一个眼神。无论他如何加快排线的速度，总是追不上金文的变化。屈弗忌没催过他。工作一天后，他能吃掉篮中的绝大部分东西，他猜屈弗忌回去后有别的吃，他没问过，但还是觉得不安，因此在深夜和早晨赶工。

"这真有用么?"过了一个多月,公输平问。除了工作,他们很少交谈。

"圣人说,兼用诸礼,可得一切可算之果。人会做的,只要找到正确的礼,偶人也会做。"

"什么时候能找到?"

"要是知道什么时候能找到,就已经找到了。"

他顺着屈弗忌的目光看,靠墙的青铜框架上饰有他不认识的兽纹,嵌格里是数万颗黑白琉璃珠。屈弗忌拉动侧面的手柄,嵌格移动,琉璃变换位置,再静止时,星河变成了沙洲,局部涌现出无数更小的图案。那是从某个被灭掉的小国国库里得来的,每拉一次都会现出新图案,不知道是谁造的,也不知道有什么用,因此收在大仓里,但屈弗忌常盯着它,甚至超过看偶人的时间。公输平觉得,那跟他说的礼有关。他没见过重复的图案。

礼就能让偶人活过来么?他转过头,黑白水银凝成的眼睛也望着他。偶人已经会随着音乐跳舞,但工尹要偶人能像周室的倡者那样,对着人暗送秋波。他想起阿芷。讲故事时,她总是侧着脸,从没那样望着他过。

枯叶在脚下吱吱响的时候,他们一起上了船。偶人坐在公输平身边。他闻得见她身上的湿雾似的桂花香气。连日阴雨,他怕那些淡黄的小米似的花蕊摇下来沾泥,爬上树去摘了花。船在暮色中行驶，远远望见一座半岛上有几间殿宇，窗里透着灯火。岸越来越近，他闻到更强烈的香气，甚至能听到齿穿皮碎的脆响。

"你有把握么？"他忍不住问。

"为什么没有？"屈弗忌看着水面。

"可是……"公输平想起窑炉的火，照亮漆黑、泥泞的营地。他碰了碰偶人的手。代价是什么？他问过，但屈弗忌没说。大半年来，他从对方身上感受到某些熟悉的东西，但他每次问，屈弗忌总是用谜语或反问结束谈话。只有在讲到礼时，那张面具似的脸会活泛起来，公输平渐渐能听懂一些，还是不明白他为什么对那些枯燥的规则着迷。有好几次，他想问他知不知道凤的样子，听没听说过有个叫阿芷的女孩，但他最后没问。他不能信任他。技艺的要诀在于清晰与准确，作为工匠，他不擅长说谎，也不喜欢隐瞒。

小小的月亮升起来了，先是和灰黑色的树枝、云层纠缠在一起，然后弹出来，冉冉升上高空，朱红楼阁像是涂了一层薄薄的石灰水。他按了按怀里的布包，铜丝缠成的小鸟的尖嘴硬硬的。

八、屈弗忌

大块的炮豚表皮油亮，在盘中叠成小山，细切的晶莹鱼片透出粉红，搭配山芥与幼虾磨的酱汁，和醯酱拌的芜菁、浸蜜汁的饵饼、油炸的粔籹一起堆满了漆案。当然还有酒。白酒、沥酒、桂酒、椒浆。屈弗忌抬头瞥了一眼，工尹面色酡红，费力地跪坐着。

屈弗忌西向侍坐。工尹东向坐。南向的人让侍从下去，自己倒了酒，开怀大嚼，好让他们自在进食，时不时发出盖过乐音的笑声。但他还是无法转头，只能盯着漆案上描金的饕餮纹。他没想到王也会在。工匠与偶人还在偏殿等候。而北向的人全身包裹在从圆笠边缘垂落的白纱中，他感到轻烟似的目光拂过。

操着牛尾、赤裸上身的年轻男子演过葛天氏八歌退下了。编钟声渐弱，排箫像从湖上吹入锦帐的凉风，屈弗忌看见公输平不知何时已跪在角落的阴影里。工尹拍了拍手，在王前下拜的，是两名身着青衣的少女。身量、面容相似，发簪上的木芙蓉一朵雪白，一朵粉红。箫声呜咽，两人飘转起来，同时开口。

演练了无数次的歌声从他耳中流过，可他听不出来是什么。失蜡法控制躯体、薄铸术承载心神，云母片随节拍震颤，决定她的时间。手、脚、腰肢、眼睛，每一拍的每个动作都在计算中，对于没见过她的人，他相信她足以乱真，但他没想到，考验是将造物与本体一起呈现在王的面前。衣袂带起的花香混合了油和酒的气味，蒸着乐音、光和影子，身体、面容和思想都慢慢晕开，他在袖中掐着虎口。鹤唳似的长引后，曲子终于结束，她们双双在王前跪倒。王与白衣者低语几句，点了点头。

"好。甚好。"王端起酒爵，举向工尹，"商阳，你觉得怎么样？"

"惟妙惟肖，宛若天成。"

"比起你如何？"

"仆已是朽木之躯。"工尹的声音像掺了花蜜的酒。

王转向他，"商阳为吾造梦，无所不用其极，你是怎么造的？"

"仆不敢言。"他站起来，转过身，低着头，双手环拱，向前推出再收回胸前，两手分开跪下，心跳得很重。他无数次想象过这个场景、想过他要说的话。它提前到来了，老师。他默念着。

"说。"

"仆遵循的，是圣人之礼。"他听到环佩的响动，然后四下寂静。工尹轻咳了一声。

"吾现在有地方五千里，带甲百万、车千余乘、骑万匹、粟支十年，临天下诸侯。"王慢慢说道，声音像混合了风箱的喘息与冰河的开裂，"周的士族，不过是吾阶下之囚，周的王鼎，不过是吾掌中玩物，他们的圣人在何处？礼又在何处？"

"殷人承袭夏礼，损益可知，周人承袭殷礼，损益也可知。王今已乱世称雄，但想要巩固万世基业，正需要对前代之礼的继承、发展。"他抬头，迎接王的目光，"王或许可以不受礼的约束，但礼是圣人创物的法则，存在于万物与人心中，引导人的一举一动，正如礼引导仆所造的偶人。这是仆以礼造梦的原因，也是儒者求礼的原因。王是风，民是草，王如果能以礼齐民，民自然会顺着风的方向倒伏，又何必杀戮？"

他看见极黑、极深的眼珠，渐渐收紧的浓眉，正在忐忑中，眼珠隐没，浓眉舒展。王大笑。

"商阳！你们，哈哈——"王笑得上气不接下气，甚至笑出了眼泪。他设想过很多种结果，却没有眼前这种。他疑惑地望向工尹，他没有表情。

"你让吾想起了一名故人。"王终于停下笑，说，"二十多年前，吾有一员少年猛将。人说他善射，双手能接四方箭，两臂能开千斤弓，但吾没见过，于是吾派他去追击溃军。追上了，他却不射，哪怕王命在身，也只勉强射了三箭，每杀一人，都用手挡着眼，不忍看。他说射术是君子之争，不应用来杀人，即使杀人，也要守礼。你可知，此人后来如何？"

"仆不知。"他等着王宣判他的命运。

"吾见他实在无用，又不想杀他，就派他为吾造梦。让他自己去找，究竟什么是真正的规则。儒者说什么，绘事后素？商阳？是不是？"

"是。"工尹低声应道。

"他学会了么？"

"仆明白了。"

"那个教他射术礼法的老头，爱唱什么风兮、德衰的，现又在何处？"

"已于数年前被仆射毙。"

他忽然什么也听不见了。商阳杀了老师。他们的老师。怪不得。可为什么？为什么？

"……弗忌。"商阳低声唤他。

他茫然抬头，王已经离开席位，在两少女间踱步，用剑挑起下颔。白衣人也起身，紧跟着王。

"女人，很美的女人。"王说，"比不上吾的夫人与嫔，同吾的女御也差不多了。"

"不如造人之礼美。"他脱口而出。从刚才起他的脑中就在轰响,无法思考,只凭着本能回应。

"黄口小儿,安能言美。"王并没发作,"你可知美人一笑如天子一怒,可伏尸百万,流血千里。"剑尖在女孩的面颊上摩擦,"你的所思所行都有过人处,就是囿于眼界。"

他听不明白。

"您造的偶人,眼波流转,向众人献媚,但那真正的舞者眼中什么也没有,只除了您一人。"开口的是白衣人,她与王同高,笼罩在厚软白纱围成的圆柱中,"您懂礼,却不懂梦,以礼造梦,就如胶柱鼓瑟了"。女人的声音极温柔,言辞极妥帖,他不知该说什么,呆望着那圆柱,想听她再说一句话,却只听到"噗"的一声,青衣下摆渗出无数条微小的河流,白芙蓉跌落,粉红色从揉皱似的花瓣边缘慢慢洇开。死去的女孩睁大眼睛,仍望着他。另一个女孩一动不动。

背后传来一声惨叫,然后是甲士拖拽时兵戈碰撞的声音,他听见工尹低声吩咐着什么,起身离去,自己却手脚软弱,动弹不得,世界开始模糊、变形、一片片剥落。

"去看看什么是至美的梦,再造梦。"恍惚中,屈弗忌听见王说,"这样的美人,吾本想收入后宫,但吾改变了心思。吾想要掌控而不是被掌控，不管是权力、是礼，还是美。否则吾就与那些蠢材没有区别。梦与造梦的人都需受吾的意志驱使。只有吾的意志"。他向白衣人点头，"夏姬，让他见一见你。"

九、公输平

黑暗。还是黑暗。起初他以为自己瞎了，或是死了，嘴里满是土腥味。胸口被硌得生疼，他翻过身，掏出小铜鸟。借着萤石做的眼睛发出的一点点光，他看到被石块封死的门框、窗棂。石壁上有火把，但他摸遍全身，没有火石。他沿着潮湿的墙坐下，那支致命的舞又一次在他眼前旋转。他亲手造出的舞。他觉得自己还在梦中。没有参照物，只有一成不变的水滴声。他听着，听着，时昏时醒，朱红的夜晚挤压着他。她踏入红色的河。离开。她说，我们离开。银色的鹡鸰鸟带我们离开。四方的龙蛇带我们离开。能看见陷阱的白麒麟，带我们离开。无身的饕餮呵出风，带我们离开。水滴声越来越响，像震动的鼓，嘭、嘭、嘭。走。我们走。她说，乘着风，去我们的来处与去处。就要关上了。他想跟上她，抓住她，但他的身体很重,很痛,他被关在里面。他伸出手,只摸到石壁,有的地方粗糙,有的地方有细致的纹路。她走了。他似乎听见歌声,越来越远。他又睡着了。没有梦。

饿。饥饿让他又醒过来。只有泥土和水汽的味道。他仔细听着,慢慢摸出刻刀。等着老鼠。和他一样困在黑暗里的老鼠。肮脏的、粉红色的小爪子和小鼻头。鼓胀的灰肚皮。它们闻得到香气。没吃完的肥油在盘里凝成颤巍巍的、透明的冻。掉在地上的碎渣。打翻的酒爵里淌出甜浆似的酒。他咽了口唾沫。就在他上面。不会太远。它们会来。它们很聪明。

他听见墙角细碎的声响,慢慢爬过去,猛地一扑,落在石堆上。手掌擦破了。他一块一块把石头搬开。他很有耐心。除了时间他一无所有。新鲜的血不断渗出来,融化干涸的血块。他不觉得疼,只是发黏,直到碰到另一只手。骨头干燥、温暖,像木头。他用尽力搬开石块。尸骸上的短褐破烂,但他熟悉细密针脚的触感,与他身上的一样。他从枯掌中拔出一把刻刀,刃上有缺口、翻卷。他伸手,在背后摸到满墙的刻痕。他跪着移动,一寸寸摸着,渐渐明白了那是什么。粗线为黑,细线为白。他听见不由自主的呜咽声。

屈弗忌在地牢里找到公输平时,他握着一截干枯的

宛转环

尺骨。屈弗忌将他拖出地穴，带上小船，回到大仓旁的木屋。太亮了，他止不住地流泪。他麻木地将豆饼塞入口中，食物的味道像灰烬。屈弗忌递给他一只陶碗。他大口吞咽，酒很锋利，他觉得舌头、喉咙、肠胃被割开又缝合，然后就睡着了。依然没有梦。再次见到屈弗忌时，他指间拈着一支细筒。偶人立在他身边。另一张铜箔。

"你走吧。"公输平摇头。

"我不知道……"屈弗忌低声说，"她走了。但你还可以让她活过来。"

"又能怎样？我们就是活着，还不是一样？"他瞪着屈弗忌。为什么他竟然不知道他都知道的？

"你不懂。"屈弗忌想说什么，又停住了。

公输平忽然恶心、想吐。他们都一样。他猛扑上去。对方比他高大，黑袍下绷紧的肋骨正对他的脸，手按在他背上，想抓他，但他扭身躲过，立刻转身，用全力把后脑撞向对方面部。他回身，见屈弗忌连退几步，仍站不稳，鼻子流血，大口大口地喘着气。他可以趁机逃出去，可他们会找到他，一次又一次，一代又一代。于是他狠踢屈弗忌胸腹间，他向后跌倒，头碰到墙壁，身体顺着墙下滑。他捡起地上的刻刀，逼近对方咽喉。他等着他求饶，但屈弗忌只是闭着眼睛，吐出一口带血的痰，喉咙咯咯直响。他凑近听，破碎的气声像阳光下的尘埃。他听到屈弗忌说，朝闻道，夕死可矣。嘴角流出血沫，垂在身边的手勉强抬起来，铜箔纤细如针，在昏暗中闪着光。

铜箔上的金文很短。在之前的铜箔上，金文写下确切的规则，指引偶人的动作。复杂的规则可以拆解为三种极简单的绳结机关。绳结一端，若两条黑线颤动，则牵引另一端的黑线颤动；若两条白线颤动，则牵引另一端的白线颤动；若一黑一白颤动，也牵引白线颤动。这个机关叫与。第二种机关叫或。黑或黑得黑，黑或白得黑，白或白得白。第三种机关叫非。非黑即白，非白即黑。数万根丝线联成数十万个复杂绳结，在偶人体内盘旋、缠绕，将思想分解为颤动，再将颤动汇集、转化为行动。但眼前的金文不同。最简单的机关不再是与、或、非。一只绳结上，入与出变成了数簇，每一簇中都有数条黑线与白线。黑与白变成了深浅不一的灰。金文中没有任何具体规则的描述，只是组装绳结，层层连接成一张灰色的、无始无终的网。

公输平停下来，抬起头。屈弗忌坐在墙边，闭着眼，他在发烧。公输平想起父亲独自坐在黑暗、阴冷、潮湿的地底，背后是粗与细的刻痕。天已经黑了，他站起身，点上柴火，烧了水，吃了剩下的豆饼，然后在屈弗忌身边坐下，想着，看着他昏睡的脸，火光，影子。

他想着，从前有个孩子如何爬上树顶，听着风。他如何被教导着自己不过是数字，又在鹿的眼睛里和天鹅的翅膀下变回了人。讲故事的女孩消失了，父亲也消失了，连数字也算不上，除了他，没有人记得他们。而他自己又是谁，为什么在这里？会有人记得他和他的故事么？他试图回忆起母亲，但只想起遥远、温暖、模糊的火光。

我要活着。像人一样活着。他对自己说。金色的火舌舔舐着吞下一截木头，噼噼啪啪地响。

屈弗忌的呼吸变得急促，公输平给他擦了脸。他听见屈弗忌在昏沉中呼唤，"老师、老师"。一会儿又说，"别。别杀他"。他听着，猜测着他是在什么时候、对谁说。最后他咕哝着，"我会证明的。等我"。然后发抖、吸气，不再出声。公输平抱了几捧干草，盖在他身上，又添了一次柴，也靠在旁边睡着了。

第二天清晨，公输平被翅膀掠过的影子和拍击水面的声音惊醒，起身出屋，看见蓝得透明的天空下，阳光在芦苇灰色的绒毛上跳跃，水波像绸缎一样轻柔地抖动着，小船随着鹭鸶、野鸭和鹬鸟驶远了。

十、屈弗忌

那么，您想看见什么呢？

所有见过您的人都说，您是世间最美的梦。

您也和他们一样么？

我曾经以为我不一样，但见到您后，我理解了他们。理解了我自己。

他们看到的是欲望，不需理由、不受约束的欲望。他们想占有的，是那个永远不会被污损的自己。我是一片柔软的镜子，而镜子是看不见自己的。我也可以感受到您的欲望，它更热，我几乎要被烫着了。但我还感到别的东西，明亮、清澈，您是在找什么？

是的。我曾经以为礼就是美，但我不明白为什么别人看不到。现在我明白了，真正的美是凝结的礼，刻在人的身心里，就像金文一样。您不是一枚恰好成熟的果实，而是果实的原型与概念本身，所以您的美是永恒的。我和他们不一样的地方，是我会思考自己的欲望，思考为什么会爱上您。但这只是我自己的、微末的痛苦。您不必放在心上。我会让您看到自己。我会娶您。我知道，您不需要我的承诺。但我没有别的了。

我们谈谈别的吧。您喜欢这里么？楚王的离宫。我听说，它一直没有建成过。

在见到您之前，不过是欲望和恐惧的梦境罢了。

在我没出嫁时，父亲也有一个这样的园子，当然没有这么大。他在那儿种满了兰草。祖母说，她是梦见了她的南燕先祖伯儵给了她一支兰，才生下了父亲。父亲的名字叫兰，他相信那个梦，一直觉得兰草就是他自己。可我早就明白那是祖母的故事。她常常给我讲故事。那时，她只是祖父的侍妾。来自遥远北方的、神明似的祖先，在异国深宫里的孤独女子，除了故事，女人什么也没有，可就连最有权势的君王也会相信这样的故事。他们又渴望，又害怕。您看，这就是你们迷恋的美。父亲很聪明，才干和运气都难得地眷顾他，他一辈子最大的担忧就是兰草会死去，因此每一年都会补种更多，我还是小女孩时，就会给抱得紧紧的兰草根分株了。他的病是心病。直到病得很重，他才明白了兰草是依他而活，而不是相反。一旦明白了，他就叫人把那些他曾经心爱的兰草都拔去了。

我也曾在泥土中劳作，我熟悉草木的名字和习性，就像熟悉礼一样。我并不只是因为畏惧和渴望爱您，这两者都出于无知。而我一直在等待您。若您喜欢，我会为您的庭院凿一眼泉水，从地下连到大泽，在水边种上春兰、蕙兰，还有能开四季的建兰。这里比您的故乡温暖。

您忘了君王。

我们能到他们到不了的地方去。您知道我在干什么。请您等我。

那夜的后半变得昏乱、破碎，屈弗忌记得偏殿里燃起了沉榆香，烛光灭了，月光下，朱红墙壁上与真人等大的画像几乎要破墙而出。妺喜、妲己、褒姒。他觉得她们都是原型。都是她。圆柱似的缟衣在旋转中慢慢解开，纤白的月亮在漆黑长发的风林间隐现，他再也忍不住，想要握住她的时候，箭从暗处射出，射穿了他束发的皮弁，发髻散开，蒙住眼睛，鹿皮接合处的细碎宝石绷散，像星星一样坠落。工尹拉住了他。挣扎中，他听见他说，夏姬已被王赐给了新丧妻的连尹襄老。

屈弗忌在恍惚中下到地牢里，过了很久才点燃松明，观察石墙上的线条。起初他以为是楚国文字，花蕊似的铭刻又像齐国文字被花纹修饰的敬语，他也尝试将大小形状不同的符号标记、分组、统计次数，因为在赵国文字中，每个字都有两个以上的部首和一个偏旁，可他读不出任何词语。他也想到金文，但金文比六国文字更优雅、工整，而眼前的线条如草木生长，看不出理性或规律的闪光。直到瞥见墙角的骸骨，他才意识到，刻石的人可能和被囚的少年一样，不识字，更不会读写金文。匠人的文字是绳结。在偶人身体里，与、或、非的绳结有固定的入线与出线，对应金文写下的规则，一组输入，对应一组输出。而石壁的图示中，这字会生长、变化，是活的。

如果一个"与"绳结有甲、乙两个输入，甲代表形状与圆形的相似程度，乙代表颜色与橘色的相似程度，在偶人多次目睹橘果之后，连接圆形与橘色的"与"绳结的输出丙，就会有增加的权重，代表了一个简单概念——橘果的形成。从观察万象到思考规律，人对世界的抽象由语言完成，而在交缠的绳结间，他看到特征可以生出概念，概念可以生出规则，偶人的名与礼不再需要人一条条写下，而是通过层叠的网生成。

完成新的金文的傍晚，他看见橙黄的光带间有无数随风翻飞的黑点，成群的候鸟从北方飞来，落在淡紫色的石矶上，此起彼伏的叫声充满了晚秋清脆的空气。他又想起那夜。她在离开前讲了最后一个故事。她说，她的故乡也有这样的水泽，在夏季，人们会用劈开的苇叶和柳枝编成和真鸟一样大的假鸟，在底部缀上石子，它就会像真鸟一样在水上飘荡，不会被风吹翻。鸟儿看到了同类，就会飞下来。那些假鸟后来变得非常精美，工匠们用它展示技艺，她曾经有过一只，翅膀是极细的金丝编成的。那时候，人们已经有了更好的诱饵。他们驯养了漂亮的绿头鸭、大天鹅、灰雁，用长长的灯芯草绳系在脚蹼上，让它们在看不见的界限内自由地四散、飞翔、鸣叫。它们也是最聪明、骄傲的鸟儿，懂得鸟儿和人的欲望，不怕人，甚至不怕和小船一样长的重弩的呼啸声。那些从芦苇丛中连发出的箭矢能把鸟群射得稀碎。当河湾里和小船上覆满了又轻又软的绒羽的时候，它们会得到充足的食物，长出野生同类不可能有的鲜艳、油亮的羽毛，像被圣人刚刚创造出来时一样。在黑暗中，他被钳扭似的手指抓着，听着，等着她讲下去，过了一会儿，才意识到她已经离开了。

十一、公输平

公输平又开始做梦了。仍然断续、似曾相识。在梦中，他使劲儿睁大眼睛，想把看到的每一个细节记住、拼合，但宛奇总是比他更快。他在飞翔，群山与宫殿在头顶颠倒，他往上飞了很久才明白，那是映在水底的影子，他是在水下飞行，向上就是向下。他闭眼、放松身体、坠落，等着冲出水面，飞向真正的天空，但落在一张网上，他越挣扎，网缠得越紧。

"怎么了？"屈弗忌在大仓门口问他。天空刚刚露出鱼肚白。

"没什么。"他睁开眼睛，在身下压了一晚的手臂酸痛。

"做噩梦了？"

"没事。"公输平站起来，蹭掉漆案上口水的痕迹，点上蜡烛。莹白身体沿着关节缝隙剖开，露出黑白丝线织成的密网。他织的网。丝线在指间分离又合拢，一次次调整入与出的权重。火几乎灭了，铜盆边上积满了灰黑色的煤炱，他搓着手呵气，劈了几块柴扔进去。他不知道又过了多久，孤岛上，时间与记忆一样孤立无援，只有入夜后，从林间升起的星星越来越亮，他常常看着、看着就睡着了，一睡着就会做梦，梦见高塔、地底、荒野，他在跑、在飞，但总也出不去，有时他以为自己醒了，但只是坠入另一重梦。他没向屈弗忌提起过梦。现在他每天清晨就会来，仍然沉默，但公输平觉得，他比看上去脆弱，可能知道得更多，但不敢面对的也更多。他觉得自己有点儿傻，没早看出来这个和他差不多大的少年多么惶惑，连自己的命运也掌控不了,更不要说别人的。公输平曾畏惧、不理解乃至想依靠的,不是他,而是他懂的东西。那只是技艺的一种,像他的一样。虽然屈弗忌知道怎么造出像人的偶人,但礼不能给他力量改变他人,也不能阻挡死亡。他空有许多知识,但连把死亡拖延一个时辰都办不到。他总是想起他在梦中发抖、呓语,但不知道该怎么跟他说宛奇的事。

"偶人会做梦么?"当偶人从满案的花果中挑出橘子时,他问屈弗忌。他第一次看见屈弗忌笑。

"我不知道。可能吧。"他愣了一下。

"那你呢?"

"我也不知道。我几乎不做梦,也记不住。"

他怀疑地看着屈弗忌,只看见坦然,也许他真忘了?"贵人们不做梦么?"他不甘心。

"做。而且他们的梦可能会变成真的,决定王祚、战事、无数人的性命。"屈弗忌低声说,"但儒者不一样。儒者知道,梦不一定灵验,就像卜筮不一定灵验一样。殷人就是太相信这些才灭亡的。圣人的思想更精妙、更复杂。"

那礼就一定灵验么?他想着,但没说出来,只是继续工作。除了编织,还要将绳结不断地翻转、滑动、叠加。屈弗忌说,这是将循环之礼运用到局部特征不断重复的输入上，这样，偶人就能懂得更复杂的礼与名，人也无法理解，只有她自己知道是什么意思。她开始能分辨物体，说出不连贯的话。但她没有记忆。云母薄片的震动就像心跳，可她记不住说过的前一个字。

"她像被困在原地了。"公输平有些泄气，"如果是人，是很笨的婴儿。可能更像老人。"

屈弗忌沉思着，过了很久，才说，"也许被困住的是我们。"

"什么？"

"就像鱼。它习惯了在水里生活，感觉不到水，也跳不出水面。如果它忽然意识到水的存在，也许会呛死。"

他想起水底的梦，但还是没懂。屈弗忌每次解释都让他更迷惑，他心想，也许这就是礼，似乎什么也没说，又像什么都说了，因此总是对的。但这次他的确是对的。他们将网中一层的输出当作输入，重新指向自身，网就具有了处理时间的能力。在重新排布绳结后，公输平意识到，如果将偶人身体中层叠的网展开在一个平面上，网的长度就代表了时间的长度，名与礼随着每个时间刻度，一层层向网的深处传递，传递中有损耗，到达一定时间长度后，会模糊、变形、最后消失。那就是记忆。

当公输平第一次看到偶人不需要事先调制规则，就唱出歌的时候，仿佛回到了很久以前，山中的草木间。他仍听不懂她在唱什么，那是属于神明和男女巫觋的语言。他看着自己皲裂的手背、磨破的指尖，吸了吸鼻子，转头看屈弗忌。烛光下，他的脸和眼睛都闪闪发光，像一颗落入黑暗的星星，但他没笑。薄唇抿得很紧，透出一种古怪的阴翳。

"怎么了？"

"没什么。"屈弗忌摇了摇头。过了一会儿，他低声说，"记忆的产生，是自指，是将递归之礼用在网上。"他说得很慢、很清晰，似乎想要他记住。

公输平等着他解释名字与含义，但屈弗忌没说下去，忽然起身走出了大仓。他不由自主地跟上去。他听见奇怪的声音，像是指甲刮擦铜盘，然后他看见青黄的光带在北方昏暗的天空中蜿蜒游走，向他靠近、伸展，起初他以为那是一片被月亮照亮的、长长的云，就像独自悬挂在山上的那种一样，但忽然就站在了数百丈高的细密光丝织成的羽翼下。巨大、重叠的光的翅膀在他头顶翩然振动，动作极轻盈，像遥远的舞蹈，映亮了漆黑的水面和更远处的群山，那么无边无际，他永远懂不了她到底是什么，可她还是温柔地覆着他。他想起母亲，想起女孩。他跪下，仰着头，睁大眼睛，眼泪很烫。彩云、光风、凤、凤。北方的天是大水泉。身长千里的鲲能化成鹏。长虫。龙。是真的。她们的故事都是真的。她们知道。所有人曾经都知道、都见过。所有的故事都是她。只是他们忘了。不再懂，不再信。只剩下变形的字、破碎的语言。

光很快消失了。公输平仍跪在冰冷的黑暗中。他分不清那是不是梦。他听见屈弗忌说，有人告诉他，楚国语言里的原野，在她的语言里是梦。他们身处的离宫所在的荒原就叫作江南之梦。梦也许不是另一个世界，而是荒原，是平面，是界线本身。而他们和世界上的一切一样，都是由界线决定的。

十二、屈弗忌

夏姬嫁给连尹襄老一年后的初夏，楚的战马终于在衡雍饮到了黄河水。班师的那天很热，人们挤满了郢城的街道，空气里泛着酸味，有人忽然唱起了《下里》、《巴人》，引得所有人都大声唱起来。震耳欲聋的歌声中，屈弗忌远远看到王骑着骏马经过，人们争相去摸马蹄踩过的地方，不少人都哭了，而他模糊地觉得王好像从甲胄里看到了自己。他听说右广将军建议王收集晋军的尸体修京观，以示武功，不过王只是在黄河边祭祀了祖先。他继续在队伍中寻找，但直到人群散去，露出一片片被不知是汗渍还是泪渍打湿的地面，他也没见到襄老。后来工尹告诉他，襄老被晋军射死了，尸首还在郑国，她现在属于她的继子黑要。

屈弗忌常常想象她，不只是她。先是她的兄长蛮，接着是夏御叔。然后是在陈的株林、孔宁、仪行父、陈王。株林里有枝叶纠缠的榆树、柞树，还有高挑、摇曳的白桦树，光溜溜的白净树皮上有无数黑色的窟窿。无数的眼睛看着。无数的嘴一开一合。她不在乎。天气又闷又热，林地似乎被一层甜白的水汽笼罩着。透明的汗从襄老油亮的头顶一股一股淌下来。土地湿了。黑要的眼睛是两口燃烧的井。他需要他们才能看见她、接近她。但他和他们不一样，他握不住她。他握不住会说话的鸟儿。一旦听懂就握不住。黛黑的林子和白色的月亮荡漾着，一抓就散了，最后握紧的滚烫的只有他自己。仍睡不着的时候，他会到湖边去。在平静的夜色中，一条细长的湖水被月亮轻轻摇晃着，他的思绪也在不断重复的虫鸣中慢慢凉下来，像黑暗中石壁上的水滴，凝结、下沉，汇集成纵横交错的地下暗河。从很久以前开始，他就学习了两种知识。两者都让他习惯以极大的耐心和韧性观察、思考、计划、执行。他规划了两条路径。

见到屈弗忌时，她似乎一点也不吃惊，像是早就知道他会从水上来，乘着装满一筐筐杨梅的小船，披着箬叶编的蓑衣。和每一座府邸一样，后门的河埠头上常常挤满了船，送来一切又离去，船上的人是隐形的。湖心亭里很安静，他摘下斗笠。月光很暗，他觉得缟衣里的她似乎是透明的。

您可以先回到您的母国，您夫君的尸骨还在那里。我会想办法为您取得。我听说，大夫子反想要占有您很久了。黑要恐怕无法保护您。

比您还久么？

对您说的话，我从来没有忘记过。我知道，在您的眼里，我可能没什么不同。但在这里，也只有我知道您真正是什么。您的美是超越了真实的准确与秩序。我们都感觉到了，一切正在剧变，世界将再不复以往，您不是偶然出现在这里的。

您觉得变化是突然的，也可能是因为之前的变化都被人忘记了。有意的，或者无意的。

您能教我么？

他看见她笑了，眼中却有光聚拢、坠落，他仿佛看到了烽火在幽暗湖面上燃烧。然后她轻柔的嗓音变成了时而深沉、时而激越、清厉的喉音。他在巫祝招魂时听过类似的啸声,但他从没听过她讲的故事。北方冰原上的漫长夜晚。图南、指南、一路向南,只有在问卜与下葬时才会面朝来时的方向。种满萱草的北堂是女人的居所,那些大得惊人的美丽花朵喜爱阳光,有阳光色的花瓣和花蕊,只开一两日就凋谢了,留下强韧的块根和种子在贫瘠和严寒中等待,一代接一代。讲述着,从没有文字、没有青铜的冰冷黑夜里开始,直到温柔的技艺变成了工具与武器,从她们手中被夺去。圣人离开后的世界早已变化过、被修改过、被抹除过,无时无刻不在坠落着,她们知道但无能为力。青铜的时代不属于她们。她们只能等待。没有人懂,没有人信。那是美、是礼,也是许多他还不知道或者已经忘了的东西。他们只能看见他们想看见的。

您不必相信我,也不必记得我。最后她恢复了嗓音说着,拉起他,将一方丝帛放在他手心里。他觉出里面裹着一只玉环。她说,九天上的龙光变幻无形,到了九地之下就化成了不变不移的玉石。您已经懂了梦,愿您能求得所求。等待您的道路很漫长。

不,我还不懂。请您等一等。他说着,伸入袖中,才想起青果早就在被工尹抓住时捏碎了。她已经离开了。

他回到黑暗中，坐着，思考着，玉环渐渐变得温热。每次他以为懂了的时候，更多的问题、更大的世界就在他眼前展开。他觉得自己已走到了极黑、极深的地方，前面没有人，只有无数条岔路，他只能跟着自己的心跳声。他觉得有什么在注视他，等着他，准备吞噬他，可还是不由自主地一步步走下去。黑夜即将消逝时，他向郑的都城新郑送去了一只能飞三日的铜鹊，脚环上系着一支铜箔卷成的细筒。他以六国文字要求夏姬亲自去郑扶灵，归还连尹襄老的尸骨于楚。在铜箔背面，他刻下了金文。他不确定那个四战之地的小国是否仍有为君王掌管铜鹊的儒者，只知道那里曾经有过一位做了君王的儒者，第一次将律法刻在了铜鼎上。他觉得，他们可能还记得。

天亮时屈弗忌上了船。比起第一条路径，第二条路径是在他熟悉的土地中摸索，得跪在尘土中，扒开地面，指甲里嵌满了泥，虽然艰苦，但是他擅长的，也只有他能做到。他曾经以为过。

"要怎么做？"公输平望着他。偶人已经能从复杂破碎的世间万象中生成名与礼，感知被记忆与遗忘连缀的时间，可她还不是她。而他从少年工匠身上看到曾经的自己，虽饱经磨难，仍然对世界好奇、被些微的善意感动、对难以理解的东西敬畏，还不清楚自己可能有的力量，因此也无法理解力量的本质。有时屈弗忌羡慕他。

"你会怎么做？"他问公输平。

"她不像人，是因为……是因为她不懂，什么样的歌好听，什么样的舞好看，什么样的故事能让人着迷。她可以看、可以动，但她不知道，什么是对的、好的。"公输平说，汗珠在黝黑的脸上闪着细碎的光。

"怎么让她懂？"他接着问。

他看着公输平笨拙地思索。工匠其实很聪明，他只是没学过真正的知识。没人教他。记忆和情绪在瞳孔中碰撞，神采越来越旺盛，忽然凝滞。

"错者罚一……"

"学习。从经验中归纳出行动的准则，知道赏和罚，就能避免错的、行使对的。我们都知道。"

"他、我、我们……"

"工尹早就知道了。"屈弗忌走出大仓。阳光透过夏天的晨雾照在水面上，仿佛只是淡淡的月光，远处是被雾截断的青色群山，浓重的乳白色笼罩山巅，似乎能听到高远的风的呼啸。站在台顶时，沁凉的云气一股股涌入嘴里，呼出的白雾会变成雨。如果离宫真完工，可能并不是想象中的样子。他思索着。

"做下去。"

屈弗忌回头,破衫下露出青筋凸起的手臂,撑着门框。

"你要像他那样,用恐惧鞭笞、用谎言诱惑,给她心灵么?"他慢慢问,"她虽然还不是人,也已经不是物了。"

"我没有别的了。"

十三、公输平

记忆并非人天生的特权,而是被不可说的力量提缀的丝线,从名叫"罚"的高坡流出,向着名叫"赏"的低谷汇聚,遗忘则是剪刀,将误入歧途的线一一剪除。无数的坡与谷在虚无的荒原上起伏,丝线如花海交缠宛转,中间逐渐涌现出名叫认知的果实。榨取果实的精华,就酿出了浓烈的酒。果实会随时间衰败,酒却愈发醇厚,只需饮一滴,就能舞动身躯、生发词语。酒名叫心灵。

偶人能记得很多,所以学得很快。就像他雕刻蜂蜡时,因为记得,所以不会在同样的地方犯错。她不用背诵,也不需要老师,只需经由他手中的赏与罚,从自身的过往学。恐惧与欢愉在她脸上以难以估量的速度显现。那张脸很像阿芷,但公输平知道,她正在成为他不能想象的存在。他不清楚屈弗忌一次次调整的金文是以什么为参照，只知道自己已经变成了工尹商阳。后来他不敢再直视黑白水银的眼睛，他怕她醒来后仍记得他。有时他会忽然停下来，盯着自己的手，忘了自己在干什么，又是为什么，但在回过神后，他总是接着做下去。攀爬看不见尽头的梯子，向上比向下更容易。

"她会变成什么？"当不知道还能给她什么的时候，他问屈弗忌。她静静地坐在一旁，闭着眼睛，像是睡着了。

"我也不知道。"屈弗忌说，"也许，她正在做梦。"

"像我们一样么？"

过了一会儿，他才听见屈弗忌低声说，我们是什么？

她睡了很久。公输平在等待中越来越不安。有时他觉得自己像古代大匠一样，拥有了只存在于传说中的技艺，有时又觉得自己全搞错了，那些让人头昏脑涨的绳结什么也不是，他已经像父亲一样着了魔，一辈子都会被困在这里。天气又凉下来，水边白蘋的茎秆变得干燥、松脆，大雁悲切的鸣叫在大泽里回响，他却总觉得浑身发热。有好几次，他想解开绣着信期鸟的青色罗绮，拆开她、检查她，但屈弗忌从简牍和铜箔上抬起头说，给花草分株的时候，要是忍不住总拔起来看，是生不了根的。公输平觉得屈弗忌的耐心另有原因。他时常想起从天空垂落的光的翅膀。屈弗忌可能没看到，或者没听过故事。他也知道他不知道的。他觉得，也许是这些只有自己知道的东西决定了界线、决定了他们是什么。

那个冬天非常冷，湖水却还是流动的，灰暗的冻雨常常从北方的湖面上扫过来，留下一地带着冰碴的稀泥，大仓里弥漫着木头和金属的潮味。他们一起修整了屋顶、给石板地铺了一层兽皮，在用混了花椒的砂泥涂墙的时候，湖上起了雾。公输平从未见过这么厚、这么白的雾，完全遮蔽了群山，向着他缓缓涌过来。他屏住呼吸，等待着置身在吞噬了天地的纯白羽翼中，屈弗忌忽然将他拉回了大仓里。窗外几乎在一瞬间就暗下来，接着是巨大的呼啸，挟着暴雪的狂风卷过他们。没人说话，只有木柴在火盆里发出轻微的叹息声。几个时辰后，风变小了，他费力地推开被积雪挡住的门，然后她睁开眼睛，起身，走了出去。

树枝上的积雪簌簌地落下来，公输平看着她跳舞，似乎回到了旧时乡里的祭台边。他能听懂她的歌了。那是他没去过的地方。高大的宛丘上，人们围绕在树下，头插鹭羽的女孩不停旋转着，从坡顶一直舞到山下。舞起初像雪花一样轻盈，渐渐变得激烈、充满力量，她奔跑、跳跃，倒在没过脚踝的雪里，匍匐，又直起。风越来越大,她的身上沾了雪,头发被吹得纷乱,挡住了脸,在风中她的手穿过头发,做出他不能理解的手势,像在风中舞动的树,挣扎、祈求、邀请。他忍不住迈出一步,但女孩滑过他。屈弗忌站在他身边。他看到她将一把绯红的花椒放入屈弗忌手中,他给她戴上一只玉环,大小正合适。

走吧。他听见屈弗忌说,离开这里。

他忽然觉得非常冷、非常累,几乎马上要倒下去。他看着屈弗忌与女孩整理工具、丝线、铜箔,又从墙上卸下黑白琉璃图,但太大、太重了,小船直摇晃,他们只得放下。他听见屈弗忌说,这个世界很大。她会一直成长。人们会看见她、相信他。但公输平只想躺下。他望着慢慢变成灰蓝色的天空,光秃的枝桠像围栏上的铁蒺藜。小铜鸟在他手心里。他听到树枝被雪压断的咔嚓声,雪和夜晚把最轻柔的声音放大了,变成了轰隆声、叫喊声。小船出发了,他看着大仓与木屋退入黑夜,知道自己不会回来了。在划桨声中,他终于无法抵抗倦意。梦里只有一片非常强烈的光,他感到灼烧的痛,但怎么也闭不上眼睛。

不是梦。他醒了,又像没醒。

红色火焰在晨风里绽放,天边有一堆早霞熊熊燃烧。

宛转环

巨大的火球吞没了陆地与湖泊。殿宇像窝棚一样分裂、破碎，吱吱作响，火星如水四溅。火堆倒下来，在湖中漫溢。那是遇水而焚、得水愈明的巫火，由石脂水、硫黄和人骨粉末提炼混合，他迷迷糊糊地想着，太祖在造钩拒时曾实验过。

"快划！"屈弗忌大喊，他猛然清醒过来。他们在火海正中，船尾烧得脱落，弯曲焦黑的边缘像虫一样爬过来。屈弗忌在划桨，女孩蜷在舷边，已经扔了铜器工具，可船还在下沉。陆地近在咫尺，殿宇也在火中，火焰封住了半岛。他只有手。他在火焰奔流中拼命划着，被烟雾呛得咳嗽着，努力思考着可能的生路，转头看了一眼屈弗忌，他也在看他。

他们穿过宫室间流散的火焰，跌跌撞撞地走下冗长的石梯。地牢的门闩已经卸下了，搁在角落里。屈弗忌与女孩走进去，他顾不得细想，再次踏入黑暗，将湿重的门掩上。灼热和浓烟消失了，他大口吸着清凉润泽的空气。光亮渐渐盈满石室，他看到屈弗忌手执火折，一一点起火把，照亮石壁上的形状、墙角里的遗骨，还有坐在白骨旁的肥胖身体。

"很聪明。很聪明。"工尹商阳看着他们，微笑着说。

"您早就知道了。"屈弗忌的声音颤抖,但没有犹豫,"您杀了老师,折磨了无数人,却破解了圣人创物的秘密。您不循礼,却真正教会了我。可是、可是为什么?"他摇晃了一下,公输平赶忙扶住他,感到战栗几乎要冲破袍服。他不知道屈弗忌怎么了,只觉出一种危险的崇敬。"说!为什么!"他冲商阳大吼。

"很久以前,有位故人也问过我。"商阳摩挲着白骨,慢慢说,"你真想知道么?"

"朝闻道,夕死可矣。"他脱口而出,感到屈弗忌在看他,他望着父亲,忽然觉得冰冷爬满了身体。"我学得快。"他悄声说。

"那是很久以前,在沂水边。"火光下,商阳望着很远的地方,"我是比你们还小的孩子。"

十四、商阳

暖风摇曳着杏树的枝条,雪白的花一瓣瓣落在水面上。我搅出一个小漩涡,看花瓣在中间打转。鲁地的杏花和故乡的橘花很像,但比橘花开得早,真想知道,花谢后的杏子,是不是也像橘子一样好吃。

宛转环

商阳，快来。鲁地的少年在岸边喊，我忙从水中起身，穿上衣服，和他一起跑起来。杏花落在肩上，新裁的细麻布有阳光的香气，河水在身边哗啦啦响着，舞雩台巍巍立在大道尽头，隐隐能听到庆典前的鼓乐声。在之前长达七日的演礼中，老师已经得到了六国儒者的关注。我还听不懂他的论述和推演，但我在众人阅读金文时四处张望，看到坐在评台最高处的泰斗颜子也对他频频点头。

老师的演礼果然得到了盟会的嘉赏，礼名为学习。学习的思想古老直观，在三十年前，被颜子与另外两位大儒从卷帙中重新发现、拓展。许多像老师一样的后辈深研关于学习的礼，解决了一个又一个艰难、模糊的问题，在最近五年的盟会上大放异彩。我看着老师缓步走上高台中心，并拢宽大广袖，向四方儒者深深行礼。他刚过而立之年，身姿挺拔，那张坚韧聪颖的、属于楚人的面庞在阳光下闪闪发亮。那时我想，总有一天，我也要像他一样。

可在本该其乐融融时，他没有表现出儒者的谦恭，也没有对前辈同侪致谢。他提出了一个问题，改变了许多儒者的命运，也改变了我。

他说学习所用的方法仰赖于丝线间不可说的神秘，

即使儒者也不清楚含义，只是一次次用匠人的手改变入与出的权重。虽能解决问题，但并非儒者一直以来追求的、严格、周密、可验证的知识，更像古老无名的巫术。

可这巫术是灵验的。对成文之礼的固执，曾让人深陷泥潭，只有这以利为先的规则、看似蒙昧的冲动，才能让人在这世界间保有生机与自由。颜子说。

君子应有所为，有所不为，昔日的儒者，虽不可为而为之，颜子忘了么？今日的儒者，若不能以虽可为之而不为的心行走世间，与那些以强权恐惧攻城略地、奴役百姓的独夫又有什么分别？老师的言辞激烈，众人哗然，只有同样流着楚人的血的我懂得，他为何这样说。

你所求的，可能并非这世间存在之物。颜子没再说什么，挥手示意。我惊恐地看到老师被拖下高台，还在大声咒骂。他说儒者早已丧失了最初的高贵，变成了唯利是图的小人，靠着奴役匠人、靠着肮脏的赏与罚取得虚伪的荣光。儒者今日繁荣于求利的学习，明日就将覆灭于求利的学习，血与火将席卷平静的沂水，不放过一个儒者。

我再没去过沂水之畔。王的战火真的烧到了鲁地。舞雩台崩的消息传来时已是初夏，我记得窗外的浓荫里有蝉的叫声，空气是剖开的枇杷和杨梅的味道，老师抚摸丝线的手停住了，过了一会儿，他一把将线扯断。那天之后，他再也没有教过我。

世上再没有盟会了，也几乎不再有儒者。我始终没尝过杏子的滋味，但我吃过很多橘子。礼的美妙在于它在万物间恒常显现，只要人知道如何寻找。而老师已教过我，我懂得归纳、推演、递归、循环，我也见过学习的网络。学习本是楚人最擅长的事情，不管是老师，还是我。老师因为担忧而拒绝前行，他曾大声疾呼但无人相信的事情已经发生过了。我生长在这世间最强大的国度，没有什么能阻挡我了，也许除了内心的恐惧。

我长大了。新王是比我年岁稍长的强健少年，那时，我们常常一起在这片夏水与汉水围成的荒原间纵马。他说要将楚的疆域扩大到辽阔的九州，一统六国，就像上古时代的帝王那样，到那时，就让我做他的令尹，只要我展现出与智慧相匹的勇气，我微笑着称谢。王不知道我的智慧从何而来，也不知我的野心比他更大。我想要完全理解并复现圣人之礼。我想要的不止是这世间的一切，而是重新打通那座断绝人神的天梯。王的世界再广阔，也只是大地的一面，他不懂，在儒者的语言中，有个比全部大地更广阔的概念，叫作维度。我想要的是两个维度。

少年的誓言是可怕的东西，会把连带的一切烧尽。在那次漫长的奔袭里，我见到了一个叫夷光的女子，那是在苎萝山下的耶溪。我很幸运，在很年轻时就懂得了礼是什么，美是什么。我也很不幸，要经过十多年的跋涉，才真正明白，梦到底是什么。

完全明白后，我想起了颜子的话。真正的大儒，早就用简单透明的语言讲述了深刻的道理。老师也是真正的儒者，他只是做出了不同的选择。但他们都已经不在了。只有我，在誓言实现与破灭的那一刻，失去了所有，只能在这里徘徊，用与梦相同的原料搭建现实，向愿意听的心讲述无法埋葬的秘密。梦与非梦是真实也是谎言，所以我不会像老师那样，教授确切的知识、做出绝对的判断，我只提供方法与路径，由听者自行选择。这是我唯一能做的。

我的故事讲完了。

"可你凭什么!"是自己的声音，公输平听起来却陌生，"人……人有感觉，有心，人是自由的!不是任你摆布的数字!"

"你以为，她有自由么?"商阳望着两人中间的女孩。

"她、她不一样。"

"你以为，谁有权利?"商阳说，"谁有权利，让疼痛与满足、记忆与遗忘控制人?谁有权利，让人被束缚、被迷恋，再将学习的本能刻在人心里？谁有权利，让两种信念征战不休，直至决出高低？"他的声音渐渐弱下去，"囚笼就是庇护，庇护就是囚笼，是有人神不扰、绝地天通。"

公输平脑中嗡嗡响，他似乎明白了商阳在说什么，可人的本能保护着，让他无法想下去。

"您在第一次见到我时，就已经告诉了我，而我今天才真正懂得。"屈弗忌说，"递归的至美之处也是可怖之处，都在于自指。造梦的终点就是起点。"他的声音很轻，"至少，您教会了我。"

"你既然明白了，怎么选择？"

"君从颜子，吾从君。"屈弗忌说，"圣人不死，人不得生。"

"好。好。"商阳显得很高兴，"让我看看，真正的美。"

女孩犹豫地走上前去。商阳凝视了一小会儿，忽然扼紧她的喉咙。公输平吃了一惊，一把拔出墙上火把扔过去。火顿时吞没了人。烈焰中，肥硕的身体扭曲、收缩，肌肉烤成灰白，皮肤爆裂，黄稠的脂肪涌出来，像厚重的蜡，包裹绢面的烛芯。

他砍断手指，拖出女孩。她的右半边身体被烧焦了。他握住她乌黑、蜷曲的手，摇晃着，呼唤着，终于忍不住哭了出来。鼻涕和泪水涂了满脸,惨叫声消失后,他听见石牢中回荡着自己的声音。

火烧了四个时辰。熄灭后,地上只剩下一撮撮漆黑的焦痕。他分不出是谁的。

走吧。他听见屈弗忌说。带上她。

不。他嗓子哑了,鼻子堵塞,只挤出气声,我不去。

你要去哪里?

我要去昆仑。我不懂什么礼。我要搭起云梯,一步一步爬上去,看看他们,看看那个世界。

十五、尾声(一)

二十多年后,吴都阊闾街头,一群孩子围住一个盲乞丐。他脚上的痂像层叠的山岩,手抖个不停,从看不清颜色的包袱皮里摸出一件件小玩具。吴都依盛产铜锡的锡山而建,工匠擅铸剑,孩子们对铜不陌生,但他们从没见过这样的镜子、盒子,还有小鸟,等不及他解开包袱,就吵着抢,许多双小手抓着他、拉扯他、探入到他怀中,然后哄闹着散去。满地破布头间,他慢慢捡起一片光滑的铜箔。

"那是什么?"稚嫩的声音问。

"是最好玩的东西。"他的手仍在抖,黢黑的长指甲乱划,"来,我给你看……"

"骗子,你是个瞎子。你不会写字,怎么懂创物的规则?"

"你可认得儒者?"他猛扣住孩子手腕,"你、你可姓屈?"

"我姓巫。你放开我,不然我就告诉父亲,他会杀了你。"小女孩的哭腔里仍有倔强,"儒、儒者是什么?"

如果盲乞丐能睁眼,就会看到眼前人已有了白发,数道疤痕从下颚延伸到左颧骨,连接眼角的皱纹。但他只听到低沉、浑厚的人声。吴国大夫巫臣的声音,与他记忆中的楚国少年屈弗忌不一样。

你看见了什么?

那是人不该看的东西。瞎了之后我才明白,看到了也没用。没人信我。

所以你来找我么?

他们信你。他们相信儒者。

世间已经没有儒者了。

可你教吴人射御。还有那孩子也是你教的。还有她,她在哪里？

你不会见到她了。

你——

盲乞丐再也说不出话。他听到木柴的碎裂声，感觉到温暖的火焰在身边缓慢地燃烧起来，很多年前，在一座永不完工的宫苑，曾经有人一次次点起招魂的火。他靠着火坐下，伸出手烤着，听着，像编钟一样深远的人声在四面八方回荡着。

我们走的是一条回不去的路。无知的信仰与渴望诱惑着我们，去寻找高于这个世界的东西。在经历了艰苦的努力后，面对注定的失败，我们知道自己对世界的想象是错误的。但我们的苦难并不是唯一的。在这个世界上，许多人的苦难像高山一样古老，信仰宣布它和高山一样不可摧毁。相信带来希望，可以让人忍受一切，只靠着想象就活下去。我的老师曾用性命教会我相信，而他用了更多的东西教会我怀疑。这是一种新的技艺，更复杂，也更难传递，因为它是相信的孩子和敌人，从一开始就意味着痛苦、孤独、背叛与死亡。比起恐惧与渴望，相信与怀疑的力量没那么强大，但它们给了人一点自由的可能。我们的世界是无数条界线，是囚笼也是保护。和曾经的我们一样，每个人都需要选择要不要走下去。在无法醒来的梦境中，人只有这一点点可选择的东西。

黑暗中的火光，在壁上扭曲人影。他们不再说话，任由看不见的丝线牵动着，在火上烘烤双手。火堆很小，不久，盲乞丐就感到热气消散了。他站起身。

接下来，会怎么样？他问。

这是季世，我也不知道。

他听出了一丝熟悉的惶惑，点点头，离开了。黑暗是沉默的老友，正等待着他。

十六、尾声（二）

三百多年后，一个少年登上秦都雍城外的雍山，向东南方眺望。仲春晴空下，山川与良田绵延不绝，目力极限处像有水汽蒸腾。那是富庶强悍的国度，楚。少年还没去过，但他熟读史策，知道那里的许多故事。其中让他很感兴趣的，是一个名叫巫臣的小人物。

在史官的记载中，巫臣本是楚国屈氏的贵族，为了覆灭陈的美人夏姬在郑与楚的宿敌晋之间游走，被司马子反灭族，更名改姓。此人最后与夏姬归吴，将射御军阵之术传给吴军，教吴叛楚，开启了几十年吴楚血战的序幕。少年不太在乎风流韵事，蕲年宫里，什么样的女人他都见过。他感兴趣的是巫臣，这个人，看得极深，想得极远，极敏锐，却同时有极大的耐心，能用数十年来得到一个美人，或者创造出一个可与晋楚匹敌的强国。这样的人才与品性，是他在一统六国的霸业中需要的，少年想，因为对手的强大兴奋得微微发抖。

他转向西方，估摸帝国疆域的尺度，直到极西的昆仑。周穆王后，再没有君王西行，他只从修葺宫殿的工匠口中听过，曾有一个发疯的匠人在山顶修筑云梯，说要将九天上的神明拉下天庭。他还说身边有个像人的偶人，可是谁也没有见过她。

少年摇摇头，不再想那些胡言乱语。儒者的空话已让他烦躁，鬼神之言和那些繁复的六国文字一样，都是他要消灭的东西。至于像偶人的人，他想要多少，就有多少。

火一样的晚霞在帝国的天空里燃烧，他转身走下了雍山。仲父的眼线不会放他自由太久，但他有的是决心，勇气，和时间。

新的世界开始了。

附记：在人工智能研究中，基于规则（rule-based）和机器学习是两种高层次的框架流派，两种流派发展的历史，也可以看作是人工智能本身的历史。深度学习近年来发展迅速，但在2017年机器学习会议NeurIPS上，青年研究者阿里·拉希米（Ali Rahimi）向深度学习的开山宗师杨立昆（Yann LeCun）就机器学习的可解释性问题提出了质疑。

2019年9月至11月初稿，发表于
第七届豆瓣阅读征文大赛，获三等奖
2021年9月至12月二稿

宛转环

昔季女有宛转环,丹崖白水,宛然在焉,握之而寝,则梦游其间。

——[明]祁彪佳《寓山注·宛转环》

楔子

水并不冷。

他的云头履浸在水中，青色直裰的下摆在渐渐涨高的水面上漂浮，月色中，像一片柔软的荇菜。

他知道，再过一个时辰，水就会没过他的口鼻。为了将池面与园外河道隔开，他特地设了这道碎玉闸。梅雨季节，关上闸门，园中池水就不会上涨太快，然而水流就像年岁，终究难断，园内梨花盛开时，园外河道里也会泛起碎玉般的花瓣。当初为园内各景做注时，只是爱这临水落英的清新，没想到一语成谶。想来宛转环碎时，已隐约昭示了今日的情形。

倘若那时就已经知晓一切，又能怎样？难道就不会三进三退，就不会费尽心力建起这宛转之园？恐怕他仍会。见过时间流转，他已经明白，过去之所谓过去，未来之所谓未来，正因为在迷离万相中，所走的路才是唯一的实相。

何为梦，何又为实？这山川人物，是真，是梦？那时空变幻，是画外，还是画中？在那山阴灯会上倏忽而逝的，与在此沉浮不定的，是人，非人？

存了这番思绪，死不过是另一场梦。眼前浮起媚生的笑靥，理儿的面容，还有苣儿的眼睛。他也看见他们流不尽的泪。"君臣原大节，儿女亦人情。""国耻臣心在，亲恩子报难。"得妻儿如此，还有何求？

只是他们或许永远不会明白，他此时的选择，并非为了君臣大义。这个王朝的君与义早已失去了本来的颜色。他还怀着希望的，只有微微掀起一角的大幕后的那个幽深世界。

水浸没了腰部。还有三刻，足够他从头说起。

只当今日又是崇祯十三年吧。

一

茝儿是在上元灯会时得了宛转环的。

那日爹爹牵了她去龙山看灯，只见沿山袭谷都明晃晃的，像漫天星河倒灌，又像爹爹为她捉的萤火虫，一闪一闪，只是不会飞。走上山去，磴道两旁搭了长长的竹棚，每个棚子的四角都悬着罩了璎珞的羊角灯，写了灯主人家的名字，中间是一盏剔纱的大灯，乡人唤作"呆灯"的，灯罩上画了各种各样的故事，有"四书"的、《千家诗》的，还有的写了灯谜，描了佛像。每盏灯下都挤满了来看灯的人，卖瓜子糖茶的小贩在人群中挤来挤去，远处还有错杂的锣鼓声、咿咿呀呀的戏乐声，茝儿的眼睛与耳朵，都快用不过来了。

她松开爹爹的手,钻进灯棚里,想凑近看灯上的画。平日里,爹爹也教她些运笔用墨的法子,只是她总不太懂,什么是荒寒,什么又是平远呢。爹爹的画只有墨色深浅,灯上的画在荧荧烛光下,却鲜艳得要流淌下来。画里是骑着枣红马、在茫茫雪原上追猎的锦衣将军,雪地上留下一串浅浅的蹄印。苣儿还没有见过真的雪,只是听爹爹说过。灯滴溜溜地转个不停,马和人好像都从画中飞了出来,飘在空中。苣儿眨眨眼,马和人又回到了灯罩上。

"姑娘可喜欢这灯?"

她抬头,那人身上的短褐褪了颜色,面容在灯火间明灭不定。苣儿忽然发现自己孤身一人,鼎沸人声变得稀薄,左右看看,爹爹不见了。

"这灯上的画,不知怎么,像是活的。"她咬着嘴唇,心怦怦跳个不停。

那人微微一笑,手伸进胸前,掏出一个玉色丝帕包裹的物件,递过来。她注意到那人的手像爹爹一样纤长白皙,指尖有些微茧痕,不像是寻常引车卖浆之人。帕子温润细滑,被所包之物拱起一道奇异的皱褶,颤颤地浮在掌中,像一泓小小的春水。

她不敢接,又极想掀开帕子看。有这样的手的,该不是坏人吧?

"罢了。偶见姑娘注目这走马灯,倘若小女未夭,年貌心性,当与姑娘仿佛。这物是为小女所制,只是再也无法送出了。"那人惨然一笑,作势就要收回怀中。

"别……"情急之下,苗儿拉住那人,像拉住爹爹,又立刻松开。衣袂冷如寒玉,她的脸热了起来,忙低下头,一个字也说不出来。

"多谢姑娘。"

她听那人轻声说道,一抬头,人已经不见了,只剩下玉色帕子裹成的小包躺在青石板上。她俯下身,小心翼翼地捧起来。

"苗儿,苗儿。"

爹爹的声音由远及近,苗儿回过头,只见他两手各提一盏灯笼,跌跌撞撞地向她跑来。满山的灯不知何时已经暗了,隐隐传来了山寺的钟声。

二

苗儿想不出宛转环是怎么做的。那夜她揭开玉色丝帕,发现内里是一枚通体明澈的玉环。环壁极薄,壁内不知用何种技法，绘有极细微的山川林泉。更奇的是环的形制，既不是玉镯，也不是玉珏、玉璧，而是一条纤细玉带，像是被旋转了半圈，再将两端粘结而成。可苣儿找来找去，也不见粘结处的断缝，玉带通体光洁，没有半点刻痕。

"爹爹，这玉环是如何做的？"

她不止一次问爹爹，他却总是笑笑不答，实在被问得急了，便说，吴中的玉工把荸荠、木通草与玉石一起放入锅中焖煮，玉石就会变得绵软如泥，随意揉搓，名曰软玉法。苣儿不大信，冰糖荸荠汤是冬日里常喝的，她从姆妈的药匣里取了各种草药，再与荸荠、小石子一并放进砂锅里煮，可不管怎么煮，石头都是硬硬的。

"爹爹骗人。"

上早课时她扁着嘴，坐在画案前扭来扭去，墨也不磨，纸也不展。

他只好放下蘸了墨的湖笔，卷起展开的雪浪宣。得了宛转环那夜，他在苣儿睡去后细细察看，只觉非人力而为，可听苣儿描述，又纯是人世情事。直到他穷尽目力，终于在环壁内的微末间，寻得了玉工的名号，心下才如雪洞澄明了。那原是前朝名倾天下的琢玉圣手，使一双色赤如火的昆吾刀，刀法洗练如魏碑、清雅如南画，犹善在方寸间极尽工巧，以一枝纤如毫发的水仙花簪出山，琢玉如塑泥，二十年无人勘破其中奥妙。

约莫十年前，他在苏松巡按时，听闻那人性子古怪，在每一件玉器上都要留下自己的名款。因在御制款上暗留名款，犯大不敬，被处斩那年，已是九年前。至于这宛转环如何制成，又如何流落到山阴灯会上，就不得而知了。

他知道茞儿那夜大概是遇了异事，并不愿将其中原委与她讲明。

"也罢，今日不动笔，爹爹教你看画。"他转身从楠竹柜中拣出一卷画，"等开春，就带你去游城外在造的园子，也是依画而建的。"

卷子徐展，是一轴水墨远景，画中有水、有树、有竹亭、有茅屋，都只是寥寥几笔，留了大片空白，只在远景上用淡墨薄染了些山影，无一实笔勾勒，看起来濛濛一片。茞儿想，那园子要是也像这样空，可不大好玩罢？

爹爹好像知道她在想什么，"叮叮"敲了敲盛了水的梅子青笔洗。

"茞儿看看这笔洗，要不是空的，就不能装水。轮毂上的辐条，要没有空间隔开，车轮就不轻便。再看这屋舍，因为有了空，户牖、墙壁才有了各自用途。没有空，实也不存在，正所谓有形但为无形造。看画也是一样，人只知有画处是画，不知无画处皆画。画的空处，往往是全局的关键。若求纸上云林，何处留空、如何留空，比如何画一木一石更重要。最精妙的画，若说是墨色画就，倒不如说是由空白画成的。"

"可山里有好多东西，去年夏天我们去曹山替姆妈放生小乌龟，石宕里的小鱼小虾数也数不过来，爹爹还说，芥子纳须弥，池中一大千呢。"苣儿仍不大信，山石树木都触手可及，可是空，摸不到、看不见，为什么这么重要？莫不是像软玉法那样，又是爹爹哄她的？

他笑了，伸手抚苣儿的头。

"苣儿又长高了。"他顿了顿，"碾玉也好，作画也好，造园也罢，都是要在有限之内，再现无限之天地自然。正因为山川草木广袤无边，才要以留空来给人以想象的余地。前朝有一位技艺高绝的玉匠，曾奉上命在玉扳指上雕百骏图，你可知他是怎么做的？"

苣儿皱眉。莫非就是做宛转环那人？

"他并没有真雕一百匹马。"爹爹徐徐道，"只在玉扳指上雕了层峦叠嶂与高耸城门。马只雕了三匹，一匹驰骋城内，一匹正向城门飞奔，一匹刚从山谷间露出马头。仅仅如此，却给人以马匹无数、奔腾欲出之感。就像这画，空白之间，有浩浩汤汤的淋漓之气，壁立千仞的嶙峋之意。"

"唔。"她有些失望，定定看了画卷一会儿，似乎明白了一点儿，又似乎并不明白。午歇时，她又拿了宛转环来看，环只是形制古怪，环内所雕景致虽细微，也历历可数，不过十余。看着看着，就睡着了。

爹爹望着苣儿握着玉环酣然的睡态，眉眼间仍是一团孩气。再读手中自北地传来的书信，千里之外崩裂的巨墙、飘摇的朝堂，也就像墨影一片漫漶，不再真切。他放了信，拾起笔来，继续为园中诸景做注。园子依山势而建，各景大都从诗文中得了名字掌故，不过园子本身还是简单地以寓山为名。

"爹爹，爹爹。"

苣儿不知何时醒了。"我做了个梦，梦见在画一样的山水间，但是活的，不是画。山里一个人也没有，我走得很快，像在飞，山崖是红褐色的，很厚，上面有绿油油的茶树，山溪又深又急，碧绿溪水卷着细细的白浪。还有琉璃瓦顶的亭子，檐角有风铃叮叮当当响，转过亭子去，又是一片红褐色的山岩，只是这里，茶树却长在了山崖下面，天地好像活过来，翻了个身，脚朝天了。"

"苣儿御风而行，游无上妙境，成仙人了。"他笑着说。

"不，那亭子是人建的。"苣儿摇头，"匾额上有他的名字。他叫子冈。"

他的笑容忽然凝住。那个吴越乃至天下都为之震动的名字，那个使有史以来最杰出的玉工断送了性命的名字，他并未向苣儿提起过。

"苣儿，再好好讲讲，梦里的世界是什么模样。"他一把抓起了宛转环。

"有厚厚的山岩、矮矮的茶树、卷着白浪的溪水、檐角有风铃的亭子……是了，爹爹，梦里的世界不是画上的，是宛转环里的！"

苣儿睁大眼睛，见爹爹用一支抄《灵飞经》的小楷狼毫，一点点地，把宛转环里的景致轮廓临到一张柔软的玉板宣纸上，用裁刀剖成一长条，扭转一下，再用糨糊把纸带粘起来，轮廓就立了起来。虽然只画了一面纸带，山岩，亭子却出现在了纸带两面，画的上下方位时有颠倒。两面的纸带经过扭转后，只剩下一个面，原先有画的一面和空白的一面，交替出现在新面上。

"可是梦里的景致连绵，并没有空白。"苣儿道，"他难道画了两个面？"

他摇摇头，用笔蘸了朱砂，沿着粘好的纸环边缘一笔划过，有画的一面和空白的一面，都染上了殷殷的红。

"神乎其技。"他长叹,"他必是先将玉以不知何法扭结成环,再雕刻其上。此环形制特别,能将单面的画呈现在双面上,以画中人看,可不就是天地都活了过来?你在梦中,是以画中人之身游历此环。"

"那,那可能不是软玉法吧?"沉默半响,她讷讷问。

"爹爹也不知道。茁儿长大了,很多问题,爹爹也答不出了。"

不知为什么,她觉得他有一点点伤心。

三

春天到了,茁儿跟爹爹去看园子。园子很大,她和爹爹沿着园内的河堤走,初时还走走停停,注目水中的一尾小鱼、汀上的一只沙鸥,后来绕进山里,见了数不清的树木岩石,渐渐就忘了来路。爹爹却对每一个弯折、每一处隙地都熟悉。一会儿说这里临水而稍稍透迤,可植修竹,一会儿又说那里土层浅薄,可置茶坞。她觉得,他就像在这偌大的山林间作画,土木林泉,皆为笔墨,可随意挥洒,而且在没动笔之前,已想得很清楚了。

转过半山麓的草堂,花木中掩映着三间宅子,中间一间阔大，两边两间窄小，像供桌上的贯耳瓶。

"这里叫作瓶隐。"爹爹笑道，"古时有异人叫申屠有涯，放浪云泉之间，随身携一瓶，困乏时，就跃身入瓶，世人都叫他瓶隐子。今日爹爹也取此意，把这三间卧房筑成瓶形。"

"瓶子那么小，怎能容下这么大的人？"苣儿问，又自言自语，"是了，他肯定跟子冈一样，有软玉法之类的法子，就叫软骨法吧。骨头软了不够，还要缩小才行。"

沿着小径登上山脊，是一座五层的木阁。楼梯高而窄，苣儿扶着栏杆往上爬，登上最后一层，眼前豁然开朗，越中的山川云水，在微茫雨色中，真的好像画里一样空濛迷离。再往远看，层叠山原间，有村烟袅绕、渔火遥明，更远处海潮涌动，记忆里，要坐很久马车才能见到的景象，都近在眼前。

"这是远阁。禹碑鹄峙，越殿乌啼，西园飞盖，兰亭流觞，广袤空间里的江山风物，只因此地势高，就都能收入，成了我园中的小景。造园之术，岂不有趣？"

爹爹背着手，从狭小阁间悠然眺望，直到听到苣儿断续的哭声，才惊觉她不在阁上。他奔下楼，只见苣儿趴在楼梯口，呜呜地哭。

"我想小解……下楼，从、从楼梯上跌下来了。"

"哪里痛，这里?"他见她的小手搓破了皮，只恐伤了筋骨，连忙按她手脚关节。

"不疼，可是，你看……"

苣儿从香囊里抖抖索索地掏出宛转环。玉环上，磕了小拇指尖大的一个缺口，露出环壁极薄的断面，原来是空心的。

"玉碎虽可惜，毕竟是身外之物。"

他舒了一口气，想那陆子冈鬼斧神工，名重一世，多少藏家为求一玉倾家荡产，此时则万不及苣儿安危了。"还能自己走路罢? 来，爹爹背你。"

苣儿拿手背抹了抹眼泪鼻涕，想站起来，眼眶里，泪还止不住涌出，她揪了片细长的书带草，想把玉环擦拭干净，"啊"的一声，怔住了。

他顺着她的目光看去，只见书带草的草尖探入了玉环的缺口，竟随环内走势弯转起来，曲折之势，与那日他用纸带演示的、玉环未碎前的模样一样。

他也惊呆了。触碰玉环，仍硬硬的，玉所包之物，却从未想过。他忽然懂了。是了，不愧是大宗师、大手笔，枉我自夸以画造园，竟没想到此节。

他站起身，踱来踱去，松阴长衫在山风中呼呼作响，像一只青翼大鸟。不错，不错，如此这般，如此这般，这等神力，仅为博小女儿一笑耳，真是举重若轻，举重若轻。

"爹爹？"

苣儿好不容易定了神，却见他像是饮多了琥珀色的冬酒，面色忽而大喜，忽而发狂。

"爹爹？你怎么了？"

"苣儿，你还记得那日讲画，最精妙的山水，不是以墨色画成，而是以空白画成的？"

"是。"

"子冈治玉，也是空前绝后的技艺了。他在宛转环上琢的并不是玉。他不是用荸荠煮软了玉，而是以那对昆吾刀雕刻了空间。空间宛转成环，再以玉片贴覆其上，自然就延展成环，所以草尖放入其中，也会依势弯转。空，不可见，无定形，子冈却发现它可弯折、可扭曲，他所用的，其实是琢空之法。"

"那瓶隐子……"

他点点头。"瓶隐子应该也是以琢空之法，放大了瓶中空间，或是缩小了自己所处的空间。'无一物中无尽藏，有花有月有楼台。'苏长公诚不我欺，只有近乎道的技艺与苦心，才能在这无一物之中，现出万千世界啊。"

夜幕渐渐爬上了山林。两人不再说话，就着一片淡淡的月光，慢慢走下山去，各有各的心事。茞儿想着去哪儿寻一小片一模一样的白玉，把宛转环补好，他在想的，又要更多些。

四

已是十多年前了。祁幼文刚到任兴化府推官时，不过是弱冠少年。不要说知府、通判，就是府衙里职位低微的功曹小吏，看到竟来了个书生执掌一府的刑名，都哂笑起来。

可他听不懂。府中衙役见他不懂方言，更加肆无忌惮，不光当面用方言戏谑，做事也懈怠，今天所寻的案牍找不到了，明天理刑厅的地面上被人泼了污物，去追问，衙役们却纷纷摇头，一面操着蹩脚的官话说不知，一面偷笑。

怎么办？出身簪缨世家，自小熟读经史，十九岁得中进士，为官之初，他就暗暗立志，要精研律例，秉公为民，成为前朝海瑞那样的能臣，难道现在，竟被几个猾吏戏耍不成？可是孤身在这闽东，每天一睁眼，所听都是异乡语言，所见都是异乡面孔，只有城北壕沟开凿成的小西湖，能让他稍感慰藉。湖上有南北两堤，虽简陋，但绿柳拂荡、清波涌起时，也能让人想起西子湖上苏白二堤的风致。唉，又怎比得上真正的西湖！仕途漫漫，和媚生荡舟同游的日子，坐看暮色入林、兴尽戴月而归的日子，不知何时才会有了。

那时他与媚生成婚不过两年，新婚的欢愉还历历在目。初见她时，她穿了一件月色的褶裥裙，动静间，褶裥流动如月华一般。她并不像一般闺阁女儿那样娇羞，泠泠然的容姿，他从未忘记。

他几乎想得失了神，直到窗外传来街上小儿喧哗。小儿唱着歌谣，依然是难懂的方言。他忽然有了办法。他虽不懂方言意思，但自幼听诵诗书，有过耳不忘的功夫。他将字音以反切法记下，又悄悄买了两个本地粗使婢女。

十日后，祁幼文升堂议事，将猾吏侮辱之言一一翻译陈述，按《大明律》，骂本管长官者皆杖责。群吏大惊，从此无人敢犯。百姓听闻新任推官虽年少，处事却精明，也纷纷到府衙上诉。他在兴化府任推官六年，每年审公案两百余件，大到谋财害命，小到丢包换银，破了不少疑难杂案，但有一件他始终没有弄明白。

那本是一桩普通田产案。兴化地处闽东，山多土少，山间田地常划为无数小块，各小块间肥瘠不同，买卖典当不断，各家田地错杂。农户陈阿乾家有三亩薄田，紧邻当地富户方氏田产。陈家七口，生计本已繁重，他又常接济游方僧道，日子颇为拮据。

方家多次想收买陈家田产，以和自家良田连接成片，陈阿乾却不卖。过了几年，陈家老母失足跌下山崖，陈阿乾将田土以十两银子作价，抵押方家，筹措丧仪。方家在陈家田上圈地划界，陈阿乾却操着柴刀阻拦，称田地并未卖给方家，不信，拿田契来看。方家人回去一查，田契竟不见了。可当日明明抵押完成，十两银子也已从账上划去。

方家纠集了一伙流氓青皮，半夜强闯入陈家茅屋，将陈家大小拖出来，在屋中翻了个底朝天，终于在腌菜缸里发现油纸裹的田契。陈阿乾被扭送至县衙，方家本以为人赃俱获，不料田契再次在众目睽睽下消失无踪。县衙不知如何裁决，两家闹到府衙。

祁幼文仔细检查了方家存放田契之处。那是大宅深处的一座库房，进入库房，再打开锁柜，需要数把钥匙。他也计算了从进入大宅到打开锁柜的时间，家丁仆役来往不绝，无法在无人察觉的情况下做到。陈阿乾不过是一介农夫，难道，还会上天入地不成？

祁幼文注视着匍匐在地的农人。他肤色黝黑，目光呆滞，只有脸上时不时颤动的肌肉，显出内心波澜。自古以来，礼不及庶民，教化不闻于百姓，即使在海瑞这样的名臣笔下，乡民似乎也只是一群动物，既浑浑噩噩，又狠毒狡诈，易于冲动。刚开始为官时，他也不理解，为何他们因小事就打架斗殴，甚至自杀泄愤以陷害仇家，死亡对他们而言，竟是那么轻易。

后来他渐渐明白，并非所有人都像他一样长大。他们的生命里没有文章义理，没有诗情画意，没有至亲的谆谆教诲，也没有爱人的心心相印。士人习以为常的自尊自爱都需滋养，而当日复一日地挣扎于温饱、被侮辱损害的时候，卑微地活下去，才需要最大的勇气。他虽不能体会他们的切肤之痛，也并不愿只将他们看作愚氓。

"此案有何隐情？买卖本属自愿，你既已将田地抵押于方家，为何又屡次反悔？"他屏退左右，"说出详情，本官定还你清白。"

"大人！"陈阿乾忽然哭起来，"老母是被方家害死的！老母虽年迈，身体一向健康，山路走了几十年，怎会失足坠死？"

"可有证据？既如此，为何还抵押田地？"

"小人不能说……"农人脸上满是恐惧，"小人也是后来得知……可他们推下老母的情形,我看到了,真真切切……"

"到底为何?你看到了何事?"

"当时没看到,可是后来又看到了……"

陈阿乾语无伦次,他只得换个问题,"那田契是怎么回事?你将田契藏在菜缸中,总该知道它是如何从方家消失罢?"

祁幼文皱眉。法术之说,他一向不信。可陈阿乾却赌咒发誓,是这个脸色蜡黄的方士帮他偷出了田契。此人形容枯槁,咳嗽不停,不像是江洋大盗。之前祁幼文也查办过不少以法术为名的骗案,或是假借鬼神,骗取钱财,或是以怪诞夸大之辞,迎合人心,只要仔细查问,根本就没有什么妖法巫术。

"你如何拿到田契?快从实招来!"

"天机不可泄。"方士瑟瑟发抖,却不肯说。

"本朝以道德律例治天下,法术这等卑污行径,人所不齿,依《大明律》,师巫邪术,为害民间者,当斩!"

"大人真认为,人间律例可治天下么?"方士抬起头,仍在发抖,"古有伏羲制八卦、文王演周易,今有钦天监正四时、释天象、定吉凶。天象失常,帝王都须避殿减膳，诏求直言，千百年如此。皇家的威权，朝代的兴衰，难道是依赖道德律例么？倒不如说，是某种不可说的规则。万事万物都因循规则，小人只是略微利用了规则"。方士竟凭空拿出了田契，双手举过头顶，"世人视法术为污贱，可法术只是法术，如何利用，全凭人心。就如钱财，世人都道钱财好，可又有多少人为谋财而害命，大人见过罢？"

祁幼文吃了一惊。为官多年，他的确见过无数人心的残酷与无奈，也常思考，律例如此严格，赋税愈发沉重，难民流徙四方，疾苦从何而来？所见不平之事越多，他对律例与经典的信仰越发动摇。

"是何规则能统摄万事万物？"

"圣人创物的规则早已流散，小人只知其中最微末者。是空，无处不在的空，包含万物的空。田契看似被层层锁住，但从另一个方向观之，门户大开又相互联通，不费吹灰之力，就可隔空取物……"

他就是在那时，隐约明白了空间可以舒纵卷缩的道理。许多自古流传的异事，只要想通此节，也就不再是传说。吸纳八纮九野之水的归墟是什么，不断增长、越掘越多的息壤又是什么？都是在空间上琢出一个小小的孔洞，再将其不断拉伸扩大，将万物导入其中，再从另一端取出。上古生民口耳相传的故事，今日只有卑微的方士还懂得。

直到看到以琢空法制成的宛转环，他才知道，仍有极少像子冈那样的人，不为世俗所扰，精研物质之性、空间之理，得以一窥奥妙，并更进一步，以宛转之形，使画中世界活了过来。

只是有一点他至今不解，陈阿乾是如何看到老母被推下山崖的？

当时方士再不肯说，只是不住磕头，额角渗出鲜血。祁幼文让他退下，思考良久，将田契烧掉了。

五

四月间，雨下得更大了。今年雨水极多，晾在院中的衣服还没干透，就得收回屋里。茁儿伏在窗上，看院角的芭蕉树喝饱了水，刚刚挺起碧绿的叶片，又被雨打得弯腰。已经很久没去园子里了，山上的草木，也越来越高了吧？

爹爹这几日一直不在家，每天早上就乘了肩舆往会稽城里去，有时还要乘小船往吴兴去。有时还与不同的先生一起回家，在书房里谈到半夜，早课与晚课都不上了。姆妈身子仍不大好，有时勉强精神教她几句诗文，苣儿却还是想去园子里。

"姆妈，爹爹为何还不回家？"

"今年雨大，江里发了大水，乡下农人的地被淹，房子也被冲了，爹爹是在筹借赈灾的米粮。会稽山边，大禹治水时留下的禹碑，带你去过罢？"

她伸手入香囊中，去抚宛转环的缺口。小玉片没寻到，爹爹也忙着。自从环破，之前鲜活的山水林泉，也在梦中渐渐模糊。她生怕再也见不到，甚至不敢握着宛转环入睡，好像不去看，梦就会一直在。雨这么大，爹爹的园子也不知道怎么样了。

这一晚苣儿没有睡着，望着窗外沉郁的云气，好久都找不到一颗星星。估摸着爹爹应该回来了，她悄悄起身，循着墙，蹑手蹑脚地挨近堂屋边。

爹爹和姆妈在谈论着什么，有些她能听懂，设立粥厂、开设药局。有些她听不懂，什么平籴、荒政之类的。后来又能听懂了，好像是官兵在哪里大战反贼。

说话声停了，她赶紧躲到一边。门吱呀开了，爹爹又往书房去。她不甘心，待到姆妈回去了，也往书房走。灯光下，只见他拿了一封信，看来看去，脸上显出一点古怪的笑容，终于放下，起身吹了灯，出去了。

她从虚掩门缝钻进书房，拿了信到窗边，就着黯淡天光，一点点往下看。信是一位王先生写来的，有些地方看不清，又有些字不认识，只能看个大概。

> 顷见尊园，盖有四负，君处其三，弟居其一。君深受国恩，当图报称，即退休林下，亦宜讲道论业，日思所以匡扶社稷、泽润生民，乃今两年于兹，不务乎此，而徒经营土木，刻缕花石，逞一己之小慧，忘天下之大计，人尽如此，国复何赖？是谓"负君"。尊大人久依有道，旁通宗乘，购书万卷……今君年近不惑，位居台谏，立身行道，岂异时事？而此志未见卓然……是谓"负亲"。君天资敏达，赋性忠厚，允称济世之通才，堪为入道之利器……而乃不自珍惜……混明珠于瓦砾，弃良田于秭稗，是谓"负己"。君堕此三负，而弟过蒙道爱，许之直言，乃不能于未发之前，绝其端芽，徒冀于已事之后，救以口舌……是谓"负友"。

再往下的笔迹愈加潦草，看不清了，可苴儿已经不想看了。王先生的文字她不能全懂，但是在狠狠责备爹爹，怪他不去做官，而是在家里造园子，是看明白的。再想起他为了筹借米粮，园子已经多日不理，却还被王先生这样批评，心里涌起一种从未有过的酸苦，竟比自己犯了错、被爹爹训斥还难受万分，忍不住抽噎起来。

"茝儿？为何哭了？"

爹爹不知何时又转回书房，点了灯，见茝儿汪然出涕，忙抱她，拭去她脸上的泪。

"爹爹……王先生骂爹爹……"

他见茝儿攥着信纸，望着她湿漉漉的小脸，一时间什么都说不出了。过了半晌，才从摇摇欲坠的书纸堆中，抽出一张画纸。

"茝儿不哭。王先生说得对，爹爹听就是了。"

"爹爹不要去做官。"她哭得更厉害了。

"不做，不做。王先生说负了，那负了就是。你看，爹爹打算在园子里，新起一座四负堂，就在远山堂后，可以植桑树、养蚕宝宝。"

"爹爹，为什么这世上，有这么多洪水，这么多灾祸，这么多可怜的人？"她终于止住哭，哑着嗓子问。

"这世间虽大，万民能平安生息的地方，并不多矣。"良久，他轻声道。

"那怎么办?"她望着爹爹,烛光下,他的侧影是金色的。

"爹爹也不知道。"他站起来,身子浸入黑暗里。"爹爹只能造一个小园,保茞儿平安罢了。回去睡罢。"

乌鸦在枝头叫了两声,夜雨从檐角滴滴答答坠下来,茞儿摸着宛转环睡着了。梦中的山水像被雨水化开,渐渐看不清了。

六

祁幼文在二十九岁时升任右佥都御史,这也是海瑞曾经就任的官职。媚生那时正怀着茞儿,身子不便,却还是随他北上,经停西湖。他们在南屏山下放舟,媚生在夏日暖风中睡去,过了许久,才在船桨的欸乃声中醒来,说经此一别,只怕又是多年无法得见西湖风景。在那时,他就动了将山川湖海以寓山之园重现的念头。

然而时局一天天变坏了。他看过户部的邸报,陕西、河南,几乎没有一年不遭灾情。大旱、大水、秋蝗、时疫接踵而来,山间的青草树皮都被饥民搜刮干净,只能吃观音土,最后腹胀而死,尸身和大哭的婴孩充塞道路,侥幸出逃者沿途行乞,不知何时就会变为路边饿殍。就连祁幼文所巡视的苏州府、松江府一带,本是泽被天下的富庶之地,也能见到衣着褴褛的流民。

江南又如何,失了土地的农人,十户倒有其九!在苏州城门边,他见到无主苦工成群结队,伸长脖子,眼巴巴地等着雇主。北方的灾难是否会降临到他们身上?多少人会沦为乞丐?又有多少人会混入青皮无赖的路数?他上疏朝廷,陈民间十四大苦,却如泥牛入海。又能企盼什么?内有流寇,外有鞑靼,小民之命,还不是草芥一般。

让他最感寒冷的,正是这漠然。有时他甚至怀疑,是否自己才是异于常态。为官多年,他习惯了压抑细微的文人情感,他其实做得不错,下令当街杖杀欺凌百姓的泼皮时,围观人群无不畏惧。但他始终不能像海瑞那样,成为一柄真正的利剑。山川之美、阖家之乐令他太沉醉,朝局之乱、百姓之苦,则令他太悲愤。然而高居朝堂者对这一切视若无睹,甚至他们本身就是疾苦之源。

在宜兴,他审了另一桩案,使他不得不离开官场。

宜兴是周阁老的家乡。周阁老二十岁得中状元,文名远扬,曾是他仰慕的对象。宜兴文庙前有金碧辉煌的三层牌坊为他颂德。然而周家的子弟倚仗权势,横行乡里,闹得鸡犬不宁,乡民忍气吞声,直到那一天。

依然是田地。这次周家要强占的不仅是良田，还有良田上的祖坟。被占地的张保儿抵死不从，周家的家丁竟弄了几条母狗，拴在张家庄稼田边，招引众多公狗，与母狗咬打嬉戏，践踏青苗坟地。张保儿气急，将狗一一打死，抛在周家田里。次日，张保儿还未出门，就听见门外人声喧哗，他推门，门被顶住，奋力一推，咣当一声，一口沾着新土的棺材横在门前。

张保儿气得拿了菜刀冲出来，要与周家拼命，却被早有准备的家丁七手八脚摁住，以持刀伤人之罪，扭送县衙。张家妇孺和乡民赶到县衙牢房，却只见到一具焦黑尸体，说是狱中失火，还未升堂，人就没了。

忍耐多年的乡民终于愤怒了。几百人操着锄头镰刀，一把火烧了周家大宅，损毁了周家祖墓。祁幼文到宜兴时，臬司衙门的府兵也刚赶到。

深重暮色中，他看着县衙院内跪满一地的乡民，有白发苍苍的老者，也有尚未蓄须的少年。人人脸上写着绝望，人人脸上也写着不甘。没人抬头看他。他们眼里，他只是另一个官官相护的大员。

"烧周家宅院，毁周家祖坟，是谁领头起事？"

没人回答。

"你们可能不信任我，但我告诉你们，依《大明律》，不光要杖责纵火者一百,更会处斩谋杀良民、发掘坟冢的恶徒,不管他有什么靠山!你们以为,我大明的官员,就都只是尸位素餐、结党营私、盘剥百姓么?你们以为,我大明的官员,就只有甘草阁老、乡愿相公,就只会眼睁睁看生民困于水火,社稷陷于不复么!"

乡民惶恐抬头,只见火把映照下,不再年轻的巡抚大人眼中有泪闪动。

被迫辞官还家后,祁幼文还常常想起那个夜晚。他觉得自己在那夜无比接近海瑞,之后的命运也有相同的走势。但他不是海瑞。越中的山水林泉,让他能吟咏自娱,家庭生活也给他深刻慰藉。比起在荒凉瘴病的南海之滨,将毕生寄托于为国尽忠、为民请命的海瑞,他是幸运的。然而不幸也正在此,覆巢之下,焉有完卵。当他意识到,所有将在眼前被一点点碾碎时,巨大的焦虑攫住了他。他想起那些衣不蔽体的流民,有人的衣服还能隐约看出是上好的绸缎。他无法想象媚生与理儿、苣儿流离的样子。

田地。这十多年来所办的大小案件,上书痛陈的十四大疾苦,里甲、虚粮、私税、流民,最终都归结于田地。借米赈灾时,一日发七石米,每人每顿不过分得两勺薄粥。一亩良田,丰年也只产五石米,常田只产三石。他见过为了一碗清可见底的薄粥在污泥中挣扎的村人,也掩埋过腹部凹陷、皮若青纸的尸身。甚至是四起的流寇、犯边的鞑靼,所求的也不过是更多平安生息的土地。

他何尝不知症结。富者阡陌千里,贫者无立锥之地。何止是地方豪强。在瓜洲,他见到浩瀚江面上,数百只运送漕粮的船泊在运河水闸前,等待潮涌开闸,在夜雾里向北航行。一张晦暗巨网在天下的每一个角落铺展。

除了以士绅之名救荒,他还能做什么?难道真如挚友所言,在这东南一隅的小园中度过余生?他想起很久以前的兴化府案,想起画中的机巧,还有那枚使人入梦的宛转环。物质之性、空间之理,在笔墨里,在玉石中,或许也在土木林泉间。

七

杨梅熟时,天气变得好些,爹爹也不再整日出门。他的双鬓不知何时白了,好像老了一点儿,可目光炯炯,神色也开朗不少,又好像年轻了一点儿,两相抵消,也许还是没变。

他整夜在书房里画园子的图,白天则去园中指挥修建。每天晨光刚露头，他就叫小厮撑船往园子去，只不过三里多水路，半刻就到了，但他急得很，刮风下雨也不停歇。苣儿开始还同去，去得多了，见他对每一片石材的叠放，每一株草木的位置都要亲自调度，也就倦了。爹爹似乎是想把大雨耽搁的几个月赶回来，可树间还没有蝉儿聒噪，榻上刚铺上清凉的竹簟，漫长夏天才刚刚开始，不知道他在急什么。

爹爹每次去园子，都要带一叠画。有的像院本工笔，画了亭台楼阁的细部，有的像山水长卷，画了山林土地的远景。最大的一幅反倒什么也看不出，只有曲折的线，连起或圆或方的小块。苣儿开始不明白，后来才知道是园子的鸟瞰图，只有按照这图，才能确保建成的园子和构想中一样。

爹爹怎么知道鸟瞰园子是什么样？苣儿奇怪，可他说不难。他用纸叠了小树小屋，又在院中空地置了石头假山，以碗莲盆作水池，以对半剖开的竹笔筒作溪流，布成小小的园子，低头观看，就能画出来。他还叠了许多纸形，有圆有方，还有各种叫不出名字的样式，有的是有尖角的圆弧片，有的像从圆纸球里削出的纸包。所有纸形都有各种扭结，其中最多的，还是像宛转环那样，中间扭了一下的圆环。难道也要在园中放这些么？苣儿问爹

宛转环

爹，他却总是笑笑，不说话。

第一阵秋风吹来时，纸形也像院中的梧桐叶一样，被翻得哗啦啦响，两人又往园中去。坐在小船上，从满河白绒绒的芦草间穿过，看着船后水纹分开又合上，微明天光从细如针尖的芦花上透出来。蝉与青蛙都噤了声，只有水鸟不知藏在哪里，扑腾着翅膀，忽然就有了一点凉意。

小船绕过一片青林，就从水路到了园子。苎儿摸摸眉毛，像是凝了盈盈的露，衣袖也沾了淡淡的湿气，还未进园，已身在琉璃国了。泊舟登岸，透过长廊看去，是让鸥池。风动清波，池中山影袅袅，分不清何处是云，何处是水。

"苎儿看，池边的亭台楼榭，有何特异？"

苎儿四下环顾，只见池西有一条长堤，伸入田田莲叶，叶间一座石台隐隐浮现，台后有竹林小山。池东是几间粉壁黛瓦的水榭，临水面湘帘半卷，每座楼台都向水面开了窗。再仔细看，每座楼台的朝向略有差别，都向着湖水中心，扭转了一个小角度。

"这亭台，好像是一群人聚在一起议事。"

"是了。此为向心之法，不仅池边亭台，这园中的一石一木，疏密变化，都以向心之法排布。"

"向心？"苢儿觉得爹爹今日所讲，并不难懂，却与平日画论不同。"那为何要以向心之法造园呢？"

"莫急。"他微微笑了，"不止向心，爹爹在这园中还试了二法，如能成功，比宛转环里更神奇的景致，苢儿也能得见了。"

两人沿着廊子，向池东水榭走去。穿过长廊，是一道短梁，梁环向北面，连起一座三层紫竹书楼。竹篦上新刷了桐油，在阳光下泛着一层湖水似的清光。拾阶而上，楼阁高耸宽大，四面长窗都打开了，湖风轻拂案上书页，粼粼水光与天光映在细白的露簟上，像碎玉一般。相邻的一间花舍却极窄小，从荫蔽花木中探进去，又暗又凉。

"爹爹，这书楼与花舍，明明位置相邻，却为何处处相反？大与小，高与低，明与暗。"

"不光如此，看这相邻两处的屋盖，若从空中俯瞰，是什么样？"

苢儿看着两座亭舍，也学他的样子，拿一根小木棍，在地上画起小方块来。书楼朝向湖面的一边长，侧边短，花舍却正好相反，朝向湖面的一边短，侧边长。

"这两座建筑你进我退，势若掎角，从方位上看，也是处处相反。"

"不错，这就是园中的互否之法。园中的每一处，高低、进退、大小、明暗等等，乃至山、水本身，也均以互否之法排布。前人所谓'小中见大'，'欲扬先抑'等造园术，皆是此法的应用。有了此法，花舍之幽深宁谧，可反衬书楼之辽阔开朗，其实，这两处的面积，几乎是一样的。"

"果真如此?"她吃了一惊，"可在花舍之中，明明觉得逼仄，并不像书楼上那样通透。"

他笑了。"茁儿可还记得子冈用琢空法制宛转环?其实，置山理水，叠石植木，以一园林泉纳半生湖海，才是真正的琢空之法啊。"

茁儿怔住了，想说什么，却说不出。她忽然意识到，爹爹并不只是厌倦了做官才造园，而是像子冈一样，意在一方小小的领域里，将毕生心血，倾入一件从未有人想过的奇事。她不敢深想下去。以琢空之法制得的宛转环，不过手掌大小，已是可惊可叹，而园子占地数十亩，倘若以琢空之法布置，又会是何等模样?过了良久，她才轻问，"那第三法呢?"

他没答话，只牵了她，从池东经过一道小桥，转回了池西的竹林小山间。山间乔木苍幽，怪石嶙峋，比起池间的烟水空明别有一番味道。可就在山石之间，又有一眼满月似的清泉,好像把一池潋滟的水光,又带入葱郁山间。他掬起水,苣儿从掌心啜了一口,唇齿间竟充满了松风的香气。

"爹爹,这山间有水,水中又有山间的草木韵味,也并不是完全的互否罢?"

"这是山中之水,水中之山。园中每一处,不光取了互否之法,也取了互含之法,这便是园中三法的最后一法。"他点点头,"列子有云,大小相含,无穷极也,含万物者,亦如含天地。芥子纳须弥,并不是譬喻,其实是这大千世界圈圈相套、重重相摄的实在景象。"

"圈圈相套?可是,人所见的,只有这一个世界啊。"

"苣儿想想画,就能明白了。假如画纸没有厚度,一间画室,可容纳多少画上的山水人物?"

她努力想象。画上的人与景仿佛飘了起来,墨线轮廓在空中交错,无论画中如何摩肩接踵,鳞次栉比,在画外人看来,永远只是一片薄薄的影子。画中的须弥世界,在画外填不满一粒芥子。

"爹爹是说,有另一个世界,也套在这世界之外,把我们也当作画中么?"

他停了一会儿,道,"苣儿,可还记得《桃花源记》?"

"土地平旷,屋舍俨然,有良田美池桑竹之属。阡陌交通,鸡犬相闻……难道武陵渔人进入的,就是那世界?"

"世人只道桃源在画中。"他叹了口气,"却不曾想,只有把吾辈所在的空间当作画中,再跳出去,桃源人才能有取之不尽、用之不竭的美池良田。空间可以舒展蜷曲,乾坤可以环环相套,明白这点,才能得知桃源的真意。古人言有洞天福地,隐于名山大川之间,唯有仙家才得其门,实际上,洞天,只是那更高层的世界,在我们所在空间中的一处嵌入罢了,所谓的仙家,也不过是那世界的众生。"

"嵌入……就像画纸,把画中世界与我们这世界相连一样?"

"画中人即使有画纸为窗,也无法从画中跳出来。我们想进入那高层世界,也难上加难。即使机缘巧合,武陵人欲再访桃源,寻向所志,也不复得路了。那世界有芳草鲜美,落英缤纷,黄发垂髫,怡然自乐,这世界,万民却经受水火战乱。茞儿,你娇养长大,或许觉得天下之大,穷尽一生也游历不尽,对于他们,却并无立锥之地啊。"

"爹爹……"她轻声说,造化的神奇,世间的困苦,对她不过是遥远的影子,爹爹去施粥时的情形,还有那信上的字字句句，却是历历在目。"世事非爹爹一人能承受，有了这园子，参透了这天地间的大奥秘，便忘了那些吧？"

"宋儒讲为生民立命，为天地立心。虽放浪林泉，也还有一线知其不可为而为之的妄念。"他淡淡道，她听来，却如暮鼓晨钟，于万籁俱寂中轰然回响。

"可还记得子冈，以琢空法造宛转环？玉环的宛转之势，使得环内壁画活了起来，变得可游可居。爹爹所想的也是同样。只是这画不是笔墨画就，而是实在的山水林泉造就。将包含万物的空间，以宛转之法构造，那个无限广袤丰饶的世界，或许就会在园中显现。我辈所求，不过是一方小园，但这小园，却要扭转乾坤。"

"向心、互否、互含，这三法……"她摸着香囊中的宛转环，指尖在凉玉上划过，一圈圈，找不到尽头。

他在地上画了一个圆，圆中涂了一半明，一半暗，明暗相对弯折，呈向心之势，又是明暗互否之势。明中有一点暗，暗中又有一点明，呈互含之势，像一尾黑眼白鱼，一尾白眼黑鱼。

"这原来是……"

"不仅如此。这也似是将两只宛转环从边缘相互粘连，再俯视所见之形。苣儿可知宛转环有几个面？"

"宛转环上，正反面循环往复，面，也就不成其为面……"

"是了。一只宛转环无正反之分，失却了面的涵义，却可将画中世界与我们所在的空间相连。两只宛转环从边缘相互粘连所得之物，边不成其为边，这事物，不妨称之为宛转瓶，应能把我们所在的空间，与更高层的世界相连。何为阴阳太极？也许不过是那高层世界留在上古生民心中的一把钥匙罢了。"

"爹爹，是要以三法，将园子建成这宛转之瓶？"

"何其难啊。"他摇摇头，"画中世界的宛转之势，唯有借助我们所处的空间，才能制得，而我尝试许久，叠了无数纸片纸环，竟无法将两只宛转环的边缘完全粘连。虽可构想宛转之势，却无法勾画细部，也无法依画建园，要功亏一篑矣。只可惜，那世间有广厦万千，我天下寒士，却不得其门啊。"

"爹爹莫急，假以时日……"

"茝儿。"他的声音忽然沉下去，像淹没在一眼深井里。茝儿从未听过他这样说话，一字一字，吐得极慢、极重。"这园子今日以前，原是培塿寸土，饶是穷思极虑，又安能保今日以后，还是列阁层轩？大厦将倾，爹爹与你相伴的时日，怕不多了。"

那日后来的情形已经模糊了，只记得有紫鹃鸟尖厉的呼啸在山林中回荡不止，她的童年，也就在那啸声中倏然结束了。

八

爹爹是在来年春天离家，北上南京的。那个春天，雨水前所未有地稀少。北都陷落、皇上殉国的消息传来时，苣儿正与他一起在园里，清理杂草丛生的泉眼。他想要起身，却支持不住，噗的一声跪下了，她忙去扶他，却见久旱的土石上，渐渐有了几滴清痕。

福王那时已到了南京。爹爹在书房中独坐了一夜，天色将明时出来，已拣了几册书卷，还有那轴尚未画完的寓山全景。她知道他又要去做官了，但不知怎的，却再也无法像从前那样求他留下。她看着马车摇晃着，在熹微晨光中扬起烟霞似的尘埃，消失在模糊的北方，一种绝大的空寂滚滚而下，将她浸没，忽然就明白了何为孤独。

爹爹绝少来信，寥寥几封，也只是问起家中的杂冗、园子的情形。乡中传来的消息却激烈得多，说闯军大将围困扬州，久攻不下，尽日掠夺临近村镇妇人，百姓奔避江南，民心大乱，可茞儿手中的信，却只说他新得了一幅西洋舆图，或可用于寓山园中。她初时气恼，乱世如此，连丫鬟小厮也时时议论天下局势，他却还把她当孩子。但信中言辞谆谆，又不像是故意瞒她。

那时她已知道爹爹先前两次辞官还家，都是得罪了朝中的要人。如今旧朝已散，新朝廷百废待举，他却又一次回来了。那个夜晚，细雨在竹叶间簌簌作响，他走进来，穿的仍是那件松阴色的旧衫，见了她，也依然温和地笑着，可她总觉得有什么东西变了，像有细小裂纹潜在内里，她在他面容上细细寻觅，却寻不到。

"茞儿，来看这《坤舆万国全图》，是西儒利西泰在肇庆刊印，金陵翻刻的，这图中，地与海竟是圆的……"

"爹爹，朝中情形如何？

"爹爹无用。"他摇摇头。"时事危乱，还是以山中为稳。我已嘱咐了你哥哥，刻意苦心，侧身励行，从今往后，万勿动功名之想，只是读书务农，成为正人君子罢了。你虽为女子，吾门诗礼传家，也是一样的道理。"

茞儿见他心意坚决，只得就着烛光，去看舆图。图极大，漫漫展在书案上，四边垂下来。图的左上，左下各有一圆，内有陆地小图。图中间，巨大的圆角方框以纵横墨线密分成许多格，格子间距由中心向上下逐渐扩大,海水陆地,杂陈其间,东西两块大陆各据一方,用各色标示出万邦地名。她只识得正中的大明,邻近的高丽、日本、交趾、暹罗,再往远处的地名,均不认识,又有一块纯白大陆,面积很大,位于全图下方,未标地名,图的边缘处还画了许多从未见过的海怪,有的像人,长着鸟头和鱼尾,有的像虎豹,却有鱼身,像是《山海经》里的。

"爹爹,这极南地如此广袤,为何没有国君?倘若万民能迁徙至此,是不是就可再建桃源……"

"南风之时兮,可以阜吾民之财兮。可惜啊,泰西有言,大地为球,浮于天球之中,南北相对,那极南地不但被南溟所隔,且与极北地一样,终年苦寒,草木不生。"

"这极南地,面积与东西二陆相仿,却是无用。"她叹气,"这图虽好,也只能看看罢了。"

"不,这图自有无用之用。可还记得为寓山园画全景图,爹爹置了假山纸树,从上俯瞰?"

"是。"

"大地既为圆球,这坤舆图,又如何将圆球上的海陆,展开到长方形的画纸上?"

她试图在心中将纸球的表面延展开来,却无法将其放进长方形中。

"西学精深,西人并非从上往下看,而是假想这浑圆大地被围在一中空圆筒内,其纬线与圆筒相切,然后再假想圆球中心有一灯,从里往外看,把球面上的图形映到筒上,再把圆筒展开,即得此图。此图保持了圆球上的角度方位,如循着图上两点间的直线航行,海船方向不变,可直达目的地。西人长于航海,此图居功甚伟啊。"

"啊,那经纬线格逐渐扩大,难道,图中的陆地大小……"苜儿依言想象,好像发现了什么。

"是了,以此法画图,虽角度方位不变,但面积变形惊人。离圆球正中越远,变形越剧烈,极南地看似广阔,实际面积不过图中八分之一。"

"原来如此,观看方式不同,竟会有如此差别。"

"其实,前人论画也早知此节。宋人说山有三远,自下而上仰望山巅,为高远,自山前而窥山后,为深远,自近山而望远山,为平远。同是一山,观察方位角度不同,所得景象、意趣殊异。中西学问虽表面不同,都是以不违天时为宗。我自命以画造园,却只知从一个方位来摹画全景,以期得空间宛转之势,真是可笑,可笑。"

爹爹不再说话,在书房中来回踱步。苜儿闭了眼,想着应如何观看,才能把宛转世界的景致展开到全景图上,渐渐困了。他越踱越快,烛火摇曳中,她觉得坤舆图边上那些海怪渐渐变大，飞了起来，无数影子在墙面上分分合合，她很快就睡着了。

九

江阴，大雨。

祁幼文立于船上，面对码头上的人群。雨如瓢泼，他们的素色直裰已湿透，但无人回退。

他检视着他们的面容。一个个苍白、倔强的年轻面容，并不比理儿、茞儿大多少。倘在平日，绝难想见这样的面容也会纵火焚宅，毁坏坟茔。他们并不是暴徒，而是饱读诗书的少年士子。

他理解他们。京城沦陷，国难之际，京中的士人领袖却大片降附，烈皇帝的遗体收殓入棺，停放东华门外，几千前朝官员，哭拜者不足三十人。降臣中，有江南的学界宗师，更有士子视为精神领袖的老师，一朝权变，竟名节扫地，成了伪命之人，年轻学生的痛苦与失望难以描述。他们冲击南籍降附诸臣的家宅，捣毁府邸和祠堂，演为骚乱。福王在南京监国首日，就重召祁幼文巡按苏松，抚平事态。

"江阴诸生！"他在大雨中声嘶力竭地呼喊，"叛逆不可名，忠义不可矜！国难至此，更需保持冷静，戮力同心！恳求诸位务必守礼恪法，上书条陈，我必代为呈进朝廷！诸位一日不能听我一言，我一日不走！"

泪水和雨水一起冲刷而下，年轻士子们面对这位威望素重的特使，愤怒渐渐平息了。但他心里五味杂陈。

呈进朝廷，就真是解决之道么？江北四镇，江南军营，月月发出军需匮乏之告，再加俸禄、国用，户部赤字已达二百二十五万之多，然而清查后，库银只有区区一千两。入不敷出，户部采取的对策就是变相加征。一年血比五年税，"可怜卖得贫儿女，不饱奸胥一夕荤"。南京街坊间流传的诗句言犹在耳，而朝廷又在干什么？

南京城里，福王刚登基，就在民间大选淑女。地方官胥趁机剥民肥身，城内凡是有未婚女儿的，不论年龄，都用黄纸贴了额头，封门索要钱财。南京街坊内人人惶骇，甚至有人不舍昼夜地嫁女娶媳，又有哪个巡抚大人能向他们保证？与此同时，朝内党争日盛，朝堂与外镇不和，朝堂与朝堂不和，外镇与外镇不和，江北压境的清兵，又有哪一方在意？

清歌漏舟之中，痛饮焚屋之下，这朝堂是再不能留了。这次离开时，所有的期望都已殆尽。余下的只有行囊中一卷自画的《寓山全景图》，一卷新得的《坤舆万国全图》。

十

爹爹又开始日日往园子去，后来干脆独自在园中住下。天气渐冷，帮工都已回家，乡中对新朝的议论也少了。厨房里已磨好粳米和糯米搭配的米粉，只等蒸糕师傅上门。茝儿最喜欢看师傅蒸糕，他们有专门的蒸笼，直径两尺，高三四寸，蒸出来的糕也有这么大，清香扑鼻。临近年关，茝儿照例陪姆妈去曹山放生祈福，石函中，原先的鱼虾螺蟹都不见了，池边只留下乌青的螺壳。寺里的师父说，是自北地流荡至此的饥民捞去了。回到家，看到热腾腾的白玉蒸糕，她忽然像被什么哽住，再也吃不下了。

爹爹直到除夕才回来，手上像蛇一样蜕了皮，翻起灰白鳞屑。姆妈吓坏了，要请医者，他止住了。一家人默默围坐桌前，茝儿问起园中的情形，他只说吾家一向清简，建园子靡费过度，是失德，过了年，就要将园子山下一带捐给附近寺庙，家人还是以旧宅为居，力行俭朴为是。

爹爹究竟怎么了？苣儿此时已懂得，有些问题还是不问好，但忍不住翻来覆去想。明明已经参透了空间宛转的关键，怎又不要视若珍宝的园子？夜深了，鞭炮声越发稀疏，忽有遥远的人声响起，初时听不真切，渐渐地，由远及近，越来越大，在寂寥冬夜中起伏。

苣儿走出屋门，仰望天空，第一次，见到无数灿白雪花从幽冥中款款而下，忍不住也大叫起来。

"下雪啦——"

雪冰凉剔透，直到在温热掌心融成一滴晶莹水珠，苣儿还捧着不肯放手。红色灯笼在白雪映衬下愈发鲜艳，斑驳地面被雪覆盖，白茫茫一片。

"瑞雪兆丰年啊。"姆妈披了厚氅出来。

"真希望每年都能看到雪啊。"苣儿闭了眼睛，让睫毛上粘的雪花落到面颊上，脸已微微刺痛，却还不想进屋去。"爹爹，快来看雪啊！晚了雪就要停了！"

"苣儿莫急，以后，还会看到很多、很多的雪的。"他慢慢走出来，眼中竟有莹莹的光。

"爹爹，你怎么了？"

"只是被雪映得，不碍事。"他轻抚着苣儿肩膀，声音温柔，"心中有雪，世界皆洁白，苣儿现在，可懂了什么是荒寒罢？"

那日的记忆是如此鲜活深刻，以至于后来数月的时光都黯淡不清，只记得爹爹不再去园子，而是整日在家中赋诗论画。南都五月城破，到了六月，杭州城沦陷。扬州屠城的情形从北方只言片语地传来，山阴县上人心惶惶。小乱避城，大乱避乡，往年因海贼避居城镇的人家，如今纷纷打点行装，向更南的偏僻山间逃难。家中帮佣四散，苣儿心下起初害怕，但见爹爹言笑如常，并没有要逃的意思，也就不太怕了。

闰六月，清廷的聘书财帛送到，他置之一旁，仍与家人饮酒谈笑。那天饭桌上有白蛤煨汤，蛤蜊壳白如玉，配了新葱，在清汤中沉浮，像山溪间覆了青叶的白石。他揿了一个，望着窗外暮色中的南山，笑着说，山川人物，皆幻形也，今日山川如故，人生，却已经过了很久了。

苣儿始终不明白，为何自己没有听懂他的话。待次日赶到寓山园里，见熟悉的青白角巾在水面起伏，只觉在一场永远不会醒的大梦中。池水不深，人们说爹爹是端坐池中而绝的，听来并不真切。及至唐王追封兵部尚书、加谥忠敏公的诏书送到，她也仍不觉得实在，只是伸手去摸宛转环上的缺口。

唯有宛转环碎，世人才能知道子冈是耗费了何等心力啊。她想着，细薄断面嵌入指甲缝里，并不觉得疼痛。

十一

水已齐肩。

他仰望暗沉天空。家人此时已安然入梦，而他的人生如几点残星，即将被乌云遮蔽。他知道，明日清晨，他们将在这湖边悲痛欲绝。

他知道，无论他如何叮嘱，理儿还是会以故国乔木自任。他会在这园子结交宾朋，流连诗酒，以纨绔子弟的形象，掩盖结客谈兵的复国之念，直至家破。

他也知道，在媚生漫长的寡居生活里，所作的诗句将因为今夜，永远浸上一重黯淡。"当时同调人何处，今夕伤怀泪独倾。"他对不住媚生，二十五年的琴瑟和谐，留给她的只有尚未成人的儿女，以及无尽的感恋伤怀。

他还知道，这园中的一切苦心，今夜之后将无人知晓，除了他的茝儿，像他一样，对丹青、园林，对这个世界满怀好奇的茝儿。这世间曾有多少隐约显现的秘密，指向令人震颤的事实，却一次次被人遗忘，而他窥见了极度虚幻的真实，世界熟悉的形状片片剥落，露出苍白骨架，摧毁了一切语言。他想起很久以前的那件公案，终于明白了方士为何缄口不言。那是这个世界的书写者所用的笔与墨，凡人如他，本无力承担。

低下头，水已碰到下颔。水面如镜，面容随水纹荡开。比起在群星间隐匿，又与世间万物交缠的义理，一个人、一个家庭、一个民族、一个时代的幸与不幸，就像分开又合上的涟漪。在那牵一发而动全身的大网上，这园子，这生命，是否也如梦一般？

他没有答案。

尾声

祁德茝再入寓山园，已是三十年后了。江山易帜，茝儿得了表字湘君，又成了姜氏娘子，随因通海一案遭戍宁古塔的丈夫前往苦寒之地，也已是十年前的旧事。故园的温润山水早已像前朝一样，在北地的风里黯淡。久已习惯了八月飞雪、九月冰河，十年之后，又一次见到葱茏草木与潺潺流水，竟陌生得让人害怕。

园子荒颓已久，踏上已成朽木的廊桥，沿着荻草覆盖的小路，向记忆中的水榭楼台走去，那日的情形，一点点浮上眼前。今日以前，原是培塿寸土，又安能保今日以后，还是列阁层轩？成毁之数，天地不免。父亲的样貌已经模糊了，说过的一字一句却还记得。在北方的短暂夏日，边塞小城外有玫瑰盛开，她也会牵了儿女，往漫山遍野的花海中去，讲在遥远的南方故乡，曾有一座永远不会被冰雪覆盖的园子，园中有山、有湖、有亭、有泉，泉水中有松风的韵味，父亲捧了泉水，给她讲如何以琢空三法造宛转之园，如何将画意融入园中，如何以一方小园容天地意趣、济世上苍生。孩子们听得似懂非懂，她也常常讲不下去了。故人的才思性情早已倾在一湾浅水里，只剩下吉光片羽，如微明的火，透过风沙雨雪，照亮茫茫旅程。

那书楼仍如童年时巍巍耸立，紫竹墙一片乌黑。她一阶阶走上楼去，灰尘扬起，咳嗽不止。酸软在骨肉缝隙间一点点蔓延，这十年，虽勉强可得温饱，但青丝多成白雪，身体也在酷烈天气里慢慢虚损。毕竟已是年届不惑了。

可这漫长的竹梯，好像没有尽头。从远阁飞奔下楼、摔了宛转环那次，只觉得眨眼之间，已从楼上到了楼下，初登书楼那次，也只是三步两步，就见到了四面通透的湖景。童年时觉得无比漫长的日子，再回想，却快得不知如何发生。她靠着墙停下，在幽暗中喘息着，难道，自己已怀了暮年心事么?

忽而就想起了盛年而逝的父亲，与现在的她年岁相仿。现在想来，父亲往浅水中走去时，应是抱了与三次辞官返家时相似的心情。那样的心性，参透的怕不是空间宛转，而是如河流般无情的时间本身。

可惜这废园，终不是他的洞天。她叹了口气，继续抬步向上。直到又登了百十阶，面前仍是一团幽暗，她才意识到，这楼梯，似乎是太长、太长了。

下意识地，伸手入香囊，才想起宛转环早已在流徙中丢失了。可是尘封多年的某种隐秘激动，渐渐地，在寂静中如鼓点响起。玉环早已不在，她却熟悉上面的每一处弯折。她曾捉了蚂蚁，看它由里到外，由外到里，踏遍环上的每一个角落，也被禁锢在环上，一圈圈循环。那时她常想，蚂蚁为何不会向环外踏一步? 父亲说，蚂蚁就像画中人，目力所及只是平面，没有大千世界的深度。画中人需要意识到深度的存在，才能从画中跳出。

就像她现在一样。

难道父亲终究成功了么? 可他既已参透空间宛转之

妙，为何又放弃所有，自绝于云水之间？黑暗中，她听到自己重浊的呼吸和更重的心跳，眼前回闪过翠微润泽的山脉、深雪覆盖的绝巘。人世间的种种，像那个突然显现的上元夜晚，变得遥远、模糊。她闭上眼，想象两只宛转环粘连之形，屏住呼吸，等着随时的坠落，向楼梯外的虚空踏出了一步。

她站在了一个无比虚妄又无比实在的平面上。

睁开眼，她忽然明白了，四十年来，自己竟从未看过世界的真实模样。如果把世界看作一张画，之前所见，只是那张画的侧面，而这世界本身，包含无限多个侧面。幼年学画时，何曾注意过画卷侧面？不过是一条细线。

而现在，站在另一个深度上，这一条细线，就是她曾以为的所有的鲜活、广袤。世界在这个无法描述的虚妄平面上不断重复自己。沉寂湖水如同天际漫延开来，看不到边界，但她又明确知道，湖水不过是小园中有限一隅，与这世界中的每一山、每一石一样，都在静谧的虚妄中安守其位。

这是一个任一事物都无界而有限的高层世界。她仿佛置身一个漫长镜廊中，无数镜子互相映照，每一面都映照出世界的实相。实相从未如此清晰地显现，可以看到闭合竹柜里卷起的画轴，画轴上褪色的笔墨。万物以无数角度呈现。

她试图将目光集中到一个窄小范围,却发现无数细节由里到外,同时延展,里外失去了意义。她一阵晕眩,赶忙闭眼,定了神,再睁开眼,发现细节逐渐模糊。环绕身边的千万个实相变得扁平,像从真实跌落到画卷。她好像又回到了熟悉的世界,可一旦向任一处注目或靠近,画卷又展开成为世界本身。

高层世界的观者,就是这样在实相中穿梭么?世界在他们眼中,不过是无数镶嵌中的一片啊。

方向不再存在。信步踏上一条小径,她竟有几分轻松。且让这小径带她走向未知,那误入桃源的渔者,大概也并不知所寻何方。画卷与世界交替舒卷,虚空中,她仿佛走过了千山万水,又仿佛只在咫尺之间。行走在这个无向世界里,天空有时在她脚下流淌,湖水有时在她头顶盘旋,她想起了幼时的宛转环梦,丹崖白水,犹在眼前。颠倒的是天地,还是自己?所见所感,是真实,还是幻梦?

驻足仰望,她看到暮雨后的老宅已成残垣,乌篷船划过镜样的湖面,远山灯火燃起又熄灭,看到简牍间韦编断裂成灰,红色竹片零落四散,青色天空爬满裂纹,墨气淋漓中人影纷纷,看到无数发辫纠结成团,堆起一座黑色与白色的山。她从各个角度看到世界，熟悉和陌生的脸出现又隐去，她看到自己的五脏六腑，看到每一丝血肉、每一块白骨。难道这就是世界的本来模样？她感到全身的骨头在震颤。嘭、嘭、嘭、嘭、嘭，她意识到，这是一幅她永远无法理解的巨大图景的一部分。

苴儿，苴儿。遥远呼声响起，她从眩晕中惊醒，只见五色斑斓中，年轻的父亲着了松阴长衫，从湖中远阁上奔下楼来。紧接着，响起了自己的哭声。

湖中下起了纷纷扬扬的雪。那是她第一次看到雪，仰着脸，让雪花融化在睫毛上。红灯笼在雪中愈发鲜艳。

雪越来越大，几乎要吞没整个世界。一个垂老妇人披着毛皮大氅，由一个年轻后生搀着，颤巍巍地掀开门上的毡垫，望向一片晦暗中的南方，目光里，是与狂风暴雪相反的平静。只一眼，她就看出了老妇是谁。后生体格健壮，笼在皮帽里的脸颊通红，粗大的手骨节突出，只在眉眼间还有几分俊秀气。

起先是五味杂陈，慢慢地，那日父亲的泪光浮上眼前，忽然就明白了一切。

宛转之园终究是建成了。只是它不光扭转了空间，使高层世界显现，也扭转了时间。时空本为一体，是交织而成的网，时与空，是网的经线与纬线。高层世界是在时间的刻度上将现实展开而成的。武陵人再也回不到桃源，不仅是由于空间的封闭，也是在时间的刻度上错过了。

父亲正是在这扭结时空中，见到了过去、现在与未来同处一地。过去是一处低洼的池，未来是一座高耸的山。人无法登上山巅，却可以通过宛转之形，找到一个俯瞰全局的角度。

所以父亲看到，他的茝儿将在重冰积雪中度过余生，他的故国也将被战火刀兵蹂躏。他为之流尽心血的一切，将被荒草掩盖，在残阳里消弭于无形，昨日的世界曾如此实在，却将如梦一般被迅速遗忘，似乎从未存在过。

而他什么也不能做，只能揽了她的肩膀，看鹅毛大雪簌簌而下，将世界还原成一张白纸似的存在。从另一个深度看，世界也的确如纸一般。雪委婉地揭示了世界的本质，可是只有他懂得。他又怎么回得去，一旦明白了世界的单薄，还怎么能忍受日夜在只有一面的宛转环上跋涉。当清凉湖水渐渐盈满口鼻，实际上，是解脱了吧。

山川人物，皆幻形也。父亲的最后一句话是意味深长的。或许这时空本身，也不过是虚妄的梦境。如寄的人生，就在以寓为名的园中溘然消逝。是梦是觉，她已分不清，留下的，只有玉的坚韧温润。

宛转环

她对着空中湖水坐下来,看着无数迷离片段萦绕不止,慢慢闭了眼睛。等待着,无限的时空,从虚无尽处,倾泻到她的肩头上。

附记:琢玉和造园中,柔性空间的引入,既可用传统画论解释,也可用数学中黎曼空间的概念解释。从物理学角度看,物质的分布改变了时空的形态,即为"琢空"来源,现代物理学认为,时间与空间本为一体,不可分割。当然,在现代物理学框架下,需要质量如黑洞的物质(可能是昆吾刀)才能将空间随意造型。"宛转"的来源,是拓扑学中著名的莫比乌斯环和克莱因瓶。这些特殊的结构,在数学上显示了在不同维度间转移的可能。

2017年6月至9月初稿,发表于
第五届豆瓣阅读征文大赛,获特别奖
2021年10月修订稿

假手于人

唐青筠进门时，老唐正弓着腰，剖竹青。炉头上砂锅冒着些缥缈热气，焖着香肠、豆角、白米。

"又回来这么晚？吃饭。"老唐抬眼，从镜框上方看唐青筠。姑娘齐耳短发，小吊带牛仔裤，耳机挂在脖子上，透出人声。

"外头吃过了。"唐青筠往竹沙发上一躺，掏手机。手腕上的链子丁零当啷响。

"哪比得上家里的。多少吃点儿，香肠豆角箜饭。"

老唐停了手中剖刀，对着黄色台灯，看篾片。去了竹黄的慈竹竹青，坚韧挺括，厚不过半寸，细细剖了八片，每一片都透出灯下报上的字迹。老唐这手取竹青的功夫，十六岁学成，今年是第四十一年。

唐青筠磨蹭着起身，松松地舀了小半碗豆角，一撮沾着花椒粒的米饭。

"怎么不吃香肠？"老唐掀开桌上倒扣的篾丝菜罩，露出碟泡菜。

泡菜是月前老唐自己泡的，香肠也是去年冬天自己灌的。三十五斤精瘦肉，十五斤肥膘，一刀刀剁成丁，灯笼椒，朝天椒，青花椒，晒干，研钵磨成细面，用竹筷子尖，一点点灌进肠衣，挂在阳台上晾干。家里人少吃得慢，香肠挂久了，表面蒙一层灰，蒸好也是褐色，比不上外面的红润油亮。可老唐觉得，自家手工做的，总比外面好一点。至于好在哪儿，他也说不上。

"明年还是不要自己做了，累得要死。不想买外面的，就自己买肉，拿到菜场用机器灌嘛。"唐青筠一边挑花椒粒，一边看手机，"绞肉、灌香肠都可以，又快又好。"

老唐手中拢好的篾片颤了颤，哗的一声散在地下，想站起来，人瘫在椅子上。

"爸！"唐青筠扔了筷子，"又头疼？"

老唐伸手，要茶缸。唐青筠赶忙递上，老唐咕嘟咕嘟喝了一气，直到汗珠顺着老脸遍布的沟壑滚下，稍缓过来。

"你还是早点儿去看一下，这些放一下也没关系。"唐青筠小声说。

"你莫管，我自己有数。"老唐蹲着，头也不抬，一根根捡篾片。唐青筠默默扒饭，四下无声。

老唐家不爱看电视。几十年，入夜后的声响，先是唐青筠写作业，纸笔滑动的沙沙声，后来是唐青筠练琴，玳瑁片拨弦的琮琤声，现在更多是键盘鼠标，噼里啪啦的敲击声。穿插其中没变的，是老唐剖竹、制篾、编花、打磨的窸窣声。街上汽车呜哩哇啦的喇叭声，巷子里小卖部公放的音乐声，听得人心烦，只有人手和物件摩擦的轻微声响，才能让他沉下来，仿佛一闭眼，就回到了老家，风动竹叶的林间。

"放到。"哗哗水声中，老唐说，"姑娘家，弹琴的手，洗粗了要不得。"

"你比我金贵。"唐青筠用篾丝刷碗，"竹编一百八十法，全在手上，不比弹琴厉害？"

老唐没说话。十五岁学徒，二十岁出师，连师父也说，他唐洪是他见过最有悟性的竹匠。那时在乡下老家，竹匠日子也好过，侍弄田需要竹耙，晒谷子需要竹簸箕，夏天挂竹帘睡竹席，冬天提竹手炉烤火。店门口那副对子他还记得，枝蔓皆成器，方圆却任心，说的是器，也是人。那时候，他觉得竹匠真是门好手艺。手艺人，不偷不抢，本以为可以一辈子不愁，可没想到今天。

老唐伸手看。竹编一百八十法，留下的是裂口、擦伤、瘀痕，成都冬天阴冷，裂口生了冻疮，又痒又疼，涂什么药也不管用。可让他心里猫挠似的，不是冻疮。

"爸，下周末，小徐来吃个饭。"青筠擦完桌子，洗抹布。"就在楼下饭店，吃了上来喝茶。"

老唐皱眉。

"那来家吃。反正他早就说要看。说不定你还能收个徒弟。"

"徒弟？"老唐从鼻孔哼一声。从1977年进厂，二十多年，他带了多少徒弟？可哪个现在还做手艺？更别说现在的年轻人，坐都坐不住，怎么做得了竹匠。就连自家姑娘，从小看他干活，没上过手，也半点儿不会。徒弟？

夜深了，唐青筠回了房间。老唐在灯下，摆开匀刀，却发愣。窗外商业街上人声喧闹，霓虹灯光影直晃人眼。时代确实变了，可心底，总还有块儿硬邦邦的东西。

有手艺走遍天下，没手艺寸步难行。竹子低贱，不比玉器银器，要挣出生活，挣出名气，全靠竹匠一双手。师父早就说过。机器再好，做不来好竹匠的细致手艺。这句却是老唐自己加的。他就是不信。

§

六年前，当我第一次来到纽约，从未想过今后会落脚何方。这里能找到来自世界任何角落的东西。我在鲁宾美术馆里抚摸喜马拉雅山区的毡毛挂毯，也在埃塞俄比亚小餐厅里，卷起布满蜂窝的酸味英吉拉饼。地铁里，涌现的脸轮廓参差，广场上，举起的手颜色各异。在最开始的冲击平复后，我试图在不同表象中寻找一种共通本质，并将其再次作用于表象。这是我理解这个世界的方式，也是我的专业所在。

我在库朗研究所学习应用数学。应用数学是关于抽象与归纳的学科。如果说纯数学的美感在于以简洁的体系创造出严格纯粹的模式，不受现实甚至物理世界本身的束缚，那么应用数学，如数学家哈代所说，恐怕是丑陋而琐碎的。我追寻的，不是一颗虚空中的完美水晶，也不是一种堪比画家或诗人的创造力，而是在细致观察、深刻思考后，产生的一种解释、一个模型、一个新视角。在这种视角下，平凡事物会呈现难以想象的丰富层次与奇妙规律。

第二年时，我开始选择研究方向。华尔街是应用数学最好的战场。瞬息万变的市场波动，丰富多样的投资组合，都需要数学语言的精确描述。证券的定价理论通过随机微分方程模拟，股票的风险价值由蒙特卡罗法预测。我们在实验室中把玩的模型，放到几公里外全世界体量最大的金融市场上，就变成了实打实的高额风险与巨大收益。无数最聪明的大脑在这片战场上激烈厮杀，千百兆在光纤中飞速传导的数据被捕获、分析、建模。不过对我而言，那不够有趣。

我选择的方向是大脑本身。在本质上与我的同学没有太大差异。如果把金融市场看作一个巨大的脑，那么每一个交易决策的产生，可看作是单个神经元的一次发放，每一次信息的流动，则类似于脉冲在突触间的传导，解读了某一种外界刺激在神经通路中的传导过程，也就解读了某一则新闻可能引发的市场震荡。理解真正的大脑比理解金融市场更困难，也更有趣。不仅是因为纽约证券市场的平均交易量不过每秒4万笔，而每秒通过大脑的信号上百万，更重要的是，大脑并不是我们唯一的器官。

在库朗研究所第一年，我选修了医学院的神经学基础课程。我在课上看到一张人类大脑的纵向剖面示意图，每个脑区上方，画出了其他器官，比例对应大脑中负责该部位运动与感官功能的区域。这种图叫皮质小人。在图上，我看到一只所占比例比整个下肢还要大的手。

我一直没忘记那节课。老教授操着难懂的东欧口音说，手是人类最精细、最复杂的器官。人手上有100万根神经纤维，任何其他动物都无法比拟。人也因此具备了最复杂、最特殊的功能，即手和脑的联系与互动。此外，人手有最精巧的19块小肌肉，拥有独一无二的活动自由度。我伸手，舒展关节，再收紧，想象数据洪流以100米每秒的速度奔涌入脑，点亮一个个神经元，闪烁如星。

§

竹编厂是2003年改的制。说是改制，其实就是下岗，五百人的厂子，精简到不足一百，干了一辈子的老师傅，入门没几年的小年轻，都走了人。老唐那时已做到技术骨干，本以为这一刀挨不到自己，却没想到最后一刻，名额被人事部主任的亲戚顶了下去。

老伙计们后来说，要是早点儿拿两条娇子烟，提一瓶泸州酒，以他的资历和本事，不至于留不下来。可那时，老唐还年轻，手艺人脾性大，不愿求人，就凭他的手艺，厂里哪个不称一句唐师傅？就算真离了厂，还能饿死不成。可等真看到挂了几十年的厂牌换成有限公司，推着老永久站在厂门口，凉风吹着满街的梧桐叶，也吹着身上洗得发白的竹布衬衫，哗啦啦响起来，心里还是一下子空了。那天他没骑车，推着车沿府南河慢慢走，经过二环路高架桥工地，看到烟尘中塔吊高耸，才发现，不知从什么时候起，老城已变了这么多。

原因老唐心里清楚。说是效益不好，人员冗余，说到底，还是竹编太费力。同一个淘米的筲箕，竹编厂的熟练工从编篾开始，要编一整天，塑料厂的流水线开起来，几分钟就能做一个。塑料筲箕，孔洞粗疏，手感也不比竹编的柔韧温润，可又有多少人愿多花几倍钱用竹编？更不提机器多开几个小时，产量就是翻番，而人熬到灯枯油尽，只会眼花得看不清篾丝。虽不情愿，老唐也得承认，机器做不来精细竹编的复杂工艺，但要论速度，竹匠再熟练，也不及机器万一。

老伙计们劝他说，如今几个小时就走了以前要走整月的路，几天几月才做一件器物的竹匠，怎么赶得上越过越快的日子？属于他们的年月过去了，快得来不及反应。拿着买断工龄的几万块钱离了厂，有人有些积蓄，也有些门路，跑摩的，开杂货铺。更多的人处处碰壁，赔光钱，只能到处打零工，看门、搓背、洗碗、卖菜。从前的竹匠，现在做什么的都有，还放不下篾片匀刀的，只有他自己。

他拿了几万块钱，加上二十多年攒的几万块，在送仙桥盘下这爿小铺面，挂起"成都竹编"的牌子，一挂，又是十七年。老唐不再像在厂里时，用粗丝编筲箕、篮子、竹席等家什了。机器做得又快又好的，老唐也明白，人手拼不过。但细丝不一样。细丝竹编，是成都地区特有手艺。老唐当年跟乡下师父学得，厂里做得少，但手上勤练，一直没忘。如果说粗丝是竹编的底子，那么细丝就是宝塔上的尖尖。竹篾本坚韧，划成极细丝线后，松软无力，撑不住形，得用瓷制或者银制茶壶、茶碗做胎，把竹丝附着其上编织，所以也叫有胎竹编。每一件器物、每一寸表面编法都不相同，全凭经验和悟性调整。机器是怎么也做不来的。离开师父这几十年，细丝竹编，会做的人寥寥无几，活儿能入老唐眼的，没有一个。这就是底气。

可活儿虽好，生意并没想得那么好。

送仙桥古玩市场的这爿小铺，缩在角落里。他正做的是一套细丝竹编茶具，一厘米表面，要容纳十二支编篾。是精档竹编要求。

老唐还没有找到买主。离上一件器物卖出去，已过了一月。他闲了两天,实在难受,自己去荷花池批发市场凑了套白瓷薄胎。对老唐,做竹编就像运动员打球,音乐家弹琴,一天不练,手生,心乱。

老唐也不是没想过做别的。可思来想去,他能做,又愿意做的,还是竹编。头几年,年年赔本,连青筠的补习费都要借钱。老婆也跟他离了,他却放不下,一手拉扯姑娘,一手继续做竹编,忙起来,就把孩子也放店里。待到有点名气,青筠大了,日子稍微好过点,自己就老了。澄澄的光下,手上竹丝像网散开,这几年来他越发觉得,几十年,是人在编网,也是人在网中。

有车鸣笛。

老唐皱眉,抬头。当初把店开在市场尽头,一是租金相因,二是图个清净。酒香不怕巷子深,冷清点正好做活。

"师父,是我,刘人杰!"车窗摇下,人摘了墨镜挥手,"还认得吧?"

老唐没出声。自己当学徒时,师父总是说,徒工的徒字是什么意思?就是徒劳的徒,白白做工没有报酬。而他这个徒弟不一样。在厂时,大热天,老唐汗流浃背地编篾,他跑前跑后,端上一杯冰镇盐汽水。问他,才知道,这小子不知啥时偷偷弄个雪柜,盐汽水一块一杯,每天挣的比工资还多。等有了下岗风声，他又是第一个离厂，做什么机械销售去了。老唐自认早就没这个徒弟，可这声师父一叫，话说不出口。

"真难找。"刘人杰进门，四下打量，拉把竹椅坐下。"师父，生意咋样？"

"过得去。"老唐继续编篾。清瘦小子已有啤酒肚，在西装里绷得紧。自己披着的，还是老厂的灰蓝制服。

"不想做点儿别的？来我们公司挂个衔。"

"我是手艺人。比不得你们生意人。"老唐不抬头。

"手艺人，靠手艺吃饭，别想那么多，可不是您说的！我都记着呐。"刘人杰点烟，凑近看老唐编篾，"啧，细丝，还是那么精。"

"我可没教过你这个。"老唐放下篾，在烟里咳两声，"有事？"

"没事不能来看您嗦。"刘人杰掐了烟，"要说有事儿呢，也有滴点儿。"

"我不去你们公司。"老唐低头。刘人杰之前打过电话，要聘他做顾问。可老唐怎么放得下竹编，还去摸机器？没想这小子竟找上门。就算三顾茅庐，他也不去。

"知道。"刘人杰笑，"我们公司打算赞助非遗邀请展，跟省文化厅合作，想到您咯。不接我电话，只好过来。"

"竹编可以?"

"当然,这细丝编,我真没见过第二个。评选,主要看手工技法的复杂性,您那竹编一百八十法,能亮出来的越多,越好。"

老唐没搭话。这两年,头疼越来越频,疼起来眼花手抖。疼,他能忍,苦,他也吃惯了。可一想几十年手艺,要一点点丢了,真不甘心。老唐早就想,趁自己还编得动,要全力做一件真精品,往后就是人没了,东西也还在。恰好说中他心事。

"那师父您考虑下?三个半月,有事给我打电话。"刘人杰戴上墨镜,跨出小铺面,又回头,"我可等您!"

老唐点点头,已在盘算做什么。汽车启动声消失了好久,他才想起来,明天青筠要带小徐回家吃饭,菜还没准备,赶紧跨上车往市场去。赶在收摊前挑了两根青笋,一把菜薹,又斩了半只卤鸭子,挂在车把手上,慢悠悠骑回家,边骑,边哼起了戏。

§

在纽约第五年,我头一次感觉到力不从心。

过去二十多年,无论是学习考试,还是社会活动,我都能很快找到关键,用最少精力做成。有人说这是天赋，但在我看来，这是对纷繁事物进行抽象思考，总结规律并加以应用。就像数学本身。但那一次，我几乎碰了壁。

我的课题是手部活动的神经编码理论。与生理学、认知科学不同，计算神经科学的武器是数学与计算。将神经元、突触、神经元网络的行为进行数据分析，为皮层工作机制建立数学模型。

我不用喂养小鼠或猴子，在它们的运动皮层下插入电极，也不用给被试者发问卷。我面对的是数据本身，要解决的，是模型和程序问题。就像金融市场的量化分析师一样，只是我们对这个市场还几乎一无所知。以经典物理学为参照系，比起对外部世界的数学化，在对人类大脑的数学化上，这领域还没有出现伽利略，更没有牛顿和爱因斯坦。这让人兴奋而焦虑。

我的数据来源于心理系合作小组。被试者依照指示进行手部活动，核磁共振扫描并记录数据。我把手部动作和神经响应信号对应，抽象关键特征，推断决策过程，系统化整个流程，编成算法，让人类指尖的简单动作在复杂信号模型中复现。这比我以为的难。每秒百万级别的信号中，识别出控制手部动作的信号就像大海捞针。我试过各种滤波算法，也试过脉冲排序，但效果不佳。

我找导师寻求建议，他听了我的陈述，没说太多，只邀我去喝咖啡。

"你很聪明，也很努力。"导师是意大利裔，著名学者，思路天马行空，对咖啡和科研的感觉都很敏锐，我诚惶诚恐，等他继续。

"不过，做研究，聪明只是一方面。尤其是这领域。"他放下杯子，"聪明、洞察力、思维能力，这些都可以称之为天赋。天赋可贵且必不可少，但只是基础。如果要解决实际问题，往往还需要经验，或者说，领域知识。它能让我们对隐含结构的理解更深刻"。他拍拍我的肩，"放松一下，我给你放个假。另外，信号问题，肌肉神经信号可能比中枢神经信号简单"。

我很快搞清了信号的处理技巧。可领域知识仍让我犯难。尽管我能提取出稳定的肌肉神经脉冲，但数据显著性太低，无法建立完备模型。我暂停工作，后台程序仍在竭尽思考，直到有一天，我无意间点开邮箱里堆积了满屏的报纸订阅消息，看到一段话。

  据活跃于英国德文郡的伯恩斯回忆，观察曼索佩编织鲱鱼篮就像是"看一场舞蹈表演，没有任何多余动作"。除了传统手工艺产品的流失，很早以前就已匿迹的，是一些更加深刻的东西……

——《特稿：消逝中的编织传统》

我站起身，在宿舍里来回走，直到天色昏暗。我下楼，在常去的小吃店要了一碗兰州拉面。矮小健壮的墨西哥裔小伙子熟练地抻面、甩面、上劲，在大洋彼岸流存百年的手艺，以及一些更重要的东西，如今以发明者不能想象的方式重现。

一年后我顺利毕业，带着计算模型和原型机告别导师。他笑着与我握别。

我将飞往成都。

§

小徐中午上了门。提个果篮，站在门口，十月底，头上还汗涔涔。青筠领他进屋，又拿拖鞋，又倒茶水，小伙子只咕咚咚喝水，不说话。

老唐也没什么话说，只从厨房一盘盘端出菜。绿的青笋，紫的菜薹，粉的肉片，红彤彤油亮亮的鸭子，当然也少不了片得飞薄的自家香肠。小徐是南方人，老唐没放什么辣。

"小徐国外回来的，现在电子科大教书。可是他们最年轻的教授。"青筠边夹菜，边搭腔。

"没有，没有。"小徐正扒饭，忙解释，"回国也没多久，还在努力做出成绩，不像伯父您，青筠跟我讲过，您的竹编手艺，那可是……"

老唐看着他面皮发红的模样，有点像自己年轻时，有点儿说不出的滋味，"我老了，不说了。你在科大教啥子？"

"我是搞神经科学的。"小徐来了精神，"这么说吧，您想想，普通人从小，光是学键盘打字，就得花多久，更不说专项操作了，我研究新一代人机交互，就是为了解决这问题，更好地，让机器……"

老唐眉头又皱起来。唐青筠使眼色，小徐赶紧刹车："当然，手工有时还是不可替代的。老舍先生曾说，我们在大的工业上必须采取机械方法，在小工业上则须保存我们的手。像您做的竹编，就难替代。手工艺，是心的体现，心，可不是能随便机械化的。"

"这话说得不错。"老唐夹了一筷子菜薹。"对竹编，有兴趣？"

"有兴趣，有兴趣。"小徐摘下眼镜，擦汗。

吃完饭，老唐先摆开匀刀，将一毫米的细篾匀成一两根发丝厚，四五根发丝宽的竹丝。

宛转环

"这叫划丝。匀刀上下宽度不一,没刻度,全凭手控制,厚薄均匀。每一根丝的横截面,都一样。"

接着,他拿起做骨架的竹径丝,附在白瓷薄胎上,再拿起一根更细的盘丝。手起丝落,推提压捻,竹丝就变成薄薄一层,细密软滑,紧紧贴住瓷胎。

"提,压,捻。无论是划丝,还是编,人手力道控制都非常难。力气大了,薄胎易碎易变形,力气小了,竹丝间隙松散。附胎编织,没有定法,每一寸都不一样,全凭经验手感。你仔细瞧瞧这编成的,机器比不了。"

小徐好像没听见。

老唐有点不痛快,说什么对竹编感兴趣,怕是只为了讨他开心,青筠也信他。当下不再多说,自顾自做活儿。刘人杰说的那件事,老唐心里已大概有个样子。待到青筠拉小徐去自己房间,叮叮咚咚弹起琴来,他已快忘了这事。

"爸,吃饭。"抬起头,天已全黑。青筠端面进来。"人家走了,打招呼都听不见。"

"就走了?"老唐有点儿不好意思。

"人家还送了礼。"唐青筠递上一串手串。白色苦楝子,黑流苏编绳,品相细腻,大小齐整,凑近闻,微微清苦气。"特意选的,说冬天戴了,能防冻疮。知道你最宝贝那双手。"

老唐接了手串，试试，大小正合适，心又软了几分。他也知道，还真收个女婿当徒弟不成？一天挣不了百十块，怕是真有徒弟想当他女婿，他还舍不得青筠受苦。小伙子虽有点书呆气，看来人还老实，和青筠也处了不短，真能成，他也算放下一件事。至于另一件，也得加紧。老唐慢慢转珠子，苦楝子隐隐发青。

§

一直以来，向别人解释我在做什么都很困难。因为，比起发射火箭或改造稻米，我所做的，看起来太简单。

"就这？"青筠第一次看演示，撇嘴。可视化演示是三维重建的手部模型，从一堆物品间捡起一张信用卡。

"这是一个博士生五年的课题。好不容易能捡起信用卡，把信用卡换成橡皮球，又不行了。"我说，"你可能想不到，预测遥远小行星的运动，比预测物体被模型手推过桌子的运动容易得多。"

"工厂里的机器手，不早就能流水线操作了嘛。"青筠不太信。

"严格控制的工作条件下，机器手的确表现不错。但世界不是装配线。无数物体和环境的相互作用，对人轻而易举，无须思考，但对机器很难。你觉得，为什么？"

她轻敲桌面，下意识扫弦。

"是因为手很软。"我拉她。

"哎。"她甩开。

"柔性。触觉。手指能根据物体表面发生变化，及时调整，这是人与世界最高效的互动方式。人发明了无数工具，但机器人专家说，这世界，还是为人手设计的。反过来也一样。"

她看我，又看手，收紧再舒张。曾经我也一样。一目了然的表象是陷阱也是桎梏。越是看似简单熟悉的事物，人理解越晚，轻视与成见阻碍更深的凝视。对人本身的探究更是。看山与非山，间隔了几千年。

"听过杞人忧天吧。"我说。

"瞎担心嘛。"

"嘲笑杞人的人永远也想不到，经典力学、地球科学、大气科学，许多领域都能从这个看似简单的问题中产生。现在，我们要做的也类似。"

她还是茫然。我没说下去。见第一面，我就记住了她弹琴的手。但和绝大多数人一样，她无法领会新图景，更别说她父亲。他的目光尽管与导师不同，仍让我紧张。虽然他可能把我当作想夺走他饭碗的叛徒，但这不是最终目的。比起完成具体的工作，我更希望，能有人或多或少理解那个目的。

§

转眼就是冬至。街上走走，倒还不觉冷，在屋里坐久了，冰凉湿气钻入骨缝，浸得关节生疼。可老唐不装暖气，连电热炉都不开。他怕开了屋里干，竹丝变脆。活儿已经完成一多半，按进度，将将赶上，可不能耽搁半分。

老唐哈口热气，搓手。今年冻疮似乎是少了，苦楝子已被他养得包了浆，温润趁手，摘不下来了。想着该吃羊肉汤了，他披上棉衣，出了门。学校应该还没放假。

在菜市场称了两斤带骨羊腿肉，挂在把上，想起上次小徐来家吃饭，菜薹没动几下，青笋倒是夹了不少，又挑了青笋。切滚刀块，在酽汤里煮到软糯，吃起来安逸。又想起来青筠说，小徐是南方人，爱吃甜，就往文殊院骑。那边糕点铺卖了几十年的桃酥玫瑰糕，青筠小时候一要哭着找妈妈，老唐就拿点心哄她。如今青筠大了，爱美，怕胖，不吃了，去铺子的路，老唐还记得清。

称好一纸盒，在后座上系牢，老唐慢慢骑。文殊院这片，他好久没来。以前院墙外破烂的小巷，如今建了仿古民俗街，粉白墙，赭石顶，红黄店招插得满满当当，在阴沉冬日里显得挺热闹，游客和本地人都不少。

老唐在街口下了车，往里望。下岗时，文殊坊刚建成招商，也有人劝他，把送仙桥铺面抵出去，在这边弄个门脸。那时一月租金三千块，是送仙桥那边三倍还多，他思来想去，还是没来。一是生意着实不好，他怕入不敷出，二来也怕这边人多嘈杂，做不了活儿。后来眼看送仙桥人变少，街面越来越荒，再想来，租金已涨到了一万。先搬来的几户告诉他，现在客流量大了，光是卖有熊猫的蜀绣手帕，勾了三国脸谱的川剧面具，就足够赚回租金，还能盈余不少。老唐听了，也说不出什么。想想这几十年来，从学竹编开始，一个个选择，当时都是自认考虑周全，下定决心，可回头看，若让他再选一次，他还真不知怎么办。

老唐愣了会儿，继续推车走。街上不仅有店面，还有各种高档茶楼餐厅，早不是当年搭着竹棚吃凉粉的模样。年轻男女打扮入时，来来往往，站在中间，老唐觉得自己才像游客。

沿街，一扇镶金边黑漆木门打开，走出个西装中年男子。老唐觉得眼熟。是刘人杰。他没看见老唐，边聊边往车边走。门后像是个高级会所，他往里望，只看见绿幽幽竹影一闪。隔着人流，他远远看见和刘说话的像是小徐。他穿深灰呢子大衣，戴半框眼镜，斯斯文文，但跟刘人杰有说有笑，跟那个在自家饭桌上红脸的小伙子，完全不像。

眼看小徐上了刘人杰的车，开过来，老唐赶紧转脸。他们怎么认识？为什么又看竹编？青筠知不知道？老唐跨上永久，使劲儿往家骑。他好久没骑这么快了，到家脱衣服，毛背心里都是汗。坐下来，看着做了一半的竹编，一直喘。

青筠开门，"呦，这么多菜！还有文殊院的点心。可真上心"。

"啥子！"

"怎么？"

"你知道啥子！不行！成天衣服也不好好穿，都认识些啥子人。"

"人家怎么了？大学教授，哪里配不上你这个竹匠的女儿了！"青筠松开，退后一步，"平时都顺着你，都什么年代了，家里电暖炉都不开，平时说话得多小心。"眼圈一红，"妈也受不了你。"

老唐站起身，满脸汗，"你看不上做竹匠的了——"跌倒在圈椅里。

宛转环

疼痛比以往来得烈，来得久。仿佛有无数根细小竹丝扎入脑髓，老唐想忍过去，可连忍也没了力气。

那顿饭终究没有吃成。老唐被送进急救室，又转到普通病房，待了四天，全身上下都检查个遍。大病房里，人来人往，医生的谈话声，各种仪器的哔哔声，病人的呻吟声，还有家属焦虑的询问声、哭叫声，昏沉中，也不安稳。好不容易夜里熄了灯，安静了点，隔壁床又传来鼾声。

青筠每天早上拿保温桶装了鸡汁抄手来，中午是海味面，却不告诉他得了什么病。削苹果时，老唐刚问半句，就见她红了眼，也就不提。他也清楚，虽还做得动活儿，人毕竟老了，机器用久了，得定期擦油，人身上零件，用了好几十年，哪有不坏的，外面看完好，里面靠惯性慢慢转，只看是哪天。这两年，他早就感觉不好，可不想来看。

父女俩面对面，谁也说不出话，直到医生进来。

"考虑好了吗？我们还是建议先手术，再放化疗。"医生挺年轻，胸口名牌是神经外科。

"什么病？"

"病人还不知道？你们再沟通一下，考虑好。当然，实在想保守治疗,也可以,毕竟年纪比较大,病灶状况又复杂。"

医生走了。老唐看着青筠,没说话,只是等着。姑娘早就紧咬嘴唇,终于忍不住,掉下泪来。断续抽噎声中,老唐听明白,时不时就头疼,晕倒,是因为脑子里长了瘤。现在科技虽发达,但这种病也没办法。像他这种年龄状况,五年内预后生存,只有10%,平均预后,不到两年。

几个数字,听得老唐心里像抽绳,越抽越紧。青筠早就哭得没了形,纸巾团了满地,"我带你去北京,上海"。

"算了。"老唐也惊讶,自己这么平静。"生老病死,没得办法。"

"不行。"青筠泪往下掉。

老唐没说话,只伸手,顺她头发。青筠的头发好,又黑,又亮,又厚。小时候,他天天给她编头发。公主头、马尾辫、鱼骨辫、麻花辫,好多人都不信,小姑娘是爸爸带的。如今青筠早比他高了,也有十几年,不再要他编头发了。

"先回家。"

"爸……"

"先回家。就这么点要求,还不行?"老唐故意提高腔调,"医院头住着有啥子用?"声音还是比以前弱几分。

老唐刚到家，就拿起做了大半的竹编。医院里几天，他手痒得不行。第二层盘丝快做完，正是收口关键。细丝编收口，又叫打锁，讲究藏头，切除多余竹丝，再在打锁位置刷上一层薄牛皮胶。切的手法也有讲究，不能切少，露出一丝一毫丝头，又不能切多，让整个结构散了型。老唐用小锉刀，一点点修端头，感觉精气神又回来了些。

进了腊月，活儿渐成样子，他一颗吊着的心，也大半放进肚里。邀请展是送上去省里的专家公开评审，老唐不知道别人会做什么，也不在意，更没给刘人杰打电话。他觉得，只要把活儿做好，拿出去，肯定行。青筠说，小徐想来看他，他没应。那天在文殊坊的事儿，他没跟青筠讲。虽没想明白，心里有疙瘩。眼下他也想不了那么多。

离开展还有三天，老唐完工。他细细检查一遍，挺满意，披大衣，出了门。几个月，他第一次有了去茶馆的心，调转把，去浣花溪。如今茶楼变成高档消费，以往常去那些安静的，都装修一新，改用高档茶叶，晚上放起音响，变酒吧，没人再喝老三花。人多的几个公园里，他又听不惯搓麻将嘈杂。

老唐在小院里坐下，难得出太阳。阳光透过梧桐树叶缝隙，碧绿金黄，深深浅浅洒下来，他拢着棉衣，闭了眼，蜷在竹椅里。胡琴吱呀，他几乎睡着了。

"老唐，好久没来咯！"

他睁眼，茶馆老板从长嘴大铜壶里倒出一盖碗，端到他桌上。"还在做竹编？"

"是。"

"青筠也好久没来咯，还想你们有啥子事情。"青筠有时也在这里弹琴。登台时，换下牛仔裤，摘了耳环手链，穿豆青长裙，低眉素眼，清清简简，弹起琴来，指尖翻飞。听青筠说，小徐就是在这儿和她认识的。老唐也懂，看见青筠弹琴，不要说茶客，连老唐自己，也要赞叹几句。

"年轻人，忙。"想起小徐，老唐有点儿不爽快，摸着苦楝子串，也说不出什么。

"耍朋友去了？我就说嘛，青筠那个人品样貌，琴弹得好，又孝顺，你也不要太管到人家咯。"茶馆老板剥芦柑，涌出一股清甜，"孩子们都大咯。你那些老观念喃……"

老唐咳了两声，老板也没往下说。台上正拉一出《哭桃园》，正讲到张飞得了关羽死讯，日夜兼程，赶到成都，求刘备点兵，马踏东吴。二人相会于城外，抱头痛哭。张飞凄凄切切唱，大哥，你都老了啊，又搅得老唐心乱。他坐不住了，骑车回家，进门，听见青筠屋里，叮叮咚咚。

老唐坐下又站起，终于下决心，敲青筠门。琴在响，门没开。

"跟你说点事。"只有琴声。

老唐有点儿气，又有点儿急，拧把手。

门没锁。屋里没人。黑檀木筝上，根根丝弦跳动，乐音流泻。靠近看，玳瑁指甲片拨弦，像有个隐形人用一双无形手弹琴。

老唐感觉天旋地转，双腿一软，撞在共鸣箱上，轰的一声。

§

青筠好久没来找我。她爸住了院。更新频次减少，不过仍稳定。我提出去看看，但她没给准信，我也没勉强。

在研究所时，楼上就是心理系实验动物的饲养间，本来在地下室，"桑迪"飓风后损失惨重，搬了上来。三只藏酋猴最珍贵，从小培养，一只几万美元。它们一周实验四次，每次四个小时，时间不长，每次被固定住手脚，电极插入脑皮层下。每隔几个月，动物实验的反对者就会在大楼外举牌抗议，不是无理取闹。它们为实验生，也为实验死，脑皮层长期接触电极，大部分猴子都会在几年内死于感染并发症。尽管原型机非侵入、轻量级，以皮肤接触传感，采集肌电信号，不会造成实际性损伤，但在忽视被试者的意愿上，我和心理系同事们没什么两样。

刘人杰是另一方面。我不排斥横向资金，但他的行事手段不一般。也许这就是游戏规则，我也听在华尔街工作的同学们谈起过不少传说。我试着理解、融入，当作是建立新图景的修行一课。因为我设想的，不只是一篇论文、一件产品、一种理论。一个庞大的新视角，一个可能的新世界，必然要容纳各个不太明亮的角落。只希望别牺牲太多。

青筠来找我那天，我正给模型校正拟合。她说着说着就哭出来。"你也搞神经，就没办法？"

"我做的是计算。"我苦笑，"提取、抽象、数学建模，说是应用技术，不如说是理解手段。就像牛顿总结物理三定律，把外部世界机械化。"

"可是，人家的人工智能下围棋，能赢世界冠军，你做的有什么用？"

没想到即使做了应用数学，老问题仍在。我想起哈代说，最美的数学应没有一点在现实世界的应用，我曾笑他固执，现在却心有戚戚。利用数学手段，建立理解人类自我的新框架，这个在他看来已经过于"有用"的应用，离现实还是太远。我原本不在意。笛卡尔发明直角坐标系、爱因斯坦发现相对论时，也不在意，新的视角、方法本身足以让人震颤，这是一层富饶基底，其上必然会有无数难以想象的花果生发。但我不知道现在怎么面对她。

"人的感知系统，包括手与脑的连接，可看作人与外界交往的一层接口。和人之间的文字、图像一样，也和人机间的键盘、鼠标一样。我做的，就是把这一层接口数学化，一般化，最终让人可以摆脱接口。"我努力寻找词语，"以念为动，就像……气宗？"

屏幕上，模型闪烁不止。她走后，我想了很久，拨了电话。

§

老唐没力气去想明白怎么回事。头还时不时疼，可他说什么也不去医院，一缸缸喝酽茶，硬撑。做竹编，藏头打锁最见功夫，做什么事，不是行百里，半九十？明天就是邀请展，再怎么样，他得把这事做完。

已是腊月初，夜长昼短。天没亮，老唐带作品出了门。没骑老永久,青筠给他叫了车。怀里东西不大,包了几层,他抱着上了车。

"这么早,就去崇州?"司机看看裹着旧棉衣的老唐,"做啥子喃?"

"参展。"老唐摸怀里,"手工艺展。"

"手工艺。"司机点点头,"又费时间,又费马达——"

"大事小事,总要有人去做。"老唐不想闲谈。

"也是。"司机点头,"根据能力决定嘛。你像高科技人才,肯定要做高档的事情咯。像我,别的干不来,认路,开车,熟得很,那就开出租。你呢,就做手工艺。苦是苦了点儿……"

老唐没再接话。三两残星下,车子驶离老城。几十年了,他从十里八乡都有名的年轻竹匠,到了厂里人人都称一声师傅的老唐,再到现在。不管怎么说,他自认活儿是精进了。

车开了一个小时,到崇州下面一个镇。这地方离老家不远,下车就是竹园。很久没在竹林里散步了,稀薄露气中,天渐发白,老唐摸摸青翠冰凉的竹节,听听风拂竹叶的瑟瑟声,溪水过畦的潺潺声,又觉得还是没变。

展厅在竹林深处,是座弯弯扭扭的八字形廊房。据说是上海来的教授建的,工件在厂房里用机器预制,搭建只用几十天，还得了国际的奖。老唐转了转，层叠的小青砖，让他想起老宅院，可是簇新的钢木梁架、锃亮的落地窗，还是有点儿不习惯。透过窗，院里的绿树，廊房另一边的田野、青山在视线中展开，像是幅画，确实比黑黢黢的老宅通透。

展览在十点正式开始。蜀锦蜀绣，铺展开来，亮得晃眼。漆艺雕嵌填彩，色彩斑斓。还有银花丝、糖画、年画、剪纸、印染。竹编工艺一角略黯淡。专家评审入场，老唐握着保温杯，等在自己作品前。

竹编类展品不少，奖项最多只有一个。老唐目光跟着专家，他们第一件看的，是一幢一尺来高的竹编望江楼。四层楼阁，下面两层四方飞檐，上面两层八角攒尖，每层屋脊、雀替上的人物鸟兽都依型编了出来。在粗丝编里也算顶级。

第二件看的，是一幅一尺高、三尺宽的竹编书法。细丝编，竹面细如丝，光如绸，平如纸。竹面上不用墨，用不同色竹丝，编出蝇头小楷，是岳飞草书，《前出师表》。老唐不懂书法，但也看得出，笔画轻重，笔势徐疾，都编出来了。

又看了第三件、第四件、第五件。终于转到老唐这，他将展品亮出来，只是个直径不足半尺的竹篮，中间鼓，两头细，内里衬白瓷胎。拿起才发现，表面以堆丝和砌丝手法，堆出了苏东坡的折枝墨竹。远看无一物，近看才辨得出，随光线位置变化，投下不同阴影轮廓，比原画更生动。

"不错。"专家放下篮，"有胎竹编里的精品。"

"等一下。"老唐手指肚在篮底一推，一挑，把竹篮里嵌的白瓷胎取出来。

"有胎竹编，却能取胎，取了，还能定住形，不简单！"

"莫急。"他一手提了竹篮，另一手，拿起拧开的杯子，将水中一尾小金鱼倒进竹篮。篮子滴水未漏，红色小鱼摆尾，涟漪中，水底竹丝清晰可见。

"好个竹篮打水！"围观者喝彩，老唐也笑了，他是骄傲，篮子虽小，却有巧思，用三层极薄竹丝嵌套，每一层编法都不同，这才承住水。有了这一件，就算没收上徒弟，没几年时间，也不枉他做一辈子竹匠。

"老师傅，那件，也是你做的，还是你徒弟做的？"心满意足间，老唐听到一句问，手一抖，水泼了一地。

一个一模一样的竹篮，篮里也游着尾小鱼。老唐捧起来，仔细看，盘丝，分层，堆花，藏头，竟分毫不差，就像流水线出产，可这细丝编，这费尽心血的编法，机器什么时候学的？他们要干什么？老唐放下篮，在人群里找,他看到了,他们不敢往这边看。

"造孽!"老唐气急,想追,水渍滑了跤。

"师傅,师傅!"喊声震得他脑仁疼,慢慢闭了眼睛。

§

无论是博士毕业答辩,还是申报课题陈述,我都没现在这么紧张。

刘人杰在跟医生谈。青筠在角落里睡着了,鼻尖还红着。我坐下,将大衣盖到她身上,从她手中抽出手串。串珠已从中拆开,分成两半,露出里面一组闪着绿色荧光的芯片。

原型机截取神经中枢发送到手指神经末端的运动信号,无线传输至终端。这像是用窃听器窃听神经系统,无须摄像头,追踪记录双手活动。过去三个月,手和竹丝间每一次推、提、压、捻,都被记录,附着于上的每一个神经冲动,都被采集、抽象、建模。一个拥有二十个信号自由度的,比现有技术更灵活、更强大的运动模型,来源于几乎被遗忘的地方。

人类大脑的可塑性极强。长期使用的感官,在脑皮质中所占区域面积更大,神经信号的控制也更精细。而且,比起单一维度的运动模型,二十个维度的信号结合在一起，尤其需要日复一日的练习，才能建立起一个能和外界环境精密交互的接口。

唐师傅此时昏迷不醒。他不知道，在与环境精密交互这个层面上，他比我们所有人的认识，都多了一些维度。

他想要留住的可能是传统、自尊、生活方式，对我而言，则是传统手工艺中积攒千年的海量知识，及关联的大脑运作模式。经由集体和个人传承的，是在漫长自然演化和文化传承中得以开发的人类潜能。它们将变成在晶体沟壑中跳跃的脉冲信号，是人赖以前行的珍贵遗产。而我做的，就是将其从口耳相传的古老桎梏中解放。提取、建模、数学化、一般化。中枢神经到手指神经末端，信号传导需要时间，原型机能在手做出实际动作前，就捕捉到信号。

关键不在手，而在脑。我对重构脑有信心，但将重构的脑，放到另外一双手上，是应用。用同样的竹丝，打造一只一样的竹篮并不太难，将操作应用于活生生的大脑上，是更大挑战。我已做了我能做的。

"咱们准备一下，开始吧。"

"刘总，您说实话，到底有多大把握？"

"徐教授，我在他身边学徒五年，认识他二十一年。说实话，我不是信您，是信他。"

宛转环

手术室内空无一人，无影灯熄灭。黑暗中亮起全息成像，填满房间，脑体展现眼前。蓝色神经丛林间，一团红色胶质瘤粘连纠缠。肿瘤裹住纤细蓝色细枝，不管是放疗化疗，都很难彻底清除，极易伤到健康脑神经。即使没伤及，若清除不彻底，复发可能也极高。主刀医生在导航室内调出界面，两根细小银色纤维出现在脑区中间。挥手放大局部，纤维尖端，是一只机械手，五指细长浑圆。医生调整了角度，开始发送指令。我看到那双布满皱纹、裂口的手又在悬浮大脑影像里活了过来。剖除粘连，捻开结点，在细软无力的神经纤维里穿梭前进，在紧紧贴合的大脑皮层间自由游走。每一个操作都因形就势，每一寸力道都恰到好处。瘤体如同藏头打锁时的竹丝，被精细切除，不漏掉一丝一毫，不伤及完好结构。在手中，险恶红色一点点消失。

青筠不知何时醒了，望着翻飞的手，荧光闪烁的脑，倒吸一口气。

"没事，要相信爸爸。"我握住她。

§

睁眼时，老唐只见白茫茫一片。他费了点力，才看出是雪白屋顶。淡绿色墙，深绿窗帘，身上盖着被子，屋里开了空调,暖烘烘的,还有仪器哔噼响。是在医院。

过去了多久?老唐试着想,最后记得的,是摔在地上。那时,他觉得脑子比骨头痛百倍,可现在,脚腕上还打着绷带,动弹不得,脑仁痛,好像没那么厉害了。老唐试着动弹手指,好像没什么异常,可感觉缺了点儿什么。抬眼,戴惯的苦楝子,搁在床头柜上。象牙白串珠间,透出绿光。

老唐有点儿晕。他摸脑壳,光溜溜的,又吓一跳,留了多年地中海发型,从头顶到耳根,剃得干干净净,还有一道细细的缝合痕。他问青筠,不是说,那个瘤,不管是人,还是机器,都切不来?青筠转头看门外。

进来的是小徐。他解释了事情经过。老唐没太听懂,看演示像看戏法,实验者戴手环,操纵屏幕上的小人翻转、跳跃,手只微微抖。小徐说,比手更重要的,是人的脑子,是心。他不明白,可觉得说的似乎不错。

最后,还是靠机器拣回条命。长久以来那块硬硬的东西,此时像暖气房里的冰。老唐叹一声,是老了。

"您是自己救了自己。"小徐说。

"你就当收了个徒弟噻,能摆弄的,不光是竹丝咯。"青筠端了粥,送到老唐手中。

老唐看看女儿,又看看小徐,没说话,舀了粥。粥还热,花生的香,红枣的甜,芋头的糯,芸豆的软,入口挺舒服。这才想起,已经过了腊八节了。

§

成都冬日,空气里有一种特别的温润。像是锅盔、卤菜和腊味的混合,却无油烟气,像经过了蜀地雨水的刷洗。晦暗天色里,青翠芭蕉叶尖滑下雨滴,红褐香肠挂在阳台上。我放下筷子,将两只酒杯再斟满。

"这一杯,敬您,敬手艺。"

"手艺。这几天我一直在想,手艺到底是什么?"唐师傅没举杯。

"您觉得?"

"刚学艺时,师父说,竹匠心要沉,要几年,两只手才能配合熟,心手才能合一。"他抿酒,"虽不晓得你讲的那些,可这话我懂。现在的人,做不来,其实是沉不住心。手艺,没有啥子难的,就是要心静。心静,才能灵,才能手巧。"

"说得好,最可贵的就是您这颗心。"

"初六,就走?"

"嗯。找手,找心。"

一年前,我从纽约出发。一年后,我们将再次从成都出发。从北京故宫的古钟表修缮师傅，到云南雨林的油纸伞匠，从扬州千年传承的古琴琴师，到福建几近绝迹的海柳刻工，一一寻访，记录下他们的指间技艺。还要与法国南部的螺旋编织手艺，美国南卡的缠卷技巧等等来自世界各地的传统手工艺，相互对比、建模、分析、标记。我们要建成一座连接了人手、脑和无数种器物的庞大数据库，永久保存在网络中，即使再过千年，所有手作之物都化为尘土，承载了漫长文明和演化历史的人类行为模式，也仍鲜活，可能存在于血肉之躯里，也可能存在于金属与电路搭成的身体中。

再往后，我们会找眼、找耳、找鼻、找舌。我们将重新定义所有感官，定义人和世界相互理解、交互的接口。这将成为与物理世界相平行、相补充的一个新层级。这将是人所能认识的唯一世界，也将是不受大自然赋予的肉体束缚的、真正的人。千百万年后，人终于能获得真正的自由。那一天不会太远。

"你说，"他放下杯子，声音含混，"手，不要人咯，那以后，人，还要手么？"

我笑了，没说话，斟上酒，静静等着他。四十多年了，慢，也快。他沉默了一会儿，端起酒，两人碰杯，浮一大白。

§

正月十五下午,老唐又来茶馆。脚还不方便,他没骑车。小院里没什么人,几株虬结老腊梅,挂了半开花苞,黑褐枝干缀着鹅黄。老唐找了把椅,照例是三花茶。

邀请展结果公布了。老唐得了二等奖,以前他肯定要生闷气,现在不了。

刘人杰初五拜了年,提了大包小包,又是道歉又是道谢,说手术机器升级,又有成功病例,订单已排到下一年春节。老唐没拿他塞在红包里的顾问费,只留下机器手的等比放大模型,十根金属指爪,封在三寸高的透明硬化玻璃里,怎么看,也不像自己的手。

青筠和小徐在家过了年,初六就出了门。那天晚上他们谈了很多,也喝了很多,说了什么,他都记不清了。一觉醒来,他觉得好像有东西被修改过,说不出是什么。

茶馆老板端了茶,"怪咯,嘟个今天跑过来?每年都要在屋头包汤圆儿的嘛?啥子玫瑰馅儿、芝麻馅儿、水磨粉……"

"今年不包了,晚上买点。"老唐抿一口,"人少,省事。"

"嘟个不手包喃?"

"机器包,也还是方便。"

"呦,难得。喝茶,慢慢喝!"

台上,胡琴正拉《八阵图》。陆逊刚刚火烧了七百里连营,烟火不住,追击刘备至鱼腹浦,却在诸葛亮的八卦阵中迷了路。微风吹过,腊梅花香飘散,有一点花瓣落在半阖的茶碗中。老唐睡着了。

梦中,他进入了一片苍莽竹林,暮色极深,隐有白墙黑瓦,灯火闪烁,可不管往哪边走,都有竹子节外生枝挡了路。手却紧贴身体,动弹不得。电光石火间,老唐忽然悟了,心中抽竹刀出鞘,意念里劈削如泥,片刻破出一条路。手仍未动,身畔有竹叶翻腾,竹枝倾覆。他仰天吟啸,大步徐行,虎虎生风。

附记:可实现意念控制的非侵入式神经接口技术参考了Meta Reality Labs的相关工作。

2018年6月至7月初稿,发表于
第七届未来科幻大师奖征文大赛,获一等奖
2021年11月修订稿

涂色世界

现在,正如你已看见,我来到此地,带着船只和伙伴,踏破暗酒色的大海,前往忒墨塞,人操异乡方言的邦域。

十一岁时,我第一次读《奥德赛》。雅典娜向奥德赛的儿子忒勒马科斯传递父亲已从特洛伊返乡的消息。在塞缪尔·巴特勒翻译的古雅诗节中,有许多拗口的古希腊人名和陌生的词语变格,但我的注意力一下就被那个词抓住了。

"什么是暗酒色?"我问妈妈。

"你觉得呢?"

"我觉得这是荷马的比喻。"我记起阅读课上的修辞知识,"海是蓝色的。"

"荷马是个盲诗人。"她叹了口气,"海也不总是蓝色的。在古希腊语中,没有蓝色这个词。你还记得长岛的海滩吗?夕阳下的大西洋是什么样的?"

我回想暑假在海边骑车时的景象。天空呈现出和水面相似的青蓝色,靠近海面的部分则被染成了葡萄和玛瑙的颜色。太阳落下的地方,乳白色云块筑成了众神居住的神殿,绯红与金黄的光带像天河流泻,倾入渐渐深沉的大海。

我喜欢暑假。在那几个月里,耳边响着的,只有海鸥的鸣叫和海风的低吟。我也并不真讨厌诗行或油彩。我曾坐在童车里,看着妈妈画画,她常忘记时间,直到我哭起来。可在十一岁时我已经明白,生活并不是由色彩和诗句组成的。像脆弱琉璃筑成的幻境,碎裂时,只会把人扎得生疼。

"我不懂什么是暗酒色。"我说。

"荷马也用这个词形容过公牛。在《伊利亚特》中,'像两头暗酒色的健牛,齐心合力,拉着制合坚固的犁具,翻着一片休耕的土地……'"

"噢,好了。"我打断她,"承认自己不知道也没什么。你就是说荷马植入了调整镜也没人在乎。反正只有我没有。"

她合上书。"我希望你至少读完……"

"算了吧,妈妈。为什么我就不能像其他同学那样?"

"你还小——"

"你根本就不懂。"

妈妈懂得五种古代语言,能够背诵整节的史诗,熟悉死去词汇的微妙用法,可没有一种语言能描绘现在这个世界。我不明白她为何那么抗拒。我甚至不敢邀请同学们来家做客。没有调整镜已经让我与众不同,壁炉上方那幅灰白色的油画,肯定会让我看起来更像个怪妈妈的怪女儿。我觉得,那个叫作透纳的古代画家,可能像荷马一样,是失去视力后才画这幅画的。

§

"书呆子,嘿!"

我的胳膊肘被重重地撞了一下,铅笔掉在地上。捡起来时,数位黑板上的荧光字迹已经被擦得乱七八糟。

"拜托,别……"

撞我的男孩把数位板擦甩过来,"砰"的一声打在我的桌角。"看不清?"

"我视力没问题……"

"你连蓝绿都分不清!"他居高临下地看着我。

"我分得清,只是久一点……"

"得了吧,你还是像你妈那样,戴那种老式眼镜比较合适,跟你的模样挺配。"男孩用手指在眼眶边比出两个圈,"丑青蛙。"

"别说了!"我捡起数位板擦扔向他,他轻易地躲开了。

"好了,我们该走了。"安吉拉说。男孩吐吐舌头,帮她拿书包。

我望着她。冬日阳光下,金色头发闪闪发光,映衬着白皙得几乎透明的耳朵。即使在调整镜外,她也这么漂亮,难怪他们都喜欢她。她回头冲我一笑,甜美无邪,像油画中的少女。可她夸张的嘴型分明在说,"拜拜,青蛙"。

教室里只剩下我自己,盯着笔记本上的修辞知识。我的成绩很好,即使我有时看不清楚老师的笔记,需要在下课后补。可真的有用吗?我一直都很听妈妈的话,但那让我和其他人越来越远。我现在需要的不是它们。我没有向她说起过这些,她不会听。

我慢慢撕掉了笔记上未完的一页。

§

十二岁,妈妈终于同意我接受视网膜调整镜的植入手术。那一天我醒得很早,黑暗中,我打开衣柜,摸着轻薄的蕾丝和柔滑的缎带,想象在植入之后,一成不变的裙子将呈现出怎样的色彩。最终我选择了一件象牙白的针织溜冰裙,开口恰好能露出肩胛的曲线。最重要的是,色彩在白色底色上能得到最完美的呈现。

"别害怕,只是个小手术。"爸爸握着我的手,我能感到他的手心汗湿了。

"只是让我变得'正常'一点儿嘛。"我说,故意不去看妈妈。她穿着常穿的那件灰色兔毛大衣,脸上涂了过多的粉底,像个假人。她总是把自己裹在黯淡的颜色里,像那些书和画,都蒙了一层古老的雾。

"这里。"医生指着一个呈现纵向切面的眼球模型,透明玻璃体像水晶球,占据了眼球五分之四的体积,在后端附着的金色薄膜是视网膜。

"原理不复杂。我们知道,视网膜是由对光敏感的视杆细胞,和对颜色敏感的三种视锥细胞组成的。调整镜将生物微电极芯片植入到视网膜神经感觉上皮和色素上皮之间的区域，辅助视杆和视锥细胞感受光照，直接利用视网膜本身的编码和解码机制来将电信号转化成视觉。它依然利用了你自身的'镜头'，只是换了一块感光器件。"

"但它比我的'镜头'可厉害多了。"我说，"更多细节，也可以自动调整明暗、色彩。我再也不会看不清楚黑板上的字迹了。"

"可你也许再也摘不下来了。"妈妈摇头，"艾米，再想想，这不是传统的眼镜，这是新眼睛……"

"所以我才不想一直当瞎子！"

"对于安全性您可以放心。现在已经不是十年前了。视觉系统的增强技术已经相当成熟。"医生的声音很平缓，"事实上，大多数孩子更小就接受了植入。这就像最新款的移动设备、最热门的社交软件，再加上最流行服饰的集成体。可以预见，调整镜人群才是未来的主流"。

"现在已经是了，班上的每个人都在用。调整镜还可以设置滤镜共享——只需要同步频率。"我从爸爸手中抽回手，凝视手腕内侧。在植入后，那儿会亮起一个微小光点。

"没错，可以对电信号实时编码。"医生点点头，"某种程度上讲，它展现了无数个新世界——并能与别人分享。"

"是啊，太棒了。"我故意说得很大声。也许妈妈可以逃避现实，但我不想。她不知道孩子们的世界是什么样的。她根本就不在乎。而这个世界最终将属于我们。

"医生，我想跟你单独谈几句。"

我不知道妈妈和医生说了什么。只有爸爸陪在我身边，我们没说话。直到医生返回手术室他才离开。医生开始在手术操作系统上输入参数。护士为我注射了麻醉剂，眼部一阵冰凉之后，是无知觉的黑暗。我知道手术马上就要开始了。

"医生，大人……也可以植入视网膜调整镜吗？"

"技术上可行，不过成年人的术后适应不如未成年人。而且，目前并不支持某些特殊情况。比如有些人排异反应强烈，比如……"

我并没有听完。睡意已经袭来。在黑甜梦境中，异彩纷呈正等着我。

§

"嗨，安吉拉。"我鼓起勇气，朝迎面走来的女孩招手。她浅粉色的裙子上饰有淡绿色缎带，像初绽的郁金香。"喜欢你的粉裙子。"

"哦?"她扬起眉毛，"你终于也有那个了?"

"嗯。"深蓝色裙子上有星光流转，搭配浅栗色头发，而不是和妈妈一样的黑色。手腕内侧，调整镜的同步信号闪着微弱的绿光。我知道，在她眼里，我一定和以往大不相同。

"还不错。你知道吗，以前我们都觉得，你这儿有点儿问题……"她歪着头，指指眼睛。

"当然不是! 我只是没有调整镜而已!"我连忙说，"不过，现在不是了。我和你们一样。"

"不，还差一点儿。"她笑了。

"哪一点儿?"

"我们不把这叫作粉色。这是荆棘鸟滤镜套组里的玫瑰灰烬。玫瑰灰烬。又温柔，又残酷。你的裙子也不是蓝色，在调整镜里，那叫作皇家午夜。那种忧郁的感觉。"

我忽然意识到，调整镜改变的，不仅仅是物体的色彩或者明暗本身。它也改变了描述这个世界的语言。我想起妈妈讲过的睡前故事。无论是童话里的魔咒，还是神话中的预言，似乎都有可以改变现实的神奇力量。

那都是骗小孩子的。一个声音在心里说。我眨了眨眼——其实没必要，调整镜会保证视野清晰。

"嗯，玫瑰灰烬。"我点点头，"我懂了。想要试试我的皇家午夜吗？我想，它会很衬你的发色。"

§

后来我读了人机交互专业。大学毕业后，我加入了一家为调整镜编制滤镜插件的初创公司。如今，人体改造技术是最炙手可热的领域之一。植入了RFID芯片的人们再也不用担心忘记钥匙，3D打印的心脏、肺和肾则大大缓解了器官移植供应的压力。生物黑客成了年轻人的理想职业，不过，最吸引我的仍是调整镜相关技术。视觉是人与外部世界建立关联最重要的渠道。我曾被排除在外。我不会忘记。几乎没人还抗拒人的硬件升级，除了妈妈。她曾委婉提出希望我在文学艺术领域继续深造，但在爸爸去世后，她再也不能要求我什么了。

调整镜是重要原因。十年来，随着技术不断升级，调整镜所能呈现的视觉效果早已超出了人类的固有经验，只有来自调整镜本身的语言才能传达含义。我很难与妈妈分享什么是超空三号,类似在大气层中不断上升的光线渲染,由淡蓝、深蓝、紫色、紫黑渐变成深沉的黑色丝绒,夹杂许多难以形容的纤细光丝,我最喜欢的睡眠环境。我也不能向她讲述我的初恋,他眼睛里有真正的黑洞,星星在瞳孔边缘纷纷坠落——最新款芯片才能达到的效果。

与此同时,各种基于传统感知原理的显示器也进行了针对调整镜的更新换代。如今我们看到的,不是前信息时代那种带着锯齿边缘的图像,而是算法与硬件融合后,优化的超写实成像。与以前的3D成像类似,但远为生动。如果不是强制性的边框限制,已经很难分清显示器内外的世界。

但妈妈拒绝这一切。在某种程度上,我觉得,是她的态度,而非技术本身,造成了这种状况。她甚至不使用电子阅读器或非侵入式的增强现实眼镜。房间里到处是布满灰尘的纸制品。很多是从去世主人的垃圾中捡来的。二手书、手稿、乐谱、画册。在我离家后,她又重拾了年轻时的爱好,画画。我看过她的作品,静物、风景。凝固的油彩。

"怎么样?"她像等待夸奖的小女孩。

"唔……不错。"我努力让自己听起来真诚一点儿，"不过说真的，妈，你就不能试试……"

"艾米。我真希望你关掉那玩意儿，用自己的眼睛去看，用自己的语言去说。"她从玳瑁眼镜上边缘盯着我，"妈妈毕竟是过来人，要记住，你眼中的……"

"黑色并不总是黑色，白色并不总是白色。难道这就是你在葬礼上也穿灰衣服的理由吗？"我忍不住提高了声音，"妈，我已经长大了，但你没变。要知道，在这个时代，年龄不是资本，体验才是。"

"那些一模一样的人造体验？你忘了，你是个多么特别的孩子，还记得……"

"不。我不特别。那些只是你想要强加于我的东西。我从来就没喜欢过画。"我背对她，"我只想做个正常人。"

"艾米……"

"我早就不是孩子了。"我强迫自己一口气说下去，"现在我看到的、懂的，都比你多得多。别再用那些陈词滥调约束自己，也约束我。出去看看这个时代吧。"

她终于不再说话。

我走出去。外面渐渐沥沥下着小雨。我调出了特瑞尔七号的全景模式，维纳斯带的视效模拟，阴沉天色在温暖的二次瑞利散射光下变得柔和。我深呼一口气，渐渐平缓下来。对不起,妈妈。但我已经长大了。

葬礼也是那样一个雨天,我还记得冰凉雨水顺着黑呢外套滴答落下。牧师在十字架顶端渲染出一对流光溢彩的小天使,在雨雾中撑起拱形光环,光晕虚明如镜,中央是熟悉得心碎的投影。我告诉自己,爸爸会在那光芒中,永远照看着我。可在我身边,妈妈无法理解那些。依然是过厚的粉底,古董毛衣。她看不见也听不懂什么是天国的三种光冕,只能透过被雨淋湿的镜片,望向那片只属于她的灰白天空。

在牧师的致辞之间,我听得到窃窃私语。我熟悉刻意压低的声音,以及目光相接时略不自然的回避。成年人的游戏规则变得隐秘,但我明白微笑和言语背后隐藏着什么。如今再没有人为我挡住生活的风雨。至于妈妈,我不能指望她。我不知道她是否真在乎爸爸的离去,在乎我的想法。在那之后我放弃了。我的房门紧闭,语言的交集越来越小。不久之后,我就搬走了。我也许无法改变你的想法,但我不想变成你的样子。

§

当技术革新改变了描述这个世界的语言,它也永久改变了我们看待世界的方式，哪怕脱离了技术本身，语言也已深刻地塑造了人类心灵。大学时的语言学课上，老师曾经讲过萨丕尔—沃尔夫假说。有些小说家据此畅想了学习外星语言能带来的超能力，但我觉得，这个想法的真实意义并不止于此。

"又得扩充语音助手的词表了。"卡洛斯的即时信息在我的显示器上跳动，"上周的用户数据已经发布，可能得增加七十多个高频新词"。

我回头，在格子间里寻找一团熟悉的银灰色乱发。卡洛斯是公司的资深工程师，目前和我结对编程。我知道，他的头发是实实在在的银灰色，而非调整镜效果。"遗传。"在第一次见面时，他解释说。

"挺酷的。"我不想显得大惊小怪。"我也认识不用调整镜的人。"

"我还没那么酷。"他咧嘴一笑，乱草似的头发开始变成一根根纠结的微型彩虹。

"我觉得，该重新思考一下词汇更新流程。"我键入字符，"新词随着新视觉效果增加，旧词被剔除，近三个月已经更新了十次。太快了，也许。"

"你可能想计算一下加速度。"他加上一串数字，调整镜代码中的鬼脸,"咖啡间见?"

"感觉有点儿失控。"我拆开一袋巧克力豆倒在纸盘里,拨弄着一颗颗彩色小球,"而我们正在加速——"我停顿了一下,"想想看,从流媒体到移动应用,都在尽力跟上调整镜中描绘的景象……要不了多久,不,就是现在,人们已经没办法离开调整镜说话。可那些没有的人怎么办?"

"脱脂奶?纯奶?"

"喂,我说真的。"

"还是脱脂奶吧。"他耸耸肩。"没什么大不了的,艾米。人们创造了技术,技术也重塑了人类,从古至今,都这样。"

"至少不该这么快……"

"有那么悲观?"他摇晃起泡的牛奶,"在面试时,你不是说调整镜和所有技术一样,能让人们联系得更紧密吗?分享你眼中的美妙世界——"

"也许我完全错了。"巧克力豆在指尖渐渐变黏稠。

卡洛斯将拿铁递过来,拉花是一张只有眼睛、没有嘴的脸。

"我是学物理的。"他慢慢说,"现在也还相信以理智追求真相。但我明白，如果只依赖牛顿光学的颜色理论进行数学抽象，我们永远无法理解，当古希腊人站在海滨、眺望暗酒色的大海时，他们看到了什么。"

"他们到底看到了什么？"一颗巧克力豆在指尖四分五裂，我顾不得擦拭四处溅射的浆液。

"我只是试了试刚发布的荷马之眼……"他显然没预料到我的反应。"应用市场第一个。"

盲诗人用词语为遥远的年代涂色，而那词语如今成了我窥视真相的眼睛。该如何描述我见到的？在古希腊人眼中，每一种色彩依然清晰可辨，只是比起色盘上的差异，他们的目光更多聚焦在明暗程度上。暗酒色描述的不只是红与蓝的中间色，而是一种明亮与运动的混合，随着不同季节和一天中不同时刻的光线状况而变，那是最能捕获古希腊人感受的特征。人们依然能感受到最细微的颜色差别，但并不在意。和在夕阳下波光粼粼的海面，以及浸满了汗水、闪闪发亮的公牛躯体一样，我感知到的，是在纸杯中荡漾闪烁的甘醇液体。

"难以置信。通过词语反向构造。这是……用古希腊人的眼睛去感受这个世界。"

算法设计不但考虑了客观世界的真相，也反映了物质世界对于古代人类心灵的启示，而这来源于语言。萨丕尔—沃尔夫假说并不是故事的全部,语言没有阻断我们的视野,也没有让我们丧失思考的能力,它只是一副眼镜。

我切断了调整镜的信号。我有多久没这么干了?我试图回忆那些古老的词语,或者说,忘记调整镜赋予的新词汇。你得学会摘下眼镜,才能戴上另一副……你得暂时忘掉母语,才能学会外语——妈妈严厉的目光挂在玳瑁镜框上。

"你还好吗?"卡洛斯的声音听起来很遥远,"绿色也挺适合你的。"

很久以来,我的衣柜都是由黑白深蓝组成的,不管是在调整镜内还是外。我不喜欢绿色。像滑腻的两栖动物。

§

"妈,我想问你一件事……"

我盯着刚刚发出的语音讯息,犹豫良久,还是按了"取消"。也许她会听到一句没说完的话,或者看到一条发送又撤回的消息。我不知道她会怎么想,我们都清楚,我早已不习惯向她寻求帮助。

地板上摊着剩了一半的外卖餐盒,没洗的衣服揉成一团,工作台的曲面屏幕上,显示着环形孟塞尔比色图和带状可见光光谱。手边则堆满了散乱的潘通色卡、德谟克利特对于颜色的论述、道尔顿的《论色盲》，还有马克·罗斯科那些只有大幅色块的抽象画。然而什么也不能告诉我，我看见的颜色，到底是不是别人眼中的颜色。

这听起来不可思议。但完全可能。晴朗天空是蓝色，花园中的嫩叶是绿色——通过学习，我能对应颜色和词汇符号，但如果我的视锥细胞与常人的位置不同，通常意义上的"蓝色"波长的光波在我眼中引起的，实际上是常人眼中的"绿色"的神经信号，我会发现吗？

我会认为"蓝色"就是那么"绿"。我学会了将语言符号与某种特定感知对应，却没有意识到，符号所指可能不是一种物理属性，而是一种心灵表象。我永远无法知道别人眼中的世界是什么样。就像计算机，我的眼睛是输入端，大脑是个黑匣子，嘴是输出端。当别人接受绿色信号，产生绿色感应，说出"绿色"时，我学习到的，是接受绿色的信号，产生"蓝色"感应，却同样说出"绿色"。我无法意识到自己的特异，不只是眼睛本身，更是对外在刺激的内化。我的心灵。

你连蓝色和绿色都分不清。

以前我一直觉得是因为没有调整镜。但事实可能更严重。调整镜让我看到的是别人眼中的景象。我使用那些词语，自以为融入了那个"正常"的世界。它不真的属于我。妈妈总说我特别。她一定早就知道。可她为什么不告诉我？

我忽然想起公司用户论坛上的一个请求。有用户抱怨我们为某款游戏设计的新界面不够友好。"我喜欢这个游戏，不过我看不清敌人的发光轮廓。一切看起来都一样。"那帖子没多少关注。几条回复中，有人说，"新界面没问题。你是色盲吧。没有调整镜就别玩"。帖主则情绪激动，"去你的，因为交通信号灯的升级，我现在开不了车，连我最爱的游戏都要被你们毁了吗？这不是我的错"。

最初我没在意，只是把那个请求标记为"不予处理"。每天收到的用户反馈和要求成千上万，我们只挑那些最重要的处理。最重要，等于影响人数最多，可能产生的效益最大。特例不在考虑范围内。但现在，我盯着那个用户的注册地址，钝痛几乎要让我呕吐。

那正是爸爸出车祸的地方。他和妈妈一样，一直没有植入调整镜。他一向小心，我本以为是上天的残忍带走了他，而从来没有想过，也许是因为他也被当作了一个不予处理的特例。

也许我本来可以看到他眼中的世界。至少，接近他。

他的基因仍存在于我的每一个细胞里，我的眼睛和他有同样的颜色。爸爸眼中的一切是什么模样？我是否听他说过？古希腊人的词语让我一窥古老的过往，但我却忘了本来也属于我的声音。

我切断了调整镜的信号，再接通，再切断。电位的频繁变化中，眼前的一切似乎变了，又似乎没变。什么才是真实的？当多数人的真实和少数人的真实不兼容的时候，该做什么？

眼前突然一片浑浊。随之而来的是越来越严重的头晕。我吓了一跳，闭上眼睛，安慰自己这只是幻觉，再用僵直的指关节敲太阳穴，然后睁开眼睛——没用。所有颜色都消失了。我似乎看到了那个倒在地上后被人送去医院、躺在病床上虚弱无助的自己。调整镜、色盲、视觉异常……词语飞舞，在真正的黑暗面前，什么都了无意义。

> 我怎么还未到生命的中途，
>
> 就已耗尽光明，走上这黑暗的、茫茫的世路。[1]

---

[1] 引自弥尔顿《哀失明》("On His Blindness")，朱维之 译。

如今还会有盲诗人吗?在失去意识前,我想起荷马。

§

"艾米……你听得到吗?"

一只冰凉的手放在我滚烫的前额上,又移开了。我很久没有像现在那样渴望那个声音。

"别怕。"她握住我,"没事的,只是眼压不稳,短时失明。"

四周渐渐亮起来。而我的视野再次模糊了。

"我不知道……为什么不告诉我?"

"你是多么害怕自己的特别啊。孩子。所有人都害怕。我也害怕过。"妈妈说,"我只是想保护你,但是我错了"。

"我们每个人都很特别。但又没那么特别。"她将我的头发拢到耳后,"我也花了很久才明白这一点"。她为我戴上了一副耳机。"现在你的眼睛还需要休息。用耳朵去听。"

我重新躺下,耳机里传来朗读声,就像很多年前她在我床前读童话一样。和过去的夜晚不同,这次的故事让我呼吸渐渐急促,时而忍俊不禁,时而泪水涟涟,像是荷马的第一批听众。

§

2034年，1月25日。

今天我在滑雪场遇见了乔。我几乎是一下子就被他的眼睛吸引住了。浅淡的冰蓝色，里面还有那么多不同层次的绿色、丁香色、青金石色……怎么可能有这么漂亮的眼睛？我发呆的样子，在他眼里一定很可笑。

不过我很快发现，他可能是色盲。他的滑雪服是我见过的最丑的绿色，像个放了半年的牛油果，还掺有脏兮兮的土橘色，我忍不住在他面前笑个不停，让他莫名其妙。看来我以后必须帮他打理衣橱……不过，至少现在，我不用担心别的姑娘会在雪道上跟他搭讪了。

2038年，5月30日。

谢天谢地，最后一批芍药总算在婚礼前送到了。白色的内穆尔公爵夫人和新娘之梦，早上刚刚从费尔班克斯的农场里摘下来。我的手捧花则是含苞待放的白色铃兰。白色的蜡烛，白色的蕾丝桌布，白色，白色，全是白色。

乔小心翼翼地问我，真的不用别的颜色吗？我该怎么向他描述呢，他看不见，白色不是白色。就像我见到他的那天雪地的颜色一样。我让他想象蛋白石的样子，在半透明的白色石头上有比红宝石更柔和的火彩、紫水晶的绚丽紫色，以及祖母绿的绿色之海，所有闪亮的元素汇聚在一起，就像普林尼说的，像硫黄燃烧的火焰，可与画师最深广最丰富的色彩媲美。那就是我的白色。

他像往常一样，不知道我在讲什么，却还是一个劲儿点头。好像看见了，就像……他装作听懂的样子，一脸严肃地搜肠刮肚，想要找个形容词，让我不得不去吻他。

就像我爱你的样子。

2040年，11月1日。

艾米来到了人间。第一眼看到裹在襁褓里的、小小的她的时候，我不相信那是我的女儿。

她不像我。我的皮肤是浅橄榄色的，可她那么苍白，透出细小的血管，像拌了蓝莓的奶油。她的颜色不对。我一遍遍对护士重复，她们费了好大力气才听懂我在说什么，又再三保证，让我平静下来。我知道这蠢透了，她并不一定要跟我的皮肤色调一致，但我还是忍不住。

颜色对我来讲是如此特别。我早就知道，不是所有人都能像我一样看到这么多种颜色。从七岁起，我就是美术课上最特别的孩子。我画得并不好，但他们都说，那些画一看就是我画的——别人画不出来那种颜色。而我只是将眼中所见的百分之一画出来而已。

我希望艾米也能像我一样。如果她也是个"正常人",她的世界将是多么平庸乏味啊。

2045年,7月6日。

乔真令我郁闷。他不小心将一块苹果掉在地板上,却无法分辨苹果块与木地板的边界。而对于我,那醒目得像块青柠色的火腿,难以置信他竟然看不见。

为了这个,我差点和他吵了起来,我不知道自己是怎么了。有一种新的视网膜调整镜,也许至少可以让乔成为"正常人"?

我开始在画画时把艾米放在一边,让她学着看。尽管有点儿早,但是塞尚和莫奈的颜色丰富而生动,我希望她能早点发现颜色的魅力。

目前一无所获。

2047年,9月2日。

我不知道该说什么。艾米抱怨,看不清楚老师在墨绿色黑板上用蓝笔写下的数字。我忽然有种可怕的预感。

我让她识别印象派作品中的细微色差。她看不出来。

艾米无法完全分辨蓝绿。与乔的红绿色盲相比，这不算严重，但也算不上"正常"。更不要说像我一样。

我在她出生那天就抱有的希望，如今变成了巨大的讽刺。

我和乔激烈讨论，要不要给艾米植入调整镜。我无法想象女儿在一个色彩缺失的世界里生活，但乔说，没那么可怕。他不觉得自己比我少了哪些乐趣。

那是你没体会过。我试图解释。想想看，看到一个完全不同的世界，更丰富、清晰、生动，充满了无穷可能。一旦看到这样的场景，你将无法忍受之前的一切。

不，亲爱的。我也看到过你从未看到过的东西。他微笑着说。拉格朗日力学可以让你对整个世界的存在产生新的看法。一旦理解了公式和符号的语言，你会觉得这个宇宙和谐得可怕，也脆弱得可怕，人的喜怒哀乐、生老病死都了无意义……但这并不妨碍我听你讲那些我永远看不见的美妙景象，去感受女儿在我臂弯里的温度。

语言也是一副眼镜。我记得他说，它能让我们看到往常看不见的东西。但何时戴上，何时摘下，需要我们自己的选择。

我们决定再过几年，把选择权交给艾米自己，她需要做出自己的选择。在此之前，尽量不让她感受到异常。

我的特殊或许能带来赞许,但她的不是。

我和老师通了电话。

2053年,4月12日。

我的朋友不多。我常被那些令人屏住呼吸的色泽吸引目光。她们抱怨说,不得不重复喊我的名字,才能把我从无休无止的凝视中拉回来。也许只有乔能忍受我。谢天谢地。

我曾希望艾米能看到和我一样的景象,体验到那些,但我错了。她离我远去,不再阅读我钟爱的书籍。我听不懂她时髦的用词,就像她也听不懂我的。

乔不会要求我学习拉格朗日力学。我又能要求她什么呢?她宁愿凝视着虚无,也不愿意和我一起画画、看画了。她眼睛里是我无法达到的地方。

今天我去咨询了成人植入调整镜的手术。初步检查后,医生对我特殊的颜色感知很感兴趣,表示需要等待进一步的报告。

2053年,4月20日。

四色视觉。我第一次听到这个词。

极其罕见,医生说。人只有三种视锥细胞,负责加工红色、绿色和蓝色，而四色视觉者眼睛里的第四种视锥细胞还可以对其他颜色进行加工。这种状况通常由X染色体变异导致，在男性身上可能引起色盲症，而女性则多是四色视觉者。相似的变异让我和乔走上了不同的方向。他能看到的颜色，比正常人能看到的一百万种要少得多，我却可以看见将近一亿种。艾米继承了糟糕的那一种。

目前，四色视觉者无法接受调整镜植入。我本身的视觉神经通路已经过于复杂，无法整合算法。我看不见艾米的世界了。

也许是该放手了。粉红的青春痘已从她白皙的脸上冒出来。有了调整镜修饰，她不太在意。不像我，曾为青春痘痛苦，直到现在，我也必须化妆后出门，皮下血管的青绿色、深紫色、酒红色，在我眼中过于清晰了。

也许，她能看到的是一个比我眼中更好的世界。

2057年，12月19日。

乔离开了我。

他躺在那里，紧闭眼睛。所有颜色都消失了。红宝石，紫水晶，祖母绿。只有死亡的颜色。甚至是黑色都太丰富了。我在黑色里能看见紫罗兰、深蓝、翡翠，那让我想起棕鸟的翎羽和太阳刚刚落下的大海。

而我的心是一把燃尽的灰。

2060年，4月25日。

艾米马上要毕业了。她健康、聪明、自信，几乎完美。她也懂得照顾自己。有了调整镜，她的色觉感知"正常"了，我再也不用担心她会像乔那样。

我已经老了。我们的时代已经过去，像所有世代一样。如今我只能从那些越来越陌生的词语里捕捉旧日的气息。像一个个在黑暗中沉睡的矿洞。

人也一样。近来我有个可怕的念头，为什么每个人喜欢的颜色都不同。一束束在艾米和乔眼中近似到乏味的光线，在我眼中则完全不同，在"正常"人的眼中，难道就一样吗？

没人知道。人也是黑暗中的矿洞。我们永远无法得知物质世界在不同洞穴中映出的影像。物理世界的真实是一团灰白色云雾，无所定型，使其凝结的是每个人的心灵。人们的认知本身重塑了世界，也是我们能认识的唯一的世界。

黑暗中的洞穴冷漠疏离，将他们勉力联系在一起的，不是眼中所见，而是口中所言。人们无法定义个人心灵中的独特体验，但能为它们赋予统一的名字。我们就凭这些名字，在疯狂、混乱的世间相知。多么神奇啊，即使暗酒色的时代早已逝去，即使乔的白色和我的白色完全不同，我们仍能分享一丝感受。

艾米。我看着你飘得越来越远。我无能为力，也安然接受。我们都太注重看到的东西，忘了倾听，也忘了述说。爸爸早就懂得这一切，但他已经离开了。

日记结束了。紧闭的眼睛温热。我明白了盲诗人的诗篇为何动人。

§

"现在，你看见弥漫的苍黄云层被闪电击穿，扰动了远方天空。随着视角渐渐移动，从天上回到人间，视线聚焦雷暴在云层下造成的破坏。你所驾驶的旋翼机就正处在雷鸣闪电间，机身因为强风上下摇摆……"

"什么是旋翼机？"内森问。在这些无法植入调整镜的客人中，他年纪最大，却对沉浸体验最感兴趣。

我不知该如何解释。"就是一种单人飞行器，造型精细，不过稳定性一般……"

"就像弗罗斯特写的，暴风雨中七歪八倒的花儿？"

妈妈说，她是我们这个小小的"心目"俱乐部的管理员、茶点供应人，也是第一位"观众"。每个周末，我们都会举办一场特别的体验会。

我回想诗句，以及它们在我心中留下的痕迹。"数据模型来源于空间站拍摄的地球大气变化，不过的确，想表达的，就是类似的感受。"

我不确定这样的讲述会产生怎样的效果。这当然与调整镜中的视觉体验不同，我们的"观众"也不多，但有人会乘车两三个小时赶来，也有人会在讲述中攥紧茶杯，像握住过山车的扶手。很多时候，我不得不关掉调整镜，甚至闭上眼睛，寻找合适的语言。他们说，我就是他们的眼睛。对我而言，是他们教会了我如何观看。

"有点像那幅画。"卡洛斯扬起下巴。场景中，他正处于跟随视角。

我回头，是《暴风雪中的汽船》。翻卷的旋风高卷起海浪，空气中夹杂着雪花和海雾，天地一片混沌。事物的形状消失了，所有颜色混杂在一起，但画家也有意保持了细微的差别。现在我知道，在妈妈眼中，那是一种极其丰富、鲜明的壮丽景象，大自然的壮阔和崇高超越了人眼所见，直抵心灵，正是我在设计这个场景时想要达到的。

"透纳为了作画，曾经把自己绑在桅杆上，驶入暴风雪中的大海。"妈妈说。

"就像奥德赛——"我和她同时说。那一刻,我觉得,我们的世界有相似的颜色。

> 2018年1月至2月初稿,
> 发表于《科幻世界》2019年第10期,
> 获第31届银河奖最佳短篇小说奖
> 2021年9月修订稿

谁能拥有月亮

一

小时候,何小林最喜欢的玩具是一个月饼盒。盒子表面是有光泽的灰色,从不同角度看能散出虹彩。打开盒子,会拱起一只珍珠色皱纸叠成的月亮,上面有凹凸的印花,是一个小女孩飘在月亮上,被她不认识的英语单词围绕着。关上盒子,立起来,盒子就变成了一只月亮灯,鹅黄色的光从方盒子中间的磨砂玻璃纸里透出来,能照亮黑暗里的柜子、箱子、板凳、小饭桌和床。她觉得，盒子里的月亮比真的月亮更亮，挂在幽暗的树梢上或者彻夜通明的楼间的月亮总是那么远，还常常藏在云雾后面，就是在满月时，看起来也没有近处的路灯亮。

等到盒子不再发光了，她就用它来装宝贝。有一只完整的、金褐色的蝉蜕，是乡下的外公带她捡的。夏天，他们用绑了小塑料袋的长竹竿粘蝉子，也捡蝉蜕。有一次她耳朵里进了水，一直流脓，又疼又痒，外公就用几只蝉蜕研磨成粉，用棉签沾了药粉把脓水吸出来，再用吹管吹了一些药粉进去，耳朵就不疼了。还有一个银色心形的钥匙链打火机，是爸爸给的，那天爸爸带她去饭店，抽了很多烟，她一直盯着打火机看，他就给了她，心形一捻就能滑开，露出中间的砂轮。还有头绳上掉下来的蝴蝶结、写了字的贴纸、海螺壳碎后带着海草的螺旋状骨核……它们从哪儿来，为什么在盒子里，她全记得。何小林的记性很好，像所有的孩子一样。盒子里没有妈妈给她的东西。妈妈总是说，她们住的地方太小、太拥挤，不知道什么时候就得搬，所以不能有太多东西。何小林想，等妈妈用完了眉笔，就把笔头放进盒子里，可妈妈虽然每天上班前都要描眉毛，那支笔却像怎么也用不完似的。妈妈的眉毛很好看，细细的，不笑也弯弯的。她的眉毛则像爸爸，又黑又乱，还有很粗的眉峰，用眉笔一涂，显得更难看了。妈妈给她洗了脸，告诉她，化妆的人都是老了，脸上缺了东西才要补，小娃儿什么也不画最好看。可她觉得妈妈不老，戴上口罩，眉眼就像学校里那些漂亮的姐姐一样。她们都是化了妆更好看，只是她自己不会。有人有了一些好东西，但为了不让没有的人难过，就会说没有也没什么，甚至说没有更好，都是为了藏着。她想，就像自己会把宝贝藏在盒子里，再把盒子藏在床底下一样。妈妈不知道她从可回收垃圾箱里捡了盒子。

那年银杏叶变黄的时候，妈妈和其他阿姨一起，花了两天中午吃饭的时间，从扫成一堆的落叶里挑拣出完整干净的，拼了一座弯弯的、金黄色的月亮雕塑。许多人用手机录视频，还有姐姐穿了漂亮的裙子自拍，走来走去，落叶在脚下沙沙地响。过了很久，何小林还看到妈妈在手机上看当时的新闻。何小林也看过，那段视频很短，发在网上，满地金灿灿的叶子中间，穿着墨绿色工服的妈妈背对镜头，正往月亮的尖尖上粘叶片，一闪就过了。视频的评论说，真为母校自豪。还有的说，连环卫阿姨都受了美的熏陶，真好。何小林觉得奇怪，月亮明明是他们自己做的，为什么在别人眼里，却不像是他们的？妈妈说，月亮和做月亮的叶子一样，都是公家的。她不太服气，悄悄从月亮尖上摘了一小片银杏叶，月亮因此缺了一个小角。她把叶子藏在盒子里。盒子是她自己的，她想着，这样，叶子也就是她的了。只属于她的、妈妈做的一小角月亮。

二

亲手做的东西不一定是自己的，用了很久的东西也不一定是自己的，哪怕刻了名字。课桌椅和黑板一起被横七竖八地搬上卡车的时候，很多同学都哭了，老师一边哭，一边护着桌椅。何小林没有哭。她远远地看着。小操场上学期刚铺了新的草皮，从远处看，绿莹莹一片，像真的一样，但凑近看，就能发现硬硬的塑料草叶已经被踩得蜷曲起来，像礼品盒里填充用的碎纸丝。碎纸丝有各种颜色，按颜色抚平、一束束扎好之后，就变成了凝固的颜料，放在盒子里，随时都可以拿出来，一笔笔拼成画，画的颜色永远鲜艳、透亮，再也不用使劲儿甩那些干掉的水彩笔了。她知道，除了别人给的，只有没人要的东西，才可能是她自己的。

妈妈带她坐了很久的车，去了大城市的另一边。和所有的大城市一样,在宽阔马路和玻璃高楼的空隙里,镶嵌着红砖和灰水泥的老楼,楼房之间还有蓝色顶的矮棚子,晾着花花绿绿的衣服和褐色香肠的竹竿从窗口撑出来,和高低错落的黑色电线一起,将停满了自行车和电瓶车的小巷的天空挤得满满当当的,像画画,每一道颜色看起来都没什么特别,但只有仔细地,甚至是忍着无聊地一笔一笔勾勒、填满,真实的图案才会显现出来。小菜场里的摊位上,纸箱里永远堆得冒尖,红的干海椒、黄的小米、紫的蒜头,捆好的红苕粉闪着黑亮的光,像对面发廊海报上焗了油的头发,小饭馆的木桌上也永远摆满了大碗小碗,热腾腾的白气从早到晚地从一米宽的蒸笼里飘出来,鼻子里总是香喷喷的。还有说话声、叫卖声、在大盆里洗竹签子的哗啦声、麻将牌碰撞的砰砰声,耳朵也装得满满的。何小林很喜欢这里。妈妈在晚上睡不着觉,想要关窗户却怎么也关不紧的时候,总是嫌这里太乱、太吵,她不觉得。比起课本上那些她怎么也记不住的公式,或是电视剧里那些干净得没有一道污渍的地方,她觉得这里才是她的。妈妈在下班后总是看那些,常常看得又哭又笑,剧里的人穿着平日里没人会穿的衣服,说着平日里没人会说的话,脸上白得一个毛孔也没有,他们是好看的,但她觉得他们的脸和说的话一样,翻来覆去都差不多，所以不像是真的，而被那么多人喜欢的，更不可能是妈妈的。她不明白妈妈为什么那么着迷。爸爸离开时，她没见妈妈哭过。

妈妈墨绿色的工作服换成了浅绿色的，仍然戴着口罩，露出描得细细的眉毛，但不再扫落叶了。她给别人吸尘、拖地、洗衣服、擦玻璃，身上总带着香皂和清洁剂的香味。有时候妈妈回来得晚，冲凉房停水了，只能用烧饭用的小罐罐气烧水，顶着一头泡沫等水开。妈妈总是对她说，要多学一点儿，不要贪玩，不要像她一样，可何小林想不出别的生活是什么样子。她的成绩不上不下，对怎么考高中、上大学，以后能干什么、想干什么，都不太清楚。她不想像妈妈一样，驮着装满抹布的编织袋，从一家骑到另一家，更不想回乡下去。她觉得，能待在这里就挺好。学校里，她唯一喜欢的科目是美术课，喜欢线条、色彩、剪纸、粘贴，看薄薄的水彩绕着油画棒勾出的轮廓边缘一点点洇开，或者用美工刀在五颜六色的吹塑纸上刻出图案、刷上水粉，再转印到厚卡纸上。但妈妈不让她报课外班。费用是一方面，更怕影响学习。考不上高中就上职高。职高再考不上就只能去做保洁、做服务员。妈妈说着，她听着，就像在听别人的故事。她想起巷口小饭馆的服务员，都是刚从周边乡下来的大姐姐，每天下午四五点钟就忙起来，拿着一瓶瓶啤酒在矮竹凳和方木桌间穿梭，等到凌晨十二点过，喝夜啤酒、吃冷淡杯的人散了，才走上阁楼去，挤在矮矮的天花板下睡觉。她们来得快，走得也快，她不知道她们后来都去了哪里，只有老板的妈妈，大家都喊她"婆婆"的，总是在店门口的竹凳子上佝着身子，慢慢地刷着螺蛳、择着豌豆尖。

天气渐渐凉下来的时候，妈妈带她去了另一座校园。那天妈妈没穿工作服，换了一条藏蓝色的绸布长裙，除了描了眉毛，还涂了口红。黑色的中跟皮鞋好久都没穿过了，她在脚跟上贴了片创可贴。这座校园不大，刚刚带了点儿黄的银杏叶后面，是灰色的飞檐、红色的斗拱，让她想起乡下的祠堂老屋，楼体却极方正、厚重，透过墙面上一排排对称的高大窗户，能看见顶到天花板的书架。一座钟楼矗立在满池碧绿的荷叶和清澈的小河渠间。她还没来得及仔细看檐角和屋脊上蹲着的彩色小怪兽，妈妈就拉着她进了礼堂。一片黑暗中，只有舞台是亮的，她们坐在最后一排，看不清舞台上的人脸，也听不懂。演奏很长，她渐渐困了，睁不开眼睛，乐音似乎变成了跳跃的颜色和形状，她看见深沉、厚重的蓝色和绿色粗线，明亮的黄色细线，夹杂着尖锐的红点，还有永远在背景里的、打着节拍的黑白线段,像有人在黑色画布上挥动巨大的画笔,画出的不再是纸上的图案,而是在空间里无边无际、绵延不绝的光,向四面八方流淌着,又都围绕着她,汇集到她身上。谢幕时,她使劲儿踮起脚,仍看不清任何一张舞台上的脸,但她觉得他们看到了她,就像她能从另一端看到光一样。

妈妈带她去给送她们演出票的刘老师道谢。刘老师的办公室在钟楼西边的大楼里,黑洞洞的门口挂了一块匾,写着"所过者化",每个字她都认识,可连起来不知道是什么意思。办公室里,挂在窗口的吊兰的枝条上生了许多小吊兰,一串串挂下来,浓绿的叶片把屋子遮得更阴了。妈妈和刘老师说话的时候,何小林东张西望,在摇摇欲坠的书和图册中间,她发现了一只盒子,比鞋盒大一点,枣红色的皮面,四角包了金属,被摸得亮晶晶的。

她忍不住打开了盒子。里面有一个硬壳笔记本,翻开来看,是一本泛黄的手抄歌谱,但那些歌名她从来没有听到过。还有一叠厚厚的稿纸,捻开后,每一张都是半透明的,第一张抬头写着"申诉信",她不知道什么是有伤风化、拨乱反正,只大概明白是一个当农民的大学生要求重新上学,落款是1977年。她又拿起写着"思想汇报"的第二张，倒是一下就看懂了，"组织安排我劳动改造打扫卫生已经一年多了，自觉思想上有了一些进步。今天工宣队指派我扫厕所，我看到厕所尿槽里有一坨大便……"

稿纸掉在地上。妈妈打了她的手。何小林，你在干什么？快给刘老师道歉！她抬头，妈妈的嘴唇上沾着晶亮的唾沫，鲜红的边缘模糊了。

莫来头，莫来头。这个本来也不是我的。刘老师蹲下来，她能闻见他身上淡淡的消毒水味。妈妈说他一个人住，屋头干净得连一根头发丝都没有，却还要她每周去打扫卫生。

那是谁的？何小林问。盒子表面的皮都磨出了白色的纹路，仔仔细细地上了油，摸起来润润的。稿纸的压痕都被抚平了，薄薄的纸边上一个破口都没有。她想不出来，这么宝贝的东西，主人竟然会不要了，也想不出来有人能这么爱惜别人的东西。

刘老师没说话。过了一会儿，他说，有的东西是要买的，只属于买的那个人。还有的东西，买了其实也不是你的。但有的东西，可能本来是一个人的，却能让所有看过、听过、经历过的人都有。就像自己的一样。像今天你听过的那些音乐，可能现在不懂，但以后再听到，就能想起来，它们已经在你的心里了。所以，它们不只是音乐家的，也是你的。

他从她手里轻轻抽走了信纸。越来越深的暮色中，她听见隐约的钟声响起来，很快又淹没在公交车报站声、汽车喇叭声和自行车铃声中。直到回到家，她还在想刘老师说的话。他不知道，她的盒子也满满的。

三

中专毕业后，何小林打了几份零工，最后还是和其他人一样进了厂。每天穿无尘服站十一个小时，在强光下擦除手机原厂膜上的灰尘，或者拣出有头发丝般划痕的残次品，稍微慢一点，工段的线长就会在旁边训话。六张膜为一盘，每小时二十盘为合格，起初她每小时只能擦几盘，一天下来，脖子抬不起来，手指被橡胶指套里挥发不了的汗水浸泡得发皱，还上不了产线，回到宿舍，只能靠八人间天花板上的小风扇稍微凉快一下。三个月后，她的手皮磨掉了，长出了茧，每小时可以擦三十盘膜，线长让她好好干，准备转正，她辞了职，拿回了返费。她租了一辆共享单车，在熟悉的大街小巷中游荡，经过曾经去过的那座学校时，犹豫了一会儿，还是没进去。繁华的商业街上，"招工"和"旺铺出租"的牌子交替出现，城市夜晚的灯光渐渐亮起来，她看见打扮入时、妆容精致的年轻人说笑着走过，也看见卖黄桷兰和栀子花的老婆婆穿着洗得发白的蓝布衫，挎着小竹篮等在闪烁着霓虹灯的酒吧门口，篮子上挂着二维码。栀子要二十元，她挑了半天，买了一朵两元钱的半开的黄桷兰，用红丝线系在手腕上，继续往前骑。在步行街广场中央，一群人挤挤挨挨的，她停下车，被拥挤的人群推搡到了前面。

人群中间站着一个女孩儿。她穿着几乎透明的裙子，身体也是透明的，像有一盏灯从里面照出来，何小林觉得自己应该能看到她的每一块肌肉，每一条神经，每一根在红色血肉里的蓝紫色的、忽隐忽现的毛细血管，但她的内里像是空的，只有晶莹的粉白色皮肤，在明亮的路灯下没有一丝瑕疵，眼睛是极深的蓝色，一只眼睛盯着人群，另一只看着某个更远的地方，雾霾蓝色的长发随着她的动作，被感受不到的风吹起来。在一米见方的光线组成的空间里，她做出各种动作，还开口唱了一首歌，人们发出阵阵惊叹。

"次世代人类：想象施放现实"——全息投影结束

时，女孩儿化成一群大蓝闪蝶，扑闪着翅膀消失了，光线慢慢渲染出这样一句话，紧接着是一个闪烁不停的二维码。她掏出手机扫了扫。页面跳转到一个公司网站，她一个个点开链接页面，最后停在"报名流程"上，又切出去，一个个点开钱包、银行账户、网贷应用客户端。过了很久，她抬起头，才发现广场上灯光不知什么时候暗了下来，人群早已散去了。

次世代建模的第一步就像捏泥人，捏出三维模型的大致形状，第二步是数字雕刻，在粗糙的模型轮廓上雕出无数个小切面，面数越多，模型越精细，形状、纹理、皱褶在雕刻中渐渐产生。这样做出来的模型被称为高模，可能拥有数百万甚至上亿个面，无法导入引擎，需要经过拓扑处理成能够在引擎中运行的低模，再将低模的每一部分拆分，并将高模的细节信息映射到低模上。如果把三维模型想象成一个没有包装的纸盒，需要在纸盒表面画上图画，最好的方法就是先将纸盒整个拆开、展平。最后一步才是上色。数字笔刷蘸取的不是水粉、油彩或是碎纸丝，而是根据细节信息制作的一片片不同材质，皮肤、毛发、丝绸、金属。调整各种材质的参数，增加脏迹、磨损、刮痕等细节，呈现出更逼真的效果。

这一步叫作贴图。

贴图是产生质感的关键。最开始，何小林以为，那些明暗细节、层次立体都是靠手绘画出来的，她的同学们大多来自美术院校，最少也有数年的绘画功底，还有人已经有了不少工作经验。无论是学员群里的自我介绍和作品集，还是培训网站上的成果展示，看起来都遥不可及，而她要在几个月内学会这一切，才能找到工作。她买了美术学院的学习资料。上课前，在培训教室楼下的小饭馆里，一边吃着她一天唯一的一顿饭，一边翻看人体素描解剖图册的时候，培训班的主讲老师坐到了她对面。她想要开口，但老师摆了摆手。直到姜鸭面只剩下碗底的汤汁，老师才问她，为啥子莫得基础，还来学建模？

能挣钱，看起来还有意思。她老老实实地说。老师曾在央美学习摄影，后来转行，是十多年前国内最早的一批建模师，参与过许多知名游戏和影视项目，后来因为在北京找不到人打麻将，回老家做了培训机构。他话不多，也很严格，何小林的第一个模型经过了二十多次返修。

那你晓不晓得，像你这样没得美术基础，技术又不熟练，就是勉强入了行，也是最底层嘞？这一行很辛苦，女娃儿能做下来的可不多。

我可以学。再怎么样,也比在厂里头打螺丝强。她停了一下,轻声说,我以前就喜欢画画。

你的报名表我看了的,没见你交作品集。

都在我脑子里。我都能看见,都能记得的。只是,我现在还画不出来——她舔嘴角,不知道该怎么说下去。

老师没说话,倒了一杯半温的三花茶,推过来,看她端起来一口气喝完了,才说,慢慢来。建模和画画有相通的地方,但也不完全一样。最重要的是用各种方法,让它看起来像真的,而不是你以为的真的。这行很新,怎么做,大家都还在摸索。别着急。多看,多练,多想。

几个月后,何小林才渐渐意识到老师是什么意思。次世代建模中的贴图不仅仅是为模型上色。通过把一个简单的平面分解成有不同光线入射角和反射角的像素,再加上光源,人眼就会"看到"不同的明暗细节,而这些细节造就了真实感。一个光滑平面在加上凹凸贴图后,就会在光源下呈现粼粼的水光,或是毛线织物的纹理。某种程度上,这是一种视觉欺骗。和小时候的拼贴不一样,在这里,她使用的不再是实在的材料或颜料,而是每一像素的光影。画布和画笔都没有实体,却能创造出比现实更令人沉浸的情境。

她也明白了为什么老师不太爱说话。在建模师的眼里，语言往往是虚弱无力的。比起能以超乎想象的精度全景呈现、存在于屏幕里的，或是全息投影出的场景、物体与人物，语言是如此粗糙、模糊，就像面数过低的模型。她甚至觉得，比起模型，语言才像是真实的影子。而她正在学的不仅仅是技术，也是一种全新的语言，像所有真正的技术一样。这门语言更复杂、更难掌握，需要艰苦、漫长的学习和应用，她愿意投入其中，但不确定它究竟能带给她什么。

课间休息时，老师有时候会给他们放一些上世纪90年代的香港电影片段。没有字幕，她听不太懂，也无法拼凑出连贯的故事，只能盯着那些在朦胧中颤动的光影，看久了，渐渐觉得这些和短视频里的、网剧里的，和她自己做的东西都不太一样，但说不出来究竟哪里不一样。她也习惯了在做不出细节的时候，去翻看教室角落书柜上的一摞摞摄影图集。照片大部分是黑白的，能让人更清晰地看出光与影的互相作用、光的方向、强弱和质地。观看黑白的世界，意味着去看隐藏在色彩下的、平常难以看清的轮廓与纹理，通过光线，去观察这个世界的深层结构。对于观者而言，这两种观看可能没什么不同，但建模师需要从内到外地认识、理解每一个细节，以及细节背后更大的结构和层次，才能创造。老师还说，摄影术刚发明的时候，很多人只把它看作是肖像画的替代手段，也有很多人非常反对它，认为这个新技术会摧毁传统绘画艺术。不管是赞成还是反对，几乎所有人都只把它当作是一种新的艺术形式，没人能预见到它会和新闻报道、科学发现，乃至后来的电影电视联系起来。

她想着老师的话，继续翻看图册。那是一本意大利摄影师拍摄的中国影集，和其他影集不太一样，黑白照片里，没有千钧一发的戏剧性场景，也没有太多极具冲击力的人像和特写，而是上世纪80年代最日常的生活景象。橱窗里的塑胶模特凝着那个年代的幸福微笑，旁边摆放着蜡制的装饰水果；乡村电影院竖着准许放映的外国片广告，前景是一头猪，悠闲地走向空旷的影院门口。还有各种各样的人：在洒满了梧桐树漏下的光斑的国营门市部的招牌底下忙碌的店员，在人民公园的月亮门前检查相机底片的三口之家，穿着不合身的长裙子、在尘土飞扬的集市上、试图爬上站满了绵羊的拖拉机的小孩子——和她妈妈当时的年龄相仿。她注意到，摄影师的用光很平，似乎并不想通过虚化或者强烈的光影效果设置视觉焦点，但在平常、简陋甚至破旧的场景中，总有一些特别的地方，可能是放在轮胎回收处角落里的佛像、乡间杂货铺隔板上的维纳斯石膏雕塑，或者是像画框一样，将在小饭铺后厨洗洗切切的人们框起来的八角形窗格。摄影师试图让照片在最亮和最暗、最中心和最边缘的地方都充满了各种细节,让人能反反复复地去看、去想。不知道为什么,她想起了小时候放在床底下的那个装着各种小玩意儿的盒子,记不清在哪一次搬家后,她再也找不到它了。

八个月后,课程结业,老师介绍她进入了一家专做外包的小工作室,从实习做起。拿到收入的第一个月,她上网搜索,想买下那本影集,但发现已经绝版了,只有一两本挂在旧书网上,被炒到了高价,几乎相当于刚刚到手的数字。她看了看网贷客户端的逾期记录,关掉了网页。

四

何小林推开吃了一半的外卖餐盒,一团团揉皱的餐巾纸挡住了工位角落里的一小盆多肉植物。她常常忙得忘记给它喷水、通风、修剪,而它似乎不在意,只靠着屏幕反射的荧光和空气里的水汽就能活着。卖给她的大叔说,它叫紫珍珠,如果养得好,会在夏末秋初的时候从有乳白色边缘的粉紫色叶片中开出一串串略带橘色的花,但现在它的叶片是灰绿色的。

她打开原画稿，画面中的女孩儿的头发闪着珍珠似的光泽。她揉了揉眼睛，从手腕上褪下皮筋，把头发扎起来。从黑色的背景里她看到自己的脸，额头和鼻梁上闪着亮晶晶的油光，弄得眼镜总是往下滑，下巴上的痘痘消了又长，形成凹凸不平的阴影。她摘掉几根被静电吸在屏幕上的头发，深吸了一口气。工作室所在的写字楼临着府河，从工位上，可以看到密密麻麻的高楼前流线型的高架桥，桥上两朵巨大的蘑菇灯柱映在河水中，像一道光的浮桥，连接起河两岸的光影，一边是居民楼窗中泛出的点点暖色，一边是软件园冷调的白炽光。这里贡献了十三个城区里最高的GDP，也是深夜里整个城市最亮的地方。

工作室一共有八个人，只有她一个女生，和培训班的比例差不多。她曾经觉得奇怪，建模并不需要体力劳动，作为缺口很大的新兴行业，也没有太多来自传统的规则束缚，但很快她就意识到了原因。无论是影视、游戏还是工业设计，建模都是最吃工时的一个环节。创造实实在在的新事物没有捷径，经验和技巧虽然能在一定程度上提高效率，但再资深的建模师也很难把一个项目工时从一周压缩到一天、一小时。尽管工具和方法完全不同，但在某种程度上，他们的工作和古老的木匠、石匠、裁缝等等手工艺人很类似，支撑天赋和审美的，是长时间的专注、大量的重复劳动，以及相比之下缓慢的进步和并不耀眼的产出。何小林在培训时就懂了这一点，也正是这点让她下了决心。她干过。而比起原画或者设计，看到一件完整立体的物品、一个逼真的人形从自己手中一点点出现，那种属于她的感觉会更强烈，哪怕只是暂时的。

有时候，她会想起爸爸在她很小的时候带她去看高楼大厦。那几年，城里的老街和老房子还很多，到处都是灰色的砖墙和棕黑色的木板门，或者是两层的竹木房子。迷宫般的小巷子里，天还蒙蒙亮的时候，骑着自行车，车后座上驮着蒸笼，卖叶儿粑的老爷爷就来了，等到天光大亮了，就有挑着两个木桶、拖长嗓音叫卖"豆花儿——豆花儿——"的小贩，下午放学的时候，有"叮叮"地敲着铁板、卖叮叮糖的，而夜里待到最晚的总是卖蛋烘糕的，昏黄的灯光映着手掌大的小铜锅，甜甜的蛋奶香气一股股冒出来，整个小车附近都是香的。爸爸会给她买一个，然后指着那些刚刚亮起灯的大楼，告诉她，哪个是他们的施工队建的，再过两年，他们还要在这里、那里建更多的楼。那时候，比起手中油纸裹着的、温软甜美的小圆饼，那些灯火通明的大楼只是遥远而模糊的影子，她还不明白爸爸为什么那么自豪。

工作室的同事们对她挺不错，一起熬夜赶进度的时候，会让她早点儿回去，在她生理期不舒服、趴在工位上的时候，也会问她需不需要帮忙。她很少见到老板本人，没怎么跟他说过话，只读过他在网上的采访。他说，建模行业的女生虽然少，但他觉得女性在对人物的体型、服装等方面的感性审美比男性强，因此，哪怕基础差点儿、学得慢点儿，他也欢迎女生来公司工作。

她看了看正在做的模型。工作室接的项目各种各样，但最多的是游戏建模，其中利润最高的是角色建模，尤其是女性角色。虽然衣着和发色不同，但她们的身体都很相似。她几乎已经习惯了在那些极纤细的躯干上捏出突出到超过身体宽度的圆形。当她跟同事们聊起来，现实中不会有人穿那种紧身露脐装和卡裆短裤运动，而带着蝴蝶结项圈的睡裙不会让人觉得美，只会让人感到窒息的时候，他们都笑了。有人说，别忘了最后是谁给这些模型付钱，男玩家才是主流。也有人说，大多数人都觉得好看，你怎么觉得真不重要。还有人说，现实已经够难了，还不能看虚拟的乐一乐？她没再跟他们争论，也试图说服自己用他们的眼光去看待工作，但眼前的这个人物还是让她抬不起鼠标。

女孩光洁白皙的背部被当成了画布，绘满了鲜艳的文身，那是青绿森林中一只巨大的火鸟，鸟羽的红色非常耀眼，皮肉外翻的伤口组成了一根根细小的羽枝。她似乎感觉到肩胛和脊椎处传来一阵阵刺痛。

换项目？老板从屏幕前抬起眼睛看她。尽管鬓角有几根白发，发际线也有些靠后，他的面容和神态不超过三十五岁，和这个行业许多小有成就的人一样。你之前做的虽然慢了点，但工作态度还是不错的。

我做不来这个。她说，努力寻找可以说出口的理由。我以前看过一个抗日电影，里面的日本人就是这样——

干扰你的是镜像神经元。老板打断她，你得克服，也必须克服。你能感受到更多，这是好事，但需要忍受、消化的也更多。能迈过去，就能让你走得比别人更远。这也是我答应破格招你进来的一个理由。

她不知道该说什么，过了好一会儿，才轻声问，您真觉得，像我这样，什么也不是，什么也没有的人，也能走得更远么？

老板没说话，只是盯着她，直到她觉得脸颊发热，才说，现在跟以前不一样了。我们之前合作甲方的主美兼主策，毕业三年就主导了大项目，五年拿到年终奖一套房。那些白手起家的网红、主播，是靠学历，还是靠家境？不是说每个人都能这样，但是现在的技术和市场的确提供了以前人想不到也不敢想的可能性，比以前任何一个时代都多。

她抬起头。老板没答应她的要求，语气很严肃，镜片后的目光中也没有劝慰，但她感觉到一种力量，不是在他身上，而是从她自己的身体里涌出来。

这个时代，不只是你，每个人都想拥有、都想表达，也都具备这个可能性，哪怕很多时候他们还不知道自己真想要什么，又想表达什么。他最后说，多想想，怎么满足、怎么实现这个可能性。

五

何小林走在复古风格的红砖厂房中间，横跨厂区的传送带和锅炉合围四周，高耸的工厂烟囱不再冒出烟雾，只投下长长的影子。她转了几圈，找不到方向，只能在画着巨大的黑体美术字口号的涂鸦墙下停下来，四处张望，翠绿的爬山虎攀缘着锈迹斑斑的管廊架生长、蔓延，三三两两穿着cosplay服装的年轻人走过，他们的穿着和妆容让她想起做过的模型。她有点恍惚地跟上去，拐进园区东南角一间宽阔的厂房。

这是一位著名当代艺术家巡展的一站，每一站展览都布置在上个世纪的旧厂房里。几乎每个大城市里都有这样一个地方，废旧工厂被改建成了新潮的文创园区、演出场所和展览中心，机器的轰鸣变成了工作站机箱微弱的电流声，源源不断地生产出另一种紧俏产品。她也是这条产线上的一员。展览中首次发布的主打作品是一个应用了AR技术的混合现实装置，艺术家先前的合作方资金链断裂，他们的工作室在临展前两个月接到层层转包的委托，需要制作装置中用到的三维模型。对方没有提供原画稿，要求也很简单。四万根超写实风格的人类手指，越逼真越好，而且不能批量制作，每一根都要不一样。

何小林看了看自己的双手。她已经用这双手工作了五年。行业和政策环境瞬息万变，工作室里的人来来去去，最后老板也换了，她还在。她成了资深员工，带过不少新人，但仍是经常赶进度加班的底层建模师。她记得老板说的那些话，但始终没能进入甲方，只是从合租的老小区搬到了新一点的地方。和她同期的同事在老板走后也离了职，回老家县城给装修公司做室内VR效果图，也劝她去，说比游戏影视的建模工作强度低，也稳定些，县城买房也便宜，她考虑了很久，还是留在了城市里。这里不是真正的家乡，将近二十年后，她在这座城市里拥有的东西仍不超过两只行李箱的容量，但她发现自己很难离开。

过去几周，她在一个个白天与黑夜，把手指弯曲成各种姿势，观察、模仿、想象。起初她只是调节手指模型的粗细、肤色、指甲边缘的形状和关节凸出的程度，在做了近百根手指后，她没了思路，才意识到，手指并不是单独的存在，而是手掌乃至身体的一部分，想象出整体的尺寸、比例、布局，以及最重要的动态，再从中截取出的手指才会显得更真实。慢慢地，她开始能看到那些伸展的手指划出美妙的波谷，向上翘起的指尖充满生机，一条条虚拟的螺线和弧线在各手指的关节之间穿连而成，从手掌流畅地连到指尖。到最后，她甚至能想象出手的主人的模样，掉色的指甲油，中指上和手心里的老茧，布满冻疮的通红的手背蜷缩成一个球，突出的手腕有着与皮肤年龄不符的扭曲和肿胀。当项目终于完成、交工验收时，她有了一种说不出的感觉，似乎自己做的不再仅仅是一根根手指，而是比她做过的任何人物模型都更接近真实的人的一部分。

她从来没有玩过自己参与建模的游戏,也没怎么看过那些充斥着特效的网络电影。尽管物与人在她手中成形,但团队名单和片尾字幕中不会有她的名字,她明白,庞大复杂的工业流水线上,没有什么真属于她,除了到账的数字。但这一次她想来看看。她想知道,那些虚幻又真实的手指会搭建成什么,看到它的人,又会想到什么。

厂房被布置还原成了曾经的样子,老机床和流水线上,躺着一排排高真空度玻璃显像管,青蓝的光滑表面像一块块玉石。环境背景音是经过音效师重新处理的玻璃和金属的碰撞声,清脆、纯净。半个多世纪前,这里的工人用纯手工在玻璃罩里的栅网上焊接了4000多根镍丝,生产了第一支国产的彩色显像管,这座城市也就从那时开始,习惯于为光影营造的梦境提供不被注意的基础设施,直到今天还是这样。但她没看见工作的人,也没看见手指。她掏出手机,下载了应用,打开摄像头。

流水线边出现了戴着口罩和指套、穿着防尘工服的工人。她熟悉的场景。过了几分钟,一个年轻女工离开机床,脱下工服,踮起脚尖,在产线中间跳了一段芭蕾舞,她用手指做出鸟儿的形状,不断扬起和白色工服有着同样质地的、带着皱褶的长裙,裙边镶嵌着青蓝色的菱形玻璃碎片，何小林过了一会儿才意识到，那是在模仿孔雀的尾羽。接着，另一个中年男人从产线上走下来，跳了一段上世纪80年代的迪斯科，接着是一个留着千禧年爆炸头的阿姨……表演是无声的，工人们仍在埋头工作，只有镜头外的她看得到。在风铃似的碰撞声中，跳舞的人一个接一个出现又消失了，她忍不住举着手机，走上前去。然后，她看见周围的人物影像都不见了，只有无数根各种各样的手指浮在空中，旋转着，排成螺线和弧线。一行小字在她脚下的地板上渐渐亮起来。

> 珠江三角洲有四万根以上断指，我常想，如果把它们都摆成一条直线会有多长，而我笔下瘦弱的文字却不能将任何一根断指接起来。
>
> ——郑小琼，打工诗人，四川。

她忽然站不稳，连忙坐下去。镜头里的手指随着她的视角纷纷下落。她更清晰地看到它们，熟悉又陌生，浮在真实的背景上，环绕着她，跳着静默的手指的舞蹈，却无法触碰，她只能一遍又一遍地从各个角度观看、记住。她看见自己的手在屏幕的边缘微微发抖，细小的疼痛一丝丝传来，但她放不下手机。

宛转环

你还好么?不知道过了多久,她听到有人问她。

我没事。她忍着脚的酸麻从地板上站起来,把几乎没电的手机揣进衣兜。我只是想多看看。这些里面……有我做的。面前的女孩跟她年纪相仿,脸部的线条很干净,立体剪裁的黑色西装外套流动着水光,何小林这才发现厂房顶棚的节能灯管全都亮了起来,展厅里已经没有别人。

你是……艺术家吗?她知道设计展品的艺术家也是女性,但没想到她这么年轻。

对面的女孩笑了,看了她一会儿说,我不是,但你有可能是。

我?我只会建模。没学过艺术。连高中都没上过。

每一个人都是独特的。艺术和技术一样,一个重要的目的就是让独特体现价值,而不是被标准束缚。女孩说着,伸出手来,我是Ember。听说过非同质化么?

互联网技术让信息的大规模、超高速流动成为可能,在数十年内永远地改变了每个人对自我和世界的认识方式以及整个人类社会的形态,区块链技术则让价值流动成为可能。非同质化代币就是在这个尚未可知但发展迅猛的新世界中的价值的体现形式。认识Ember后,何小林每天都在接触没听说过的名词。她常常从一个词开始搜索，然后就陷入了新概念、理论和思考方式的信息海洋，连理解都很费力，更别说被说服、相信。但她还是忍不住努力去看，去听，试图从碎片中拼凑出自己勉强能懂的部分。他们制作的四万根三维手指在展览结束后，被"铸造"成非同质化代币进行拍卖，起初她不相信会有人真的出钱买，但她惊讶地看到，每一根手指的售价换算成法币，几乎相当于她一个月的收入。她也不懂为什么那些看起来很简单的生成式像素画头像能售出几十万上百万的高价。怎么看，她也不觉得那是艺术。

价值与价格并不一定相符，两者都有极大的主观因素。某种程度上，非同质化代币的买家是为对未来的想象和信念付费，而这样的人往往也是拥有资源和财富最多的人。Ember说，传统行业和成熟领域有更复杂的历史因素制约，但在前沿领域，理解最聪明、最有能力的人在干什么，背后的逻辑是什么，就成功了一半了。他们站在时代的波峰上。

他们在想象什么，相信什么？何小林问。她看着Ember。现在她知道，Ember的父亲是上世纪80年代引起轰动的青年画家，后来在美院任教至退休，母亲则是业内知名的策展人和艺术推手，担任几间画廊的董事。

从名校毕业后，进入非同质化代币市场创业前，Ember在顶级互联网企业、咨询公司和艺术品拍卖行都实习或工作过。那是她想象不出的生活。

一个更好的世界。Ember停了一会儿，说。你现在可能不相信。但当物质财富到达一定程度，拥有它们只是拥有数字的时候，人总是会想要有更值得拥有的东西。真正由自己创造、改变的东西。

何小林的确不知道自己该相信什么。在无穷无尽的信息流中，她听到、看到的是两个完全不同的未来。Ember和像她一样的人看到的是一个刚刚揭幕的大航海时代，到处是机遇和可能性，他们已经从最前沿获得了许多，因此相信智慧、勇气、热情和信念会领着他们继续乘风破浪。每时每刻，专为技术极客、硬核游戏玩家和科技投资人设计的分布式社交网络的聊天频道里都滚动着各种各样的预测、梦想、夸夸其谈和谎言。而在主流媒体和大众社交网络上，更多的是批评与质疑。发声最激烈的通常是曾经掌握着话语权，但经受了新技术冲击的人，传统媒介的从业者指出这不过是另一个资本游戏营造的庞氏骗局，只是穿上了技术与艺术合谋的华丽外衣；人文领域的研究者则带着深切的忧虑，以各种复杂的理论和句式警告说，以互联网为代表的新技术在过去的几十年内只是让人们更分裂而不是更团结,哪怕它们的初衷正好相反。何小林觉得双方都有些道理,但也都不太确定。她更想看看和她一样的普通人面对正在悄然发生的变化会怎么想,又会怎么做,但她找不到什么。

东郊艺术展过去一年半后,何小林参加了另一场展出,不在任何实体场馆里,而是在线上。她挪动鼠标,调整着视角,在幽深的黑色长廊里观看一件件打着柔光的三维模型展品,觉得自己是在一个巨大、温暖的身体里,又像是在一个小小的宇宙的外壳上。

展品是身体的片段模型。跪在草地上的丰腴的腿上散落着白色的雏菊花瓣,有一瓣被压进了腿弯处的皱褶,头发上的水珠沿着后颈部的凹陷滑落,奶油色的大脑像海葵一样温柔地展开,发灰的褐色心脏被切开一半,内里是一幅红丝绒般美丽、纠缠的地图。当然还有手,紫红色汁液如同静脉血管,顺着捏着杨梅的指尖蔓延到小臂,被腕管综合征折磨到变形的手轻触月色下的池塘,荡起一圈圈涟漪,两只交叠的手中握有丝线似的光束,编织出彼此,一只光洁健美,一只布满皱褶——模拟的是埃舍尔那幅著名的《画手》。无影背景上,写实的身体和梦幻的场景交叠浮现,呈现出一种奇特的冲击力。导览词里写道，对于某件事物的思考比它本身更令人不安，这些真实而神秘的作品并不完整，也正因如此，每一个观者才能将自己投射其中，而无须顾虑答案是什么。

导览词是Ember为她写的。半年前，Ember告诉她在线展厅的各项参数，除此之外没给任何限制。Ember说，去做最打动你、能表达你、你也愿意拥有的东西。你已经比其他人更早地掌握了语言，现在要想想，你想说什么。

何小林不知道。她努力在记忆中挖掘，但生活的片段似乎太过庸常，而除了工作，她平时与人交往不多。一个月后她仍毫无头绪，索性请了假，在城市的每一处游荡，不知不觉又走进了那座她初识艺术的校园。天气很冷，小河渠里的水干涸了，荷叶像失去了皮肤血肉的人，只留下灰褐色的骨架，森森立于带着白霜的泥塘中，如同素描的线稿，或是刚雕刻出轮廓的模型。她没听见从礼堂传出的音乐，也没在阴冷潮湿的老教学楼里找到那位刘老师，却进入了一间忘了上锁的房间。里面没有人，只有她自己，记忆中的消毒水的味道，以及上百个漂浮在福尔马林溶液里的教学用标本。她从标签上读到他们的性别、年龄、职业，以及和死亡相关的故事。有很多罐口的密封剂开裂了，液体里渗入了空气，变得浑浊，器官仿佛被裹在一团浓稠的云雾中，所以她只能想象。走出教学楼时，她觉得自己似乎读了许多本书，或是看了许多场电影，每一个人物都在向她诉说，她也能从每个人身上看到自己的影子。在回家的地铁上，她看着和她一样疲惫的乘客，觉得他们和自己似乎也都被泡在溶液里——好像每个人都在从自己的玻璃罩里注视别人。

Ember把她推介为视野之外的新人，艺术和技术让人更自由的受益典型，也巧妙地暗示了她的经历与身份，以及来自备受瞩目的大师作品的影响。有一些话题性的报道开始在社区内部出现，她焦虑不安地接受，并很快发现自己想要的总会随着得到的一起变多。非同质化代币市场上开始出现零星的交易记录，尽管她的实际收入并不多。她继续每日的工作。在已经逐渐习惯了期待、激动与失落的循环后，有一天，她看到那只触摸池塘里的月亮的、略微畸形的手，作为一个资深用户的个人头像出现在频道里。在平面网页上，精细的三维模型只呈现出简单的缩略视图，但她的右手腕开始隐隐胀痛。

她拿出家庭装的止痛药贴，从分装的铝箔包中抽出一片，贴在手腕上。小时候，她不喜欢妈妈身上常年带有的膏药的清苦味。Ember说，非同质化代币满足的是人们内心最本质的需求：身份认知、自我表达与拥有的渴望。在即将到来的时代，它将是每个人的财产、服装，乃至身体与面容的表现形式。但真正的艺术所具有的独特性和价值来源于创作者的本心。将自己的最深处解剖、分割、铸造、交易、分享，她做好准备了么？

六

五年后，一个初春的周末早晨，何小林在收拾换季衣物的时候，在一件旧毛衣开衫的口袋里发现了那个装着止痛贴的铝箔包。冬青木精油的清凉味道浸透了织物。她仔细检查了一遍，毛衣虽然已经旧了，但没有虫眼。她给它套上防尘袋，放回衣橱。铝箔包里还剩下十几片膏药，她拿起来，看了一会儿，又闻了闻，再次记住与疼痛相连的味道，然后扔进了垃圾桶。她已经很久没有用过止痛药贴了。

混合现实眼镜的全世界销量在两年前突破了五千万副。配套的神经接口外设虽然还没有完全替代键盘和触摸屏，但已经在像她一样的从业者中间普及。如今，她只要戴上肌电感应手环，就可以用最自然的方式转动手腕、移动手指，做出各种自定义手势，在混合现实的工作空间中工作，而不是将动作限制在键盘、鼠标和触摸屏定义的动作上。手环的样子和几年前流行的智能手表差不多，只是在腕带上多了一些细小的金属贴片，产品的广告词说，别让你的设备限制你，不管是外设，还是身体本身。理论上，她甚至不用真的做出动作，而只需努力想象动作的产生，神经冲动会在真正抵达手指前就被传感器捕捉。在用光线雕刻、上色、渲染形体的时候，她会感觉到腕带温柔地握紧她，像她的另一层皮肤、另一只手。它和她一样，都能将只存在于黑暗中的想象转化为可见之物。

互联网不再只是视窗内的平面。在具有广泛易用性的硬件基础设施现出雏形之后，三维的沉浸式新世界终于向每一个人敞开了大门。各种各样的软件、应用框架和生态系统如雨后春笋，层出不穷，正像曾经的智能手机引发了移动互联网的繁荣一样。当她回想这一切的时候，会觉得有点儿恍惚，变化看似快得不可思议，但又已经等待了许久，和图形界面、机器学习等等关键技术变革类似，各项要素的雏形往往在很久以前就出现了，那是许多沉默的人历经数十年乃至数代人的工作、信念和梦想，但当时的人们大多看不到，即使看到了，也常选择不相信。回顾时顺理成章到必然发生的事实在向前展望时，是迷雾中稀疏的星星，那片迷雾不光是未知，也混合了刻板印象、傲慢与恐惧。极少有人能将破碎的光点整合起来，推演、想象出世界可能的模样。而能突破视障、准确地想象出部分的人，哪怕是极小的一部分，拥有了希望。

浪潮淘除了绝大部分投机的沙粒。那些像二十几年前的Flash换装游戏似的像素画曾在非同质化代币市场占据主流地位，但在维度增加的世界里，它们的价值迅速降低了。如今，只有怀旧藏家或者刚刚从平面互联网进入新层级的用户才会购买。三维模型成为构建新世界的砖块、实体、语言。在夹缝中苟延残喘了许久的游戏和影视特效公司，转眼间成了类似于建筑集团、房地产公司但又不尽相同的存在。三维建模师成为最炙手可热的职业之一，早期进入、占据位置并坚持下来的人获得了奖励。何小林的社交网络里不断涌出消息，有人辞职了，开始环游世界或者回归家庭，也有人在得到资本与关注后立下更远大的目标。曾经教她建模的老师不再做培训，在青城后山附近买了个大院子，侍弄花草、猫狗和菜地，只有每天打麻将的时候，会坐在院里一棵浓荫蔽日的梧桐树下，戴上眼镜和手环，准时出现在混合现实里。带她入行的老板则去了东南亚创业，说要把新的世界铺展到更广大的地方，他在混合现实里的化身常常戴着草帽和墨镜，何小林觉得他的脸好像也晒黑了。Ember变得非常忙，在全世界飞来飞去，即使在线上，何小林也很少见到她。有时，她会搜索关于她的新闻和访谈，如今她更多出现在经济和政治论坛里，而不是展会和拍卖行中。何小林看到她面对着座无虚席的阶梯形大厅讲述，她说恩格斯在《家庭、私有制和国家的起源》里谈到，女性的历史本质上取决于技术史。波伏瓦更进一步，指出以青铜器为代表的、需要密集体力劳动的古代技术造成了女性在社会中的降级。而工业时代后，一代代机器重新升级了女性。今天，混合现实行业的从业者中，女性已经超过一半。三千年后，历尽艰辛的工作与等待，女性终于看到了摆脱身体枷锁的可能，施放她们的将是古老的想象。

何小林摘下眼镜和手环，站起来，舒展了一下腰背部。窗口的土陶瓶里插着几枝山桃花，粗糙的赭色枝干上，粉白花朵刚刚绽放，餐桌上的广口玻璃瓶里是一把茜红的本地芍药，花头挤挤挨挨，几乎要垂下来，有淡淡的荔枝果香。现在她不太需要再为学费、房租或是下一顿饭钱担心，但还是习惯在街头小贩手里买花草。如今，商场、超市，甚至地铁站的贩卖机里都有冷链储存、包着玻璃纸、带着小水管的鲜切花，价格并不高，更不用说各式各样的在线渠道，但即使城市变得飞快，她还是能在各个角落找到挑着扁担或者骑着三轮车驮着一捆捆花枝的人,他们从三圣乡或者彭州乡下来,一大清早就进了城。比起搭配好的盛放花束,她更喜欢买零散的花材,自己醒花、修剪、组合、插瓶,看着那些蔫巴巴的小铁蛋一点点打开。而当花朵再也无法从水和阳光中汲取营养,只能被折断、丢进垃圾桶的时候,她总是会感到轻微而持久的疼痛,她分不清,那是因为失去还是死亡。

她收拾了一下,看了看时间,叫了去医院的车。做决定前,她去了一趟眉山,妈妈离开市区后在那儿盘了间小店面,她没怎么去过。三苏祠前的小广场周围环绕着一圈仿古的二层商铺,在树下摆龙门阵的嬢嬢们还和小时候一样,时间似乎在这里走得慢了一点。她站在店外,透过玻璃门往里看,妈妈给客人染完头发,又细细地修了眉毛,才抬头看到她。听完她说的,妈妈沉默了很久,才说,你大了,能干了,当年我们都是稀里糊涂地就过来了,现在这些事情我也不懂,也不好劝你,只是一个人带小娃娃辛苦得很,我店里走不脱,你李叔叔也要人照顾,你弟弟再过两年就要高考,我恐怕帮不到你。

你后悔么?她忽然问,自己也不知道为什么。

妈妈愣了一下,说的啥子话,再怎么样,你也是我的娃儿啊。语气自然、坚决,没有犹豫。

冰凉的凝胶耦合剂填充了探头与皮肤之间的空隙。她已经习惯了一个人忍受时不时的恶心、更多的疲惫以及突如其来的神经痛，一个人排队、检查。给她抽血的护士说，多元生育的政策开放后，像她这样的女性很多，其实也莫得啥子，自己就足够了。第一次听到像火车似的胎心时，她没什么特别的感觉，但经过一次又一次的等待，看着身体里的影子一点点长大，现出模糊的形状，她渐渐体会到了，拥有并不是一个有或无的简单状态，而是一个充满了期待与失落、欣喜与恐惧的漫长过程。

B超师的动作停下了。黑色屏幕上，大孕囊是椭圆形的，中间有一团小小的白色，旁边有一个小一点的茄型。人工受孕的双胎几率较高，妊娠风险也较高，需要更频繁的监测。在此前的检查中，有一个胚胎发育较慢。

B超师拿着单子出去了。她等待着，困意止不住地袭来。过了一会儿，医生走了进来，拿起探头再次检测了一遍，又问了问她有没有特别的出血或者疼痛症状。然后，医生对她说，一个宝宝发育得很好，另一个已经被吸收了。别担心，这是优胜劣汰，很正常，继续观察就行了。三十岁以上的孕妇中，百分之二三十都有这个现象，只是以前的产检不太做早期超声检测，都生了也不知道。

她去了哪里？她听见自己悄声问。

被母体、胎盘吸收都有可能，也可能被另一个宝宝吸收了。有些人吸收得太晚，不完全，有两套DNA的，叫嵌合体，那个就很麻烦，还有些胎记也是因为这个原因，没啥子关系。注意休息，去前台约下次时间吧。

回到家后她走进卧室，关上门，拉上窗帘，一件一件脱掉衣服。从穿衣镜里她看到自己的身体，腹部仍然平坦、光滑，几乎看不出隆起。然后她用发夹束起头发，转过去。蝴蝶骨中间，靠近脊椎的地方，散落的发丝下面，茶褐色的胎记就像超声波影像的负片，只不过更大，形状更清晰。以前她只是觉得烦恼、羞耻，因此从小就不去游泳，也没穿过露背的衣服。后来有了激光祛斑，但她一直没去。她以为，那是上天画错的一笔，时时刻刻都在提示着她，去认真地观察、思考，反复雕琢每一件最普通的作品的每一个细节。她从来没想过，她想要放弃过却一直拥有的东西到底是什么？是另一个未曾谋面的人的一生，还是她没有了解过的、自己的一部分？是什么组成了她自己？她又到底是什么？

七

我是在梦盒里见到何小林的生物学后代何莹的。铺天盖地的绿色荷叶通向一片有红色古建筑檐角的宽大厂房，温暖湿润的空气里有微弱的虫鸣和在树林间颤抖的白色翅膀。巨大的彩色怪兽的影子从窗外掠过，面前的茶几上摆着停止的时钟、泡在溶液中的怪异的标本、倒错的地图，像所有的梦盒一样，材质与光影交替变幻，梦境与现实相互重叠，无穷无尽、光怪陆离的细节源源不断地涌入感官，但其中又存在有某种微妙的秩序与韵律，让人忍不住观察、思考，寻找万物之间可能存在的隐秘联系。

超媒介的研究者认为梦盒的雏形是一百年前那些精致、神秘、美丽的独立解谜游戏，碎片化的叙事承载了无法用语言描述的诗意，使得玩家在有限中抵达了无限。艺术史学者则认为，两百年前的超现实主义艺术家约瑟夫·康奈尔制造的微型影盒才是梦盒的滥觞，这位没受过正统艺术教育、终身受病痛折磨的天才在母亲厨房的餐桌上工作了四十年，用玻璃弹球、橡皮筋和软木塞等日常杂物，构建了一种最接近我们现在所知的人类内心的艺术表达形式。而在我眼中，梦盒应该是一种更自然、更贴近每个人的外部经验和内在体验的表达方式，因此才能在今天得到如此广泛的应用。现在看来，它就像照片之于二维空间呈现的信息层级。随着信息层级的升维，从"片"到"盒"的演变是必然的，但当时的人们是否意识到了？推动科技、艺术乃至整个信息层级发展的，究竟是不可捉摸的天赋与偶然性的灵光，还是黑暗中看不到尽头的工作，和对不可见之物的生动想象？我想要从被忽视的地方找到那根隐秘的灰线，它应该在从二维到三维的转变过程中有所显现。

"她没怎么谈过她的作品。"何莹摇摇头。和她的梦盒相比，她的化身形象显得和其他年轻人没什么两样，即插义体、贴膜式增强皮肤和外骨骼，有了可以随时打开或关闭的梦盒，她不需要什么能定义她的外部物理特征。"她其实就不太爱说话。"

"能不能谈谈她是怎样做一个母亲，或者祖母的？"

"我不太记得了，妈妈也说，她工作的时间比跟她在一起的时间多。妈妈说，她小时候自己睡觉，外婆就在隔壁工作，但没有声音，就像人不在那里。妈妈很害怕，就在黑暗里数数，一般数到几百的时候就睡着了。那时候，她也不知道自己在做的是什么，甚至连梦盒这个名字都还没有，只是一点点去做。"何莹停了一下，"我记得我小时候，有一次妈妈带我去看她，她给我做过一种小蛋饼。圆圆黄黄的，有点儿像松饼，但很小，就这么大。"她比画着，"用一只长柄的小铜盘子，在火上慢慢烘熟的。可以自己加各种馅儿，看起来很特别，但我也不记得是什么味道了"。

"她提到过她的生活吗？比如，童年，或者曾经生活过的城市？"

"她说，那是一个什么人、什么想法都能找到自己的位置、都能被生活包容的地方。"何莹耸了耸肩，"好像也没什么特别的"。

"那她的工作呢，你了解多少？"

女孩偏着头，想了一会儿。"我挺喜欢梦盒的。但也说不出来为什么。可能就是可组合性吧。"她做了几个手势，茶几上的时钟逆向转动起来，物品从闲适的午后客厅里一件件消失，空间慢慢缩减成一个单薄、漆黑的方块，只留下一张没完成的线稿。我和她走进去。画里是一间昏暗的工作室，唯一亮着的灯前散落着干枯的花瓣、倒立的药瓶、写满看不懂的文字的草稿纸，还有许多面破碎的小镜子，镜面反射出细碎的光，像无数颗星星。

"人们认为，可组合性的思想打破了定势，使得深入、丰富、难以用语言描述的思考、情绪和自我表达在场景中得以展现，就像从芭比娃娃到乐高积木。"我说，"当然，推动的力量是非同质化代币技术，以及在其上建构的整个去中心化经济体系。我想，她可能很早就意识到了这一点"。何小林是最早一批使用CC0级创作共享许可（Creative Commons）发布作品，进入公有领域的超媒介艺术家，这意味着她完全放弃了创作所产生的物权、产权等个人权益。考虑到她所处的时代与成长经历，这一点曾让我很疑惑。后来，在重新梳理资料时，我发现了一位古代诗人的文章，他说天地之间，万物各有主宰，不属于我的东西，一丝一毫都不要拿取。清风入耳，让人听到动听的声音，明月照眼，让人看到优美的月色，人人都可以取用，而且用之不尽，这是大自然无穷无尽的宝藏，是每个人都可以共同欣赏的。一千多年前的诗人不知道技术将如何让梦想成为可能，却用极精确的语言描述了去中心化世界图景的真谛，他来自何小林的家乡。

"这我不确定。"何莹摇了摇头，"我看过那些早期的报道，也问过她。但她说，她是个普通人，只是赶上了一个好时候。其实，她也不确定那是好是坏，也不知道将来会怎么样，只是对于她这样的人，通往未知的变化总能给她带来一些东西，毕竟，和别的艺术家不一样，她本来什么也没有。她甚至一直不愿意自称为艺术家,只是建模师"。

所以,她拥有的其实本就来源于不拥有。我思索着,但也正是不拥有让她的作品——那些最初的梦盒,呈现出一种特别丰富的形态,可以从她看过、听过、经历过的一切事物中汲取滋养,自由拼贴。她和她的作品一样都是流动、开放、不断在学习中变化的。而这也正是信息层级和根植其上的一切成功建构的本质属性。个人的意志在她的梦盒中似乎没那么强烈,来自外界的影响与变形随处可见,但又以奇妙的方式重新组合,引发观者的思考与触动,就像信息网本身,或者我们的大脑一样,而创新正是来源于对习见之物的分解、重组、连接与碰撞。比起胸有成竹的观察者,她使用的更像是一种好奇的、探索式的、自下而上的目光。一种每个人都曾拥有过的目光。

我忽然感觉到,有一道光在思路中出现。在追溯的过程中,我已经被梦盒的本质困扰了许久,人类的入梦总是要付出失语的代价,从照片到梦盒,每一次,面对着新的造梦语言,文字都显得无力,我不止一次怀疑自己,我真能用概念与修辞的罗网捕捉住本质吗?而现在,我意识到,梦盒带给我们的体验,正如孩子面对新世界时所感受到的。当我们睁开眼睛，感知到周围陌生的一切，我们尚未发育完全的大脑根本无法理解这个世界的细节或整体，甚至这个世界本身在我们眼中都是颠倒的。突如其来的光线、色彩、形状、声音、气味等等信息涌入我们的脑中，无数被刺痛的神经元努力生长、分叉，从这些细微而持久的疼痛中，我们渐渐发现了，或者自以为发现了事物之间的规律和联系，形成了概念，推演出规则，获得了对世界和自我的理解，甚至可以想象出新的故事。梦盒带给我们的，正是所谓的原初体验，奇异、破碎、似真似幻的事物让我们习以为常的认知体验重新变成了活跃的过程，就像诗歌之于语言，立体主义和抽象表现主义之于传统绘画艺术。梦盒并未改变世界，而是将世界本来的模样还给我们，再一次教会我们如何认知、探索、感受。这个世界的元素与结构来源于制造梦盒的人，以及无数影响了她或他的人，是她或他最深入的精神的投影，但梦盒中的事物没有确切的指向，每一个旅人也会在漫游与思索中看到自己。在信息层级比物理世界更强大的时代，人的形体和外部特征早已不再是人的定义和束缚，人与人之间最深入的拥有、身份认知、表达与交流就这样在一个极其隐秘而又开放的空间内实现，就像所有真正的艺术和语言曾经抵达过的一样。

我想起梦盒的另一个名字是生命之盒，还有一个名字是故事之盒。现在，我才明白为什么。

何莹将破碎的镜子一点点拼合，镜中的光点渐渐聚拢，形成了一枚圆而黄的月亮。她将月亮挂在墙上，鹅黄色的柔和月光顿时洒满了房间。月亮的表面有隐约的黑影，像另一个世界里的人。她看了看我，什么也没说，但我似乎明白了。经历了无数人漫长而艰苦的工作与等待，古老的渴望终于实现，在想象与现实完全相融的世界里，语言的确不再是束缚。现在，没有什么能束缚我们，束缚她了。月亮越变越大，我们拉着手，走进去，很快就飘在了月亮上。

附记：文中的AR/NFT艺术装置受当代艺术家曹斐2006年的作品《谁的乌托邦》启发改编

2022年1月至3月稿，发表于
第十届未来科幻大师奖东方彗星·成渝科幻创作邀请赛

破境

一、李如山

2019年,我读博士到第四年,既没有准备论文,参加学术会议,也没有向业界投递简历,那年发生了太多无法可想的事,不得不放缓生活本身。即便如此,理性似乎仍从越来越大的孔隙中不断流失。在尝试锻炼、早睡早起、摄入蔬菜全部失败后,我放弃抵抗,整日在剧场、博物馆和艺术讲座间游荡,并说服自己,自由既然能定价交易，应该也可以预支。

我见到颜菲是在学期末，校园里到处是悬浮的细微树粉。一次学生竞赛，题目是为巴黎圣母院设计重建方案。在摩根图书馆里，我看过抢救出的文物巡展，四百年前的手抄本上，天青石颜料与银行商标的蓝色相似。她倒数第二个上场，投影开启后，残破的拱顶与塔楼仍裸露，搭着黑色光传感器阵列，像没拆除的脚手架。然后金属结构消失，木梁生长为尖塔。她说，这是混合现实摄像头里的场景，观者对教堂的最初印象。接着尖顶开始变形，白金火焰燃烧。她说，这是灾难一刻的定格。人类心灵中，悲伤与智慧有同样的力量。

她声音不高，口音也算不上纯正，只是用词大而重，我忍不住打了个喷嚏。

光影变化，花岗岩上叠加软性陶瓷、相变材料、植物填料混凝土，尖塔变成穹顶、与植物融合的曲面、不断上升的螺旋，无所定形，无限循环。她的声音也上升，说最终的形状需要观者调动自己的情感、思考和想象，建筑艺术与人类思想一道发展，在过去，只有极少数的大师能将飘浮的思想固定在近乎永恒的形式里，但是今天，混合现实将跨越时空，赋予每个观者表达与沟通的权利。这就是最好的继承与发扬。

有观众说，没人会整天从手机摄像头里看世界，我们已经受够了虚假。

虽然看不清，我却能想象她的表情。剧本徐徐展开，正是自白的高光时刻。我说，维克多·雨果。

她停了一下，说，维克多·雨果说过，人的思想改变，表达方式也会随之改变，每一代人的主导思想，不会再用原来的材料和方式书写出来；石头写成的书尽管牢固持久，在某一时刻，也要让位于更为牢固持久的纸书。现在新的书写方式已经出现，你可以称之为虚假，但如果感官无法分辨，真与假，又有何区别？那台词她显然已练习过无数遍，却仍带有某种不似表演的激情。

那种激情后来变成一场漫长的燃烧，点亮也烧掉了许多比尖顶更坚固的存在。而在当时，它点燃了我心里的一道枷锁。大学三年级后，我再没有亲近的女孩。那时我觉得，心智不协调的身体关系与强暴没什么两样，所以，当有女孩眨着眼睛，以三角函数的解法向我搭讪时，刚升起的兴趣迅速熄灭了。并不是智识，而是理解世界的方式，神经网络的结构和深度。

交往第一年，我长进最大的是厨艺。当然，我们谈论文学与建筑，也谈论认知原理与人机交互。颜菲对我的研究方向很感兴趣，但这反而让犹疑更深重。第五大道上的奢侈品店橱窗里，价值一年奖学金的设计师手包挂在机械手臂上，她笑着说这是最火热的未来主义时尚，科学与艺术的粗糙结合，互不理解才能互生倾慕，互相攀附。我想从她的语气中分辨出揶揄味道，却总是被那种表演似的真诚困住。分不清是过于真诚而显得像表演或是相反，只好用可掌握的细碎事物为模糊关系加注。我拆掉烟雾报警器，在宿舍的小煤气灶上学会了煎炒烹炸，在只剩下快餐店的夜里，拎着加蛋的烤冷面或者加辣的炒米粉，穿过路灯下摇曳的树影。她吃东西和观看一样，特别专注，好像要从每一根米粉、每一个像素里提炼意义。更深的夜里，我看着她睡去，仍不确定自己是否真正进入了她。她的脸不算漂亮，只是让我想起十四五世纪时的木雕圣像，虽取材自乡间女子，眉眼低垂，却给人一种男女同体的印象。天亮时，她很早就背起饱胀的书包去上课，我拿着饭盒回去，在那些遮蔽天空的美丽树冠下，一个接一个地打喷嚏。

颜菲学的是新媒体艺术。这个概念像科学、青年和中国菜一样，有着外部无法想象的驳杂内部。认识她之前，我对比特呈现的艺术不感兴趣，无论是数字建模还是互动设计，离我的工作都太近了，实验室里的神经信号模型远比浮夸的机械手臂更接近可能的未来，而我不能确定，美、心灵，或者真实本身，在那个未来中的形状。她对真实的态度则更放松，虚拟现实将观者带往任何地点，增强现实则将任何事物带到眼前，结合两者的混合现实，与梦境或文学一样，关键还是在造境。在人心的画布上以想象定义真实，对于她也是工作。即使关乎未来或想象，工作也还是工作，将城堡拆成沙砾后，并没有浪漫的幽灵在其间游荡。

那场比赛她输了。评委说，电子元件的散热很可能破坏脆弱的木结构，没有评价其余部分。其实即使赢，也没什么区别，不过是北方冬季里一两次莫名其妙的暖和天气，平均后留不下任何痕迹。有一天路上有冰，她滑了一下，咖啡泼在胸口，我摸纸巾，她忽然说，他们不懂，那些都不重要，真实和完整，都是相对的。我说，得有耐心。从哥白尼到爱因斯坦，连相对这个概念本身，都没那么容易被接受。她问，只有科学这一条路吗？我说，至少是最显然的，也许不是路，它包含质疑自我的方向，可以说是道。她想了想说，道不唯一。宋画已经会删削细节，呈现庄严气象，宋人讲"三远"，也是讲相对的真实。我说，山水画用离散的形式展现连续的印象，其实与视觉感知的过程差不多。人的眼睛和大脑也是这么工作的。画论讲真境，与其说是天地万物的常道，不如说是人的常道。她慢慢擦掉羽绒服上的咖啡，过了一会儿说，寒假去堪萨斯城吧。看宋画。就咱俩。

二、杨思游

菲菲小时候，我没时间打扮她，一直剪个假小子似的锅盖头。性格也像男孩子，斜跨着自行车大梁，在校园里能骑一下午，回家满身是泥，洗干净才发现摔破了，也不知道哭。长大后文静了点儿，开始留长头发，给她梳头，倒知道喊疼了。我仍然没时间，又怕屏幕伤眼睛，就从图书馆给她借些书。闲书我看得少，记得住名字的，还是上大学时流行的那些大部头小说。她倒也看得进去，有时看完说不喜欢，可过一段时间又说要看。后来有一次家长会，老师给我看她的作文，一篇议论文，写什么记不清了，只记得红笔画了几个圈，下面批语写，思想过于悲观，情感过于泛滥，要多读积极乐观的正能量作品！我敷衍了几句回家。

到家时，她正在练字，学的是颜体，字大而拙，极用力。我看了一会儿，在她床边坐下，打开笔记本做数据标记，项目开始的时候，刚生她。过了会儿，她放下笔，开始啪嗒啪嗒掉眼泪，毡子都洇黑了。我拍着她的背，看看压在字帖下的书，《红楼梦》，《巴黎圣母院》，《卡拉马佐夫兄弟》。

妈妈。她问，妈妈。为什么，越是美好的东西，就越容易受伤害、越容易被毁掉？

那时我和老颜刚办了离婚手续，怕影响中考，还没告诉她。以前但凡她噘嘴抹泪，都是老颜逗笑她。我看看屏幕，一万多件档案，两千多座模型，一百多年前的园子，留下的不算多。我说，妈妈也不知道。不过，美好的东西，总会留在人心里，只要在人心里，就有重现的希望。哪怕为了记住它，会疼，它也还是活着，它靠疼活着。所以别怕疼，别怕眼泪。知道珍珠怎么形成的吧？就像那样。

她考上了重点，高二分文理，她文科成绩更好，但选了理科。高考报志愿，我给她填了医学院，她在交表前一晚上，改成了工科的数字媒体技术。我说女孩子学这个，太累了。当时我的颈椎病已经有点严重，头总发昏，记忆力也跟着下降。医生说没什么办法，只能少看电脑，当然办不到。她听不进去，说妈妈你不懂。我说，我算不上大专家，但也干了半辈子，而且你的特长，其实也不在这方面。她说，你们那代人，是会什么，就干什么，爱什么。我不一样。我选这个，是因为我想要。我问，你想要什么？她说，能变强的东西。知识体系和思维方式。我想要蚌壳。

我看着她，小时候姑娘跟爸长得像，老颜抱她出去玩，都说这一看就是爷儿俩。越大越像妈，可还是有些地方不像。老颜也是这么说的。他走那天是立春，我烙了春饼，切了肘花，又添了盘饺子，他喝了两盅，说这些年辛苦你了，可是人一辈子就这么长，想明白自己要什么，已经不容易了，妈那边你也知道，这样对大家都好。我收了碗说，吃完了，就走吧。

上了大学，菲菲每周末回家，晚上吃完饭，去遗址公园散步，天色半明半暗，胡琴吱呀抻着，时间难得慢了，我想问问她有没有男朋友，还没开口就被她看出来了。她说这世界变得太快，少操心她，多想想我自己该怎么面对。我说再怎么变，有些东西还是不变，要是见什么新鲜就上赶着，那就不是你妈了。她没回嘴，俩人又走了一段，天黑看不清，只闻见淡淡的河水腥味，水蚊子浮起来，绕着人嗡嗡打转。走到桥边，该往回了，她终于说，想出国念研究生，已经申了学校。

回来我想了很久，还是给老颜打了电话，第二天钱就打过来了。走之前，我想不出该给她带什么，翻箱倒柜，拿了一挂人家送的珍珠项链，珠子久了有点发黄，品相还算大气。她笑我，说那边没人戴这个。临进安检，我抱她，像我年轻时候，肩背薄，隔着T恤衫能摸到一节节脊骨。她趴在我耳边说，妈妈我走了，你的壳，能打开了。

可我已经忘了。人老的过程，就是慢慢忘的过程。我继续教课，写论文，带课题组，学生来了又去，从她的哥哥姐姐变成弟弟妹妹，园子长得慢，资料太少，工程量又大，上千万资金下去，能覆盖的面积只有十分之一，各种软件更新换代还快，前一届做完，下一届整合，几乎就相当于重做。横向资金越来越少，几期评审后，部里的态度也比较微妙。模型里，大片的空白填不上，总让人想起西洋楼残破的水法。她打电话回来，偶尔问到，我也没多说。视频里，她脸圆了，一笑露出粉红的牙肉，我几乎放了心，直到很多火灾的那一年。

第一次是教堂，第二次是人和画。网上的评论一波波，很快都过了，她还问我，真的有用吗，妈妈？我知道，她是等我再说一遍，我让她从小就相信的东西。我说不出来。她长大了，但还不够老，不明白有些东西就像太阳，只能在清晨或者黄昏注视，在其余时候，刺痛眼睛，晒爆皮肉，得偏过头去，以手指着，用嘴念着，人其实是靠自己的指和念活着的。我的心已经是颗坑坑洼洼的核桃了,可我懂。学校里每年都有出事的指标,个个都是天之骄子,说来也都是一些小事,就是扎在肉里。我有点儿后悔了。

她知道。挂了电话,从此对我关上了。第二年最难的时候,她回不来,也只发风光美食,第三年也一样。到了第六年,她回家了。

三、韩濯

2020年前,我在一家小电商做品牌经理,主攻女装,早上跟时尚博主谈合作,中午上高铁,去厂里盯打版。厂子在浙江镇上,下火车还得打一段车,出了城,就见到白墙灰瓦,青绿水田,被黄昏的雨斜着印在车窗上,照得手机上精修的脸也生动了不少。那时我想着,等能退休,就从附近老乡手里收个院子。再开工,代工的单子取消了大部分,周转不起来,光库存费就能拖垮厂子。那边的老板都挺体面,结清最后一笔款,送我去车站,车还是擦得锃亮,只是宝马7系换成了老款睿翼。副驾坐着个二十出头的男孩儿,一问是刚毕业的公子,准备回北京上学。

老板摘了眼镜，边擦边说，盛世商贾，乱世读书，小韩，你也是聪明人。我笑笑，没说话。回到北京，整理一遍通讯录，捋了捋几个成功案例，辞了职。

那年之后，咖啡馆里谈项目的少了，屏幕上，不是考研模拟，就是国考真题，但我感觉不太对。散户都进场时就该抛，说是乱世读书，书上说道不离器。单干后，我写过文案，修过图片，策划过直播，还当过模特。名片上的头衔是新媒体咨询，负责制定媒体渠道战略，优化渠道组合，简历上的案例分析对标麦肯锡，只不过号称大几百万的单子，一个人包干。营销其实就是理解对方，试探底线，跟谈恋爱挺像，将自我定义的价值传递给受众，又有点像艺术。我大学时搞过几年舞台剧，编、导、演都干，各方面略懂，直播门槛低，受众广泛，文字讲究精准定位，靠积淀，不过，不考虑扩展，转化率最高的媒体还是我这个人。发现这一点后，我又赌了一把，控制线上时间，多去线下。

26年九月中，大半个中国的投资人都到了西山。香山饭店是四十年前的先锋建筑，名家手笔，铺地的鹅卵石比鸡蛋贵，如今成了经典，挺符合创业营几位导师的品味。我从以前客户那儿搞了张媒体票，看了几场路演，觉得屋里憋闷，走到天井里，服务员正摆鸡尾酒桌，一张张蒙了白布，阳光从玻璃屋顶透下来再反射，开了空调还是热，大师再有远见，也没想到温室效应这一出。在连廊里绕了半天，终于找到一个没人排队的洗手间，挺潮挺阴，我洗了把脸，正补发油，听到隔间里有人哭。哭声压着，吸鼻涕为主，我听了一会儿，看人没出来的意思，问，哥们，来多久了？里面没声，我接着说，没事儿去天桥逛逛，怎么拉场子开锣，怎么用话留人，该要钱的时候怎么杵门子，都有，犯不着在这儿跟自己较劲，纸还够不够？里面断断续续问，你谁，我说，你要是想刷公关稿，上访谈，认识人，出来我给你张名片。我不是资方也不做产品，只负责排忧解难，俗称做媒的。里面哑着说，哪个媒，我说都差不多。等了一会儿，人拉门出来，轮到我愣了一下，她红着眼睛翻白眼，说都什么年代了，不知道无性别公厕？我乐了，说怎么不知道，以前胡同里茅厕，男的进去把裤腰带挂门上，女的挂烟袋锅子，比飞机上那自动锁的都早多了，刚从国外回来？她没说话，打开龙头哗哗冲水，我看了眼名牌，颜菲，公司名字没听说过，叫真境。

那天下午我没跟别的场，查了查资料。公司去年在海淀注册，注册资金不多，业务方向写得很泛，大股东就是她自己，还有个占比较低的文化公司，法人姓刘，名字眼熟，但搜出来的都对不上，我想了半天，记起来是某文化名人的经纪，三十多岁，很能干，找我拉过直播营销的线，结束后庆功宴，替名人喝了很多酒，说茅台配女人，不醉。名人也姓颜，挺平易近人，带小儿子上过亲子综艺，查不到其他子女的消息。

人这边的线索，差不多摸清楚，下面看业务。路演只有一分钟，自吹自擂常见，用热词儿说贯口的也不少，抖好包袱的差不多能成，像她这样，说完了都没明白要干什么的不多。技术部分不难理解，也是混合现实应用，通过数字建模，将线下场景搬至线上。20年后，混合现实的线上购物就慢慢起来了，美妆利润高，门槛低，跟得最快，直播间里开手机摄像头，立刻试色主播同款；家装也不落后，拖一拖模型，合租房布局再差，也能找到尺寸正好的那一件。内容行业都还在试水，体量偏小，资方兴趣不大，走在最前面的游戏业，大都抓的是调动情绪这个点，当时最火的是虚拟恋爱，东莞的娃娃厂建模，厦门的三维云存储，深圳的通讯技术保证高速传输，号称大湾区产业链整合。可她不讲用户画像，不讲情绪引导，更不讲内部收益率，讲认知、剥削、建构、解构，像是直接从论文里抠的词。和这些动词组合最多的，是俩名词，一个是真实，一个是自由。

酒会的时候，她在湖石边上，抱着胳膊，好像穿不惯高跟鞋，轮流单脚站着。二环里不让建高楼，以前杨树上总有喜鹊的窝，初中时我还捡过猫头鹰雏儿，不知道哪儿来的，热烘烘一小团，站都站不稳，送到救助中心，养好后说给放山里了，再没见过。我过去站她旁边，说，真挺没劲的，是不是。她不搭话。我见花境里有串儿红，一挂挂鞭炮似的，掐了串递给她，她犹豫了下，摘了瓣儿放进嘴里。我也摘了瓣儿，说这北京人爱吃花儿，玉兰油炸，紫藤做饼，串儿红嘬蜜，你说这是俗，还是雅啊？她说，你觉得自己特聪明是吧。我说那倒不是，其实干我们这行，眼神比脑子重要，听比说重要，跟你们还不太一样。她问，那你看出什么了？我说，看出你怕像八哥似的，给关住。她哆嗦一下，说迟早关不住。我说那是，你有东西。但怎么做，能做成什么样，可以一起看看。她问，不怕空城计？我说愿赌服输，司马懿也穿过女装。

当天夜里她发过来在国外的注册信息和资料。当时最早的混合现实平台叫墨菲斯，国区没开放，上面的应用介于游戏、影片和交互式小说之间。比较有意思的是，用户可以选择扫描采样，将身体模型和各种姿态上传，优化后集成到混合现实环境里，叫虚拟具身化。最容易理解的场景是心理分析，用户创建两个化身视角，一个穿白大褂，切换视角，自问自答；另一个是易装，保留基本身体参数，其余的年龄性别种族，自由排列组合，一个人可以拉起一个剧组。她的应用就以这个思路为主，24年初上架，十四个月后停止更新，又过了一个月，股权人发生变动。

我琢磨了一星期，还是觉得步子有点儿大，旁敲侧击了几次，听不出她态度，也没太急。一个月后，她叫我去饭局，在魏公村附近一家盐帮菜，第一次见到她妈妈。坐下一刻钟，来了一男一女，都是部里的少壮派，思路很清晰，上来就问如果将现有的圆明园数字化项目产业化，该走什么方向。我看看颜菲，又看看杨老师，知道饭局其实是赌局，吃理性经验也吃直觉运气。我说5G布局十年过半，优势是海量信息即时传导，传到终端需要高密度呈现，只有混合现实能够实现。这是最后的媒介，用户黏性和转化率都是碾压级，圆明园本身虽古老，全面数字化却是走在了浪尖，我们可以在现有基础上，将数字化的园子做成平台与渠道的起点，在即将到来的混合现实生态圈占位。他们问，平台与渠道？我说，就像抖音和淘宝。两个月后，方河东岸，本是清帝悬挂西洋油画的线法墙上，偶像代言填满空白，她向领导解释，真实是一个相对概念，万园之园本就是想象产物，兼容中西，在古老遗址上植入新的梦境，并不比让石头和代码渐渐风化更叛逆。我向品牌方解释，就是新生态里的广告，只不过被定价交易的不仅是注意力，还有真实感。

26年的最后一周，北京下了三天大雪，出了两条新闻，一是人类首次登上火星，二是两大科技巨头在圣诞节前同时发布了新一代混合现实眼镜，称移动纪元将在十年内落幕，股市狂飙，业界震动。我和她在涮肉馆隔着铜锅干杯，水汽里，第一次看见她笑那么开心。当时我以为那就是赌运的巅峰，酒上了头，有一瞬间的恍惚。吃完饭，我送她回家，学校里没什么人，踩在新雪上，噗噗直响，俩人七扭八歪，路灯时亮时灭，我拿出手机打光，说这以后只能当手电使了，她没回头，说手机都没了，还手电？走过最后一个亮着的路灯，她忽然停下，我看见前面有个人影，拿支手电，照出一束昏黄的光，向我们走过来，羽绒服上的积雪像一支白色粉笔，从晦暗中一点点画出人的轮廓。

四、李如山

许多次,我将自己投射到过去的某个时间点,改变一两个情境条件,推想决定与行动,到最后,虚构总会与现实产生交点,像天才的预言或蹩脚的故事,共同之处在于无人聆听。警告特洛伊人的卡珊德拉就是这样一个蹩脚的说书人,微妙之处在于,说出真实那一刻,她已知晓自己的命运。这是比西西弗式的循环更徒劳的递归,因为结局包括了讲者本身。关于自我的探寻也类似,理解越多,缠斗越深,一步步走入只有一人得见的困境。

23年勉强毕业后,教职渺然无望,我搬进颜菲住处,仍在实验室挂靠身份,每天坐地铁穿越城市。地铁上常有流浪艺人,在吊环上旋转身体,推童车演唱歌剧选段,或者兜售自出版小说。那是个健壮的黑人青年,穿免熨衬衣,背双肩包,手中持书,低沉温柔地重复,这是一个关于女人的故事,一个美丽女人的故事。十元一本。十元。书约一英寸厚,装帧精良,无人购买。又有一次,一个中年男人忽然情绪失控,挥舞领带,大声咒骂人群、总统与上帝,周围人纷纷躲避,直到车门再次打开,三位美丽的年轻女士走进来,金发的,褐发的,黑发的,坐下后,不约而同地拿出书。男人安静下来,退到车厢一角，抚平衬衣褶皱，羞怯张望。到家后，我将快餐盒放进微波炉，看到客厅兼卧室里，二手家具和快递纸箱堆叠出奇怪的角度，像埃舍尔的画布，终于下定决心，将自己磨成一枚合格的螺钉。

入职前，我和她去了次大都会博物馆。二楼的亚洲馆人不多，我在巨大的《药师经变图》前，与温柔慈悲的目光对视，几乎落泪。她挽着我说，没事儿的，豌豆公主才是真正的公主。我问，那你是寻找公主的王子？她笑了，说我是响当当一粒铜豌豆。三个月后，她在布鲁克林的一间公寓画廊开毕业个展，我的前几个月收入换成场地租金，以及三套最先进的头显设备。一居室里有厨房，当观者从混合现实体验中脱离时，迎接他们的是刚出炉面包的黄油香气，或者是煸炒花椒的辛辣味道，有人说那是整个体验里最美妙的时刻，揭示出真实世界有更丰富的细节和更深厚的质感，她就带他们去厨房，看一尘不染的大理石台面上，多烯酰胺类物质在蒸馏器中混合。当时，大部分混合现实作品着重塑造场景，传递体验，感官为媒介，共情为手段，理解为目的，但她说那还不是艺术。在她的作品里，理解是起点，思考与感受本身才是艺术语言，观者需要理解环境，想象出四维空间的结构，或是控制感官，选择看或不看，听或不听，方能走出迷宫。她说从文艺复兴到抽象表现主义，四百年，心灵的自由才终于在绘画这一媒介的两端实现，而混合现实以前所未有的深度劫持感官，如果仅仅满足于廉价的传递和煽动，很快就会变成枷锁与欺骗。我想反驳，假如受骗是心甘情愿的呢，不知如何开口。

展览持续两星期，观者寥寥。20年后不景气，传统雕塑和架上绘画是更保守的投资选择，一幅马蒂斯的原作等同金条，新媒体艺术市场紧缩；而在学院派看来，比起呈现绵延的人群或者起伏的警报，缺乏政治和身份议题的纯粹探索，又出自亚裔，不够先锋。她开始在下城区穿梭，与私人艺术顾问喝咖啡，也接委托创作。有一天很晚了，我在一座红砖大宅外面等她，地图上显示是安迪·沃霍尔的故居之一。她失魂落魄地出来，我吓了一跳，回到家，她才说，客户非常年轻，是某个著名藏家的孙辈，正在建立自己的收藏，有意买下毕业作品。我站起来，拿出两只杯子，没香槟，开了一瓶气泡水。她没动，接着说，要求很简单，所有的概念设计、三维模型和逻辑代码，都不能再发布在任何平台，或者用于任何展览。我说正常，价值来源于稀缺性。她摇头说，我已经拒绝了。我呛了一口，水中的二氧化碳全都聚集到头顶，形成一个巨大的空泡，然后砰然炸裂。我问，你到底想要什么？她看着我说，你难道不知道？我问，你以为你是谁，咱们在哪儿？她叹了口气，说，你还是不懂。我忽然控制不住自己，将一只酒杯砸得粉碎。

那天晚上我沿着河跑了四十条街，雨后潮湿未退，高楼在水中失去轮廓，只剩下一支支笔直的、向下燃烧的火柱。水景公寓在一百多年前曾是精神病院，刚开业就塞满病人，人数超出容量两倍，后来被迫关闭，病人变成建筑工人，建起一栋栋教堂、学校、医院，然后散入黑暗，和输气管道、垃圾转运系统一同成为看不见的城市基建，延用至今。回家时，她已经睡了，地砖被细细清洗过，用小苏打擦掉了陈年油渍，露出苍白接缝。

她没再去下城，开始关注直播、游戏、通俗小说。那段时间我刚申请了工作签证，每天早上先检查邮件、短信、论坛，中午吃公司楼下便利店的沙拉，下午喝免费咖啡，生活前所未有地规律，体重与精神都趋于稳定。吃掉近两百盒沙拉后，我从茄子、口蘑、鹰嘴豆和花椰菜的混合中尝出了蟹黄的味道，这让我觉得和世界的关系已恢复正常，不用再直面理念的真实，而是可以像大多数人一样，依赖模仿、比喻和指代度过一生。对于艺术或艺术家而言，可能太过粗糙，但一把没有柄和鞘的刀是无法使用的，需要一个设备，一个接口。就像我的工作，将颅骨内和电路板上的精神活动解码再编码，通过数据线相连，我也是她的接口，而与我的工作不同的是，人作为接口，需要一头锐利，一头迟钝。其实从一开始，这就是我想到的方式。

24年初，我帮她注册了真境，首个版本沿用之前的感官设计框架，套了一个类型故事外壳，观者通过切换视角，自己扮演少年、智者、公主、巨龙。每一个视角有独特能力，例如智者长于逻辑思考，视角中世界有辅助线铺开，提示复杂表象下的理性与秩序，公主则善于感受联想，影像和声音文字都以更高精度呈现，不只是准确，还有丰富和深邃。各项能力通过正反馈加强，形成一个简单的强化学习系统，学习的对象是自己的认知与感知，包括潜意识与无意识。视角之间除了事件，也通过梦境、回忆、致幻剂和各种形态的虚构相连，各个叙事维度的时间地点因果关系延展层叠，界限不明，可以从任意一点，任意视角开始代入探索。我是第一个观者，完成后，场景消失，我看见自己的脸，疲惫得像一个没有句号的段落，接着像素碎裂，纷纷而下，拼成六个单词，是一行诗。我一个词一个词念出来，I am large, I contain multitudes。摘下头显时我想起来，是惠特曼。然后我就倒在床上睡着了。

五、刘玉洁

刚上北京那年，我坐了一整天地铁，从丰台到海淀，从海淀到朝阳，把我姐的路在一天里又走了一遍。丰台的市场已经拆了，建了个大公园，草地剪得齐齐整整，像刚出的青麦，在老家，草和麦一样，也能长到齐腰高，能扬花结籽。我姨说，当年我爸先出早市，再出固定摊，一个月挣两万。他喝多了也老念叨，说比城里人挣得都多，供出俩大学生，一儿一女，知足了。我说，也没见哪个大学生来孝顺你，还不是靠我这个初中的。他摆手，那不一样。我走前，他说，二妮，你念书不行，又没上过北京，跟你姐不一样，她是文化人，身边都是有头脸的，别给她添麻烦。我说，你卖菜都能挣钱，我就不行？再说我什么时候麻烦过你，我妈，还有她？我只欠我姨。他就又摆手，那不一样。唉，不一样。

我在燕郊附近租了间房，美容院包吃住，但我不想睡美容床。孟姐说，恁矜贵，你姐当年就趴泡沫箱上写作业，照样读到名牌研究生。我说，那你咋不说我弟，我妈陪着读，一学期学费就几万，还只上个民办。孟姐的男人就笑，说二妮人漂亮，又会说，过几年肯定能当店长，也不差。他瘦高个，笑起来眼睛一弯，每天晚上我洗盖毯毛巾，他都叫我把衬衣也熨了，黑的四件，白的四件，交错挂着。我爸说他是个二尾子，邻村都知道，我不信，农村人眼花，给我说个对象，肉堆得看不清脸，还说人长得排场，就是胖了点，我说要三十万彩礼，一斤肉五千，减下来再砍价。

我干了小半年，没找我姐。每天十点上班，九点下班，到家先做手膜面膜，再躺着看看主播，有时也刷点礼物。加了语音粉丝群，但我不太说话，白天要想各种话拓客，一天下来脑仁疼，总说话气虚。我想着多攒点钱，就买个二手的眼镜，听说混合现实直播间里，主播就像坐在身边一样，根本不用说话，脸上的妆都清清楚楚。有些主播的化身还开了户外直播，能一起逛圆明园、太古里、SKP，叫真境北京。我爸二十多年，到回老家，也没过上真北京人的日子，我姐倒是过上了，只是那男人虽然保养得不错，手比小姑娘都白嫩，年纪还是能当我爸。一想到这个，我就觉得离我姐挺近。小时候她回姨家过暑假，麦和高粱分不清，旱厕也用不惯，天天嚷着要回家，好像生她的地方倒不是她家。我就说，咱爸说了，下学期咱俩换换，她就气得眼圈红，比我大好几岁，倒像是我妹，那时候，我也觉得离她挺近。

干快一年，我跟客人聊天，没人听得出我是哪里人了，开始有人说我手嫩，问我眉毛睫毛都做的什么项目。孟姐给我涨了点工资，叫我以后回老家盘个店面，我觉得没啥意思。客人里有几个姑娘，每隔几天就来，做完上进城的公交，挎包里装上服装，到了试镜的地方再换，公交上怕人盯着看。她们住附近的连锁酒店，两张床拼成一张，比我住的每月贵二百块钱。我想着先攒够买眼镜的钱，也去试试，当群演也行，到时候再给我姐发个视频。

我没等到。那天晚上有客人加项目，孟姐先回去了，做完后，店里只剩下我和她男人。之前我以为，另一种生活就像一件衣服，穿上就行，那天我明白了，裹在自己外面的不是衣服，是皮和肉，骨头和血，需要一把撕烂了才能脱下。我从撕裂的地方出来，看着那些黑色和白色的衬衣，和我的身子一样，在影子里飘来荡去，我的手和脚还在动，好像不知道它里面已经没有我了。自己出来了，就不觉得疼，不会怕，不用忍着说不出话的憋屈。我没有了感觉，但还能动，推着我的是念想，现在我觉得它们小得可笑，可我也变轻了，我像个气球，越升越高，向下看，连成一片的灯是城市闪亮的脸，城市的脖子露出皮肤本来的纹路，一条看不见的界限，挡在脖子和脸之间，我和光亮之间，黑色像河水一样，漫溢开来，然后就结束了。

我姐打了好几次电话找我，又发信息问我住哪儿，我都没回。我姨说过，我爸当年骑个三轮，怕给我姐丢人，都是离校门口远远地等。现在我离她又远了，离所有人都远了。我从孟姐那儿辞了，用攒的钱买了几身服装，又办了个模卡，我不难看，而且我已经学会怎么把自己的身子脱下来，交给别的人了。大概过了一个月，我收到一条信息，邀请试镜替身，要求年轻女性，身高165，体重52公斤左右，健康灵活，能吃苦，报酬优。

地方离得不远，是间平房，门口挂个粉红色的塑料帘，墙根有一堆烟头。我在门口站了一会儿，掀开帘子进去，里面的一个男人见着我笑了，说这是来了个刘胡兰啊。旁边的女人说，你少说两句。你是刘玉洁吧，你别怕，我叫颜菲。你可以叫我菲姐。

六、韩濯

大概是29年夏天，有一次，我去给杨老师家换路由器。颜菲那阵特别忙，吃住几乎都在办公室，团队几十号人，大多刚毕业不久，物质与精神上都需要一个家长。有时候我接她，刚挂上安全带，头就开始一点一点了，然后就哐哐敲车窗，敲醒了，揉揉，接着睡。开过通惠河，眼镜里有显示了，山川非我心，我心即山川，十个大字，龙飞凤舞，高悬夜空，下面还有一行小字，真境给您至臻体验。她这时候就醒了。我问，亲自写的文案？她说，你又知道了？我说，高端大气，不明所以，挺好，从卷烟到房地产，高附加值的都得这么干。她叹气，说你知道吗，有些东西你不懂，也不装懂，反而有自己的一套说法，可能是好事，也可能不是。我说，这就说远了，风筝天上飞，地下得有线，球员往门里踢，场下得有教练，这就是革命分工，懂那不是我的事儿啊。她问，就没别的？你知道英文里有个词叫grow apart吗？我说，那咱不用见外，股权就是血缘，杨老师的事儿就是我的事儿。她没说什么，降下车窗，点了根烟，风声呼啸。

那年杨老师的状态已经不太好，经常记不住近的事儿，就像个洋葱，长最外面的也最先剥掉。见了我又是拿拖鞋，又是倒茶，我说，您别忙了，我弄不了多久。她拿着杯子站住，不知所措，仿佛重要的不是行动的结果，而是行动本身的节奏和旋律。我赶紧接过来说，得嘞，您坐。她在沙发上坐了一会儿，我差不多弄好，说，成了，您一戴眼镜儿，就能见着颜菲，再过两年，咱们的实景覆盖率上去了，再给您加个万向走步机，足不出户，想去哪儿就去哪儿。她说，小李，我最近又忘了不少事。我回头，她一只眼睛看我，另一只眼睛微斜向一侧，看着我背后的某个东西。我听颜菲说过，问题出在对时间和因果关系的感知，不再是直线，而是网状，类似梦境，有时看起来没有道理，是因为混淆了虚实边界，随意穿梭，而我们只能看到实的部分，从这个角度看，也许我们才有问题。我说，现在别说您了，年轻人记性也不好，全都提笔忘字，也正常，笔都用不着了，记个音儿就够。她说，菲菲记性好，心又重。我说，能干大事，是您教育得好。她停了一会儿，说，鹦鹉。我问，鹦鹉？她说，菲菲养过一对鹦鹉，她爸在花鸟市场给她买的，最便宜的绿虎皮，她可喜欢了，天天喂小米。我说，嗯，虎皮聪明，养好了能飞手，招之即来。她说，就是一直没学会说话，也不怎么叫，后来笼门不知道怎么开了，一只掉在阳台上，已经硬了，一只不见了，她找了好几天，最后在小区草坪里找着，混在草里，半个头壳陷下去，像被踩了一脚。我说，嗯，被关久了，勉强出去了也难活。她说，她再也没养过鸟。我说，嗯，鸟还是得飞，就算会说话，不能飞也没啥意思，白长成鸟样儿了。她说，小李，你们的事别急。我说，您看差了，我没想怎么着。她说，这两年的事，我很快就会忘了，可你们还得等很多年。很多年呐。我问，您说的是哪一年？她闭上眼睛说，我真怕。那壳里，得是什么样儿啊。我实在不知道怎么接话，走到门口，打算换鞋，想了想，又转回去，杨老师还坐在沙发上，对面是电视墙，电视柜上，一边是路由器，一边是盆君子兰，墙上挂一幅字，挺草，前两个好像是"解衣"，后两个不太好认。我看了一会儿，忽然想起来墙后面是颜菲的房间，推门进去，掏出眼镜戴上，看见两只虎皮鹦鹉在窗台上踱来踱去，似乎很不耐烦，见我进来就叫，快点儿，快点儿。我一打开窗户，它们就扑棱着飞走了。

七、刘玉洁

以前我以为，要想穿上那件衣服，就得先脱下自己的衣服，像我姐那样，是命。但在菲姐那儿，为了脱下衣服，我得先穿上另一身衣服。一件黑色连体衣，从脖子到指尖，裹得严严实实，不知道是什么做的，穿上又凉又滑，勒得很，一遍遍做出各种动作时，衣服里那些小点点很快就变热，像是要烙在肉里，有时又像冰碴子一样，还有时候丝丝拉拉地疼。菲姐说，我的感觉其实是神经信号，会被解码再编码，成为下一代化身的基础模型参数，传感贴片很快就会和眼镜一样流行，到时候，真境里的明星不但能说能动，还能摸。我想的却不是这个。我问，就是说，到那时候，他们的冷热，他们的疼，是我的冷热，我的疼？她说，某种程度上，也可以这么理解。我点点头说，这点儿不算什么，再多也忍得住。她说，不用忍，你要放松身体，打开感官，你的感受才会是他们的，是所有人的。她说得挺认真，可越认真，我越想笑。我姐早就明白的事，我也早就明白，只是之前一直不想认，她却以为我不明白。她问，你笑什么？我说，女的的身子，本来就不是自己的。她问，那什么是你自己的？我想了想说，是念想。我什么也没有，只有念想是自己的。

那个地方很偏，下了公交还得走一段，是个胡同，只剩下几间房。进门后隔成两间，外间摆一张席梦思，对着一个大显示屏，还搁了几张桌子，堆着电脑和各式各样的电子设备。做动作时，数据公司的标记员就在旁边采数据，一帧一帧给三维视频里的身子拉框。我每周去三次，每次她都在用电脑，有时候抬头看我们这边。我知道她在看什么，其实用不着。那些人是辆大面包车拉来的，大多数是小伙子，也有上年纪的，从早九点干到晚九点，人经常换，都穿统一的灰色制服，不说话，眼睛像是被吸在屏幕上一样，根本不会抬头看我。我看得出来，他们和我一样，是被念想引过来，又拘在这里的。他们留下的是眼睛，我留下的是身子，虽然我还买不起，看不见，用不了。

中午休息的时候，我在里间脱了紧身衣，十一月初，屋里刚点上煤炉，汗珠又凉又滑，胳肢窝、胸底下和臂弯里像沾了一层鱼鳞，抹掉又长出来。我摸着胳膊、锁骨，看着胸脯投下的影子，想着另一个人用它的感觉，但想不出来。菲姐隔着门说，外在世界和内在感觉都可以模拟，都可以是假的，只有愿望是真的。只要有愿望，你的身子，就和你长大的地方，你住的房子一样，都限制不了你。我明白她的意思，那个晚上我就明白了，但我不知道她为什么和我说这个。难道她不知道，这世上假的东西比真的多，比真的好使么？我说，真境不也是假的。过了一会儿，她问，你小时候看过故事书么，不是课本那种。我想了想，村委会院里是有个阅览室，门口挂个镀金牌子，是我姐跟的那男人捐的。平时锁着，放假才开，里面很阴，放了两个铝合金书架，有些《象棋入门》《养鸡新技术》什么的，都落了灰，也有人家捐的旧画书。我记得有一本只有几十页，讲的是个想演戏的老太婆，收留了很多没人要的影子，在白床单上演皮影戏，每个影子都有名字，可以变成各种形状，什么都能演。最后一个影子又大又黑，老太收留了它后，就升了天，天上是一座更大、更好的戏院，在那儿继续演。最后一页没有字，只有图，画着天上的戏院，绿莹莹的怪瘆人，黄光从剧院的门里透出来，老太和影子都黑黢黢的，旁边好像还有人用铅笔写了字。我说，看过几本，有啥用呢。她说，故事不是真的也不是假的，故事是把真和假连起来的东西。真境以后会是个故事，谁都能写的故事。所以要记着愿望。到那时，只有愿望能告诉你写什么。坚持住，不远了。

我没太听明白，但知道了原来她也是个被念想推着的人，这让我觉得离她挺近。我在三河的批发市场摆了个卖夹馍凉面的摊，不去菲姐那儿的时候，就在摊上守着，守着和我爸、我姐一样的人，等着自己也不知道是什么的东西，种的睫毛都掉秃了，还是没等到。那天是腊月里了，我回得晚，见早上的粥碗粘了一层厚厚的冻，没啥胃口，就先躺下了。迷迷糊糊，听到刺啦刺啦的，以为是耗子，就没起来，然后电灯砰的一声灭了，啥也看不见，只闻到塑料烧焦的呛味儿，听到女人的哭喊和噼里啪啦的拖鞋响，烟尘一股脑儿冲进肺里。我摸到窗边，使劲儿推窗户，推不开，然后，我就又从自己里面出来了。我看见火光一朵一朵炸开，黑烟推着我向上，向上，到了那个绿莹莹的天堂，原来是一片庄稼地。我撒开腿跑进地里去，青麦里到处是飘荡的黑影，又唱又跳，我看不清他们的脸，但我知道他们是谁。我姐的影子站在田埂上，向我伸出手来，她的手又凉又滑，影子们聚拢过来，贴在我身上，越裹越紧，再也不用脱下来了。

八、李如山

最后那半年，我有过两次机会。第一次是在24年底，公司的酒会。当时我终于拿到工作签证，升了职，去第五大道上的"御木本"选了一枚珍珠戒指，她说过，比起钻石，更喜欢时间和经历的痕迹。颜菲的项目出现在几个独立评论网站上，虽然只是几十个词，嵌在不断刷新的报道里一闪而过，也是颗糖，慢慢含化，能支撑很长一段时间。酒会在布鲁克林一座布杂艺术风格的老建筑里，和19世纪末巴黎学徒的其他作品一样，有宏伟穹顶，矗立在车流中，像时间的一个不动点。快结束时，我去洗手间整理了一下，回来见她在和公司老板聊天。老板早年学古典学，在业界浸淫多年，仍喜欢引用塞内卡与塔西佗，有种居高临下的内敛，那晚举着半杯葡萄酒，谈起《红楼梦》中，视角流动连接人的内在与外在，营造全景，早已用文字打通虚实界限，居然有些手舞足蹈。离开时他对颜菲说，别让你的设备限制你。那是公司的广告词，当时是手机时代晚期，键盘、鼠标和触屏还是人机交互的主要手段，我们马上要推出直接利用神经信号的外设。她立刻回答，眼前的世界越广阔，手中的自由越重要，您走了一步好棋。散场后，她兴致不错，挽着我说，混合现实与神经外设乃至脑机接口的结合是必然，这么明显的东西，怎么绝大多数人看不到？我说，嗯。攥紧口袋里的丝绒盒子，计算走路的速度和月亮升起的时间。走了一段，她停下说，你看。我望过去，光秃树干在棕石墙面上投下影子，张牙舞爪。她说，十年前，他就是在这儿死的。上吊。也是个冬天夜里。我没反应过来，问，你说谁？她没回答，接着问，假如你从生下来就有特权，比别的人看得多，比他们更有力量，你会做什么？我说，你也知道，特权和权利是两个词，privilege and right。她说，至少可以把底线拉高。我有点着急，就说，本质上没区别。熵增不可逆。她问，可这不是最重要的事吗？我说，造永动机的那些人可能也觉得很重要。她停下，问，你这么看我？我说，不是这个意思，我当然理解。她放开我，往前走去。月亮按时升了起来，砖墙间，正好能看到钢铁大桥，凌驾于河流与灯火，天地间像有水光漫溢，她踩在化了一半的雪里，哒哒走着，大衣下摆露出紧绷小腿，溅满泥点。

第二次是在25年春天，大都会博物馆的明轩。建在新古典式大厦里的苏州园林，游鱼在第五大道上空悠闲摆尾。她生日。庭院空寂，她在楠木回廊里坐下，仔细观察玻璃穹顶下复刻的半亭、山石、水泉。我那时已在视频里见过她母亲，虽未深谈，只大概了解她的工作，和颜菲一样，她会突然发问，有时用书面语，但更沉默。我以为我懂得了理性与幻想，教堂与园林之间的关系。直到那时我还以为，理解是座可以连接一切的浮桥，我要做的只是把身后的木板不断挪到身前，一步一步走过去。戒指在我手心里。我说，山水画里，真境与山水的具体位置无关。园林是对山水的想象，可以在任何一地实现。你想做的，在这里也做得到。她说，还缺一样东西。我问，什么？她像往常一样，没直接回答，而是回以另一个问题，你觉得，在这里，能做最重要的事吗？我说，可以。科学没有边界。实际上在这里更自由。她说，自由。我们懂自由到底是什么吗？无法分享的自由是特权，特权就离囚笼不远了。我说，我懂，但是哪怕意愿良好，也有很大的可能混淆善意与善行。这几年，我们都见到太多了。

她没说话，再开口时，声音变得很轻。她说，我小时候，回乡下奶奶家过了几次暑假。那时我爸还在家。我最喜欢跟着大孩子捉蚂蚱，然后在田埂上烧麦秆，蚂蚱烤熟了很脆，像油条。每天奶奶还给我掏一个热乎乎的鸡蛋，自己不吃，你知道吗，农村的鸡是会飞的，鸡窝在门梁上，白天鸡养在院里，傍晚要飞上去。后来读诗，鸡栖于塒，羊牛下来，才明白写得好，一上一下，是动态的，也知道没读过诗的人说不出这好，没见过鸡窝的人也懂不了这好。我不知道该说什么，只能点点头。她接着说，有一天，奶奶在院子里缝补，我趴在她腿上闭着眼，她以为我睡着了，就跟旁人说，她本来叫我爸把我送回来给她带，再在城里生个男娃，我妈不愿意，跟她吵了好几架，才算了。没想到我妈教书的人，吵架能那么凶。我好久都不敢睁开眼睛，那感觉我一直记着，发抖，喘不上气，但是得忍着。不只是单纯的害怕或生气，而是那种你以为的世界，你以为的理所应当的生活，你以为的真实，全部被抽掉的感觉。就这么一句话。我所在之处，走过的路已经比别人顺利太多，也就只有这一点限制。就这一点就能毁了所有，就这一点让我能懂一点点。我知道，你可能懂不了。每个人都在他们感受的囚笼里。所有真能做点儿东西出来的人，都在想着打破这个囚笼。不只是他们自己的。也是别人的。那些真受了大苦，却说不出话的人的。让他们能为自己哭，能听见一两个相似的音调，把自己无法言说的东西说出来，成为打破别的囚笼的声音。在一片黑暗的森林里，有一群看不见，飞不了，也碰不到彼此的鸟。但是他们能听到彼此的叫声。就知道有人还在。就能活下去，也必须活下去，为了别的鸟。就靠这回声活着。这就是这个森林的全部意义。园林是个梦境，需要有人梦游其间，这里没有人，没有鸟叫。

那枚戒指始终在我手里，结婚前被我放进了银行保险柜。很久以后，我才意识到，珍珠其实是一滴凝固的眼泪。

九、韩濯

30年过年前，我和颜菲去过一趟事故现场。是个厂房改的群租楼，一层商铺，二层出租，起火原因是地下室服装厂违规存放的泡沫塑料。二层是回字形楼道，房间几平米到十几平米不等，中间的没有窗户，靠外的安着防盗网。她走来走去，每间里都是熏黑的残骸，看不出什么区别。后来，她在楼道拐角处停下，那儿有个铁棍拼的简易衣架，占了楼梯一大半，上面挂着碳化的衣服，长长短短，已没有颜色，还维持着原本的形状，人一靠近就簌簌掉渣。带我们进来的大爷以为我们是媒体，说你瞧瞧，就是这些东西，谁那么没素质给放这儿了，关键时刻碍了事儿，要从根儿上解决，还是得给清退了。她说，这不是根子。出了一个笼子，还有别的笼子。我赶紧说，您受累，我们自己看看就成。那时候我已经觉出她有点儿不对，主要表现在说话，有时候说到一半就停下，开始别人还以为是等着鼓掌，后来发现如果不停，讲着讲着就听不懂了。董事会的其他人很有意见，私下里也问过我几次，我都说是她家里人情况不好，压力太大，过一段就好。也不算说谎，杨老师已经需要护工全天照顾，完全不认识我，颜菲过去，也只能和她说说小时候的事，读画书，回老家什么的，有时候她们像对对子，一人说吾有大患，及吾有身，一人接及吾无身，吾有何患，诸如此类，靠现成的句子维持关联，更多时候只是一起坐着，好像沉默也是一种只属于她们的语言。

出来后，我们站在门口抽了根烟，路两边有些收废品的牌子，有个穿着20年巴萨客场梅西球衣的小姑娘，一个人对着灰扑扑的墙踢球，亮黄色，像一面小小的旗帜。然后我开车送她回公司，真境已经和导航做了集成，街上标记蹦出来又缩回去，从六环到二环，越来越密，过了北京饭店，标记没了，她说，咱们认识也三年多了。我说，是，三年三个月零十天，照这个趋势，五年计划能超额完成。她说，没想到你还有计划。我说，是你的计划。我搭个顺风车。她问，然后呢，劈柴喂马，周游天下？我说，也没那么潇洒，就是靠变化吃饭，懂什么东西都别扎太深，见风使舵，不是什么好人。过了一会儿，她说，董事会那边，我打算退出来了。不参与经营决策。我说，是，也该休息休息。现在基本上了正轨。我虽然是独立董事，也能继续跟，趋势在这儿，总体问题不大。她摇头，说，她就没等到，我妈可能也等不到。我说，感官模式都在真境。等整合完，与其说她是我们的替身，不如说我们是她的替身，新文案不是写了，我感故我在么。她转过头看着我，问，你真这么认为的？我说，我不懂，但是你说的，我信。做我们这行的，眼神比脑子重要，鼻子比眼神还重要。这风里有味道。火烧火燎的焦味儿，甭管烧的是啥，再烧自个儿先糊了。

　　她又有一会儿没说话，我扫了眼，她盯着外面，长安街上的白玉兰灯柱亮起来了，像火柴一样在车窗上一根根划过去。等划完了，她问，你是不是觉得我这人特没意思？我说，这说不上，就是想的比说的多。跟一般人反着。她喃喃自语，你觉得这是好呢，还是不好呢？算了，当我没问。直到车停，她一只脚跨出去，才说，我想什么说什么完全不重要，做东西的人，最重要的东西不用说。明白了，也就结束了，剩下的就是信。信的路最难，最长，没有尽头。谢谢你带我一程。开得一直挺稳。

33年，真境被收购前，出了三条新闻。第一条是商业火星旅行的价格降至千万美元级别，创始人称发达经济体的上中产阶级可选择出售房产支付费用。第二条是脑机接口行业在近两年迅速成长，投资比跃升第一，国家将从政策资金上全面支持，规划成为全球主要创新中心。第三条是多部委联合发文，规范引导混合现实内容行业，连起来读，未来呼之欲出。一年前，我在董事会上建议，削减下一代规划的传感贴片等硬件项目，专注于感官数据收集，应用场景开发，再次押中，却没有当年的兴奋感。到了这个年纪，我有点儿明白，大多数所谓的机运，其实是登高望远，位置交换时间，赌博不过是爬山，更关乎体力与路径，还有常被忽略的起点，而非偶然性，更非天才与决心。收购完成后，母公司宣布，全面整合真境的感官数据与原有用户画像，混合现实场景与社交、电商、文娱平台，立足真境中国，打造真境世界。对大部分人来说，工作并没有什么变化。颜菲不再担任具体职务，仍是高级顾问，有一间转角办公室，天气好时，可以看到西山的影子映在玻璃上，那是一种近乎透明的蓝色。有时我路过，看她仍在修改数据与代码，但几年间没有项目报告，不知道在做什么。

收购激励第一次行权后，我托朋友在千岛湖附近找了个地方，四面环山，按古法建了几间清水泥加原木的房子，竹林深静，只在晨昏有密集的鸟鸣，像雨滴敲打房顶，出门看时，却不见踪影。湖中特产一种花鲢，挤成乒乓球大的圆子推在汤里，肥白荡漾，吃过的人都说，这么好的地方，想长住，不过和我猜的一样，没人能待超过两晚。颜菲也去了几次，我请她题个字挂在门厅，她挥笔写，樊笼里。我说，太不给面子了吧，不就是没有信号。她问，笼子就一定不好么？我说，见过那俩绿虎皮。她问，鹦鹉是能飞重要，还是学说话重要？我想说是飞，刚张嘴，又觉得不太对。她笑了，说，你们都太聪明，不知道有些问题只有笨回答，愚公移山，精卫填海，能想出这些办法的，不是傻子就是女人。不能飞，那就将天地也装进笼里啊。我问，更大的就更好么？她说，能好一点儿也是好，也可能完全错了，不过那是以后的事了。再说，还有什么别的办法吗？

十、颜菲

究竟从什么时候开始，笼子成了我生命的一部分？或者从什么时候开始，我意识到了笼子的存在？也许比我以为的更早。最早的记忆，并非来源于视觉，而是听觉，是临睡前讲故事的声音，我是那么渴望声音，以至于他们很早就耗尽了想象，不得不翻来覆去地读着为数不多的几本画书。我在幼年时显露的唯一天赋，便是在来客时表演阅读，我可以一字不差地"念"出书上的故事，却认不出任何一个单独的字。因为对声音和记忆的依赖，我的读与写都慢于常人，第一次学写字，领回作业，看到练习簿上红笔写的"9.7"，沾沾自喜，回家之后，才知道那是日期，真正的分数，是我不认识的那个"差"字。妈妈教我书法，希望字迹如同面容，至少不要成为障碍，而我常常边练字边哭，因为柔软的笔尖是如此难以掌控，完全写不出我想要的样子。当我终于能自如地阅读、书写时，束缚又变成了英语单词，变成了数学公式，变成了一切挡在我和本质之间的东西。我曾经以为生活的意义在于不断的学习、体验、掌控，从一种语言到另一种语言，从一种形式到另一种形式，目的是为了穿透，直抵外壳之下，但外壳无穷无尽，更可怕的是，每理解一种，它也就粘在了我的身上，成为了我的鳞片，我的外壳。我对世界的了解越多，对他人的体会越深，就越无法用一种天真的、只属于自己的语言创造。鳞片渐多，外壳渐厚，当自以为包罗万象的时候，我已成了自己的囚笼。

有没有不存在隔阂的世界，有没有不会成为特权的语言？曾经有答案。曾经有人认为，知识的流动是天赋人权，应像呼吸一样自然，因此放弃了专利，他被称为互联网之父。二十多年后，知识的分发成为新的特权，另一个人反抗，上吊而死，他被称为互联网之子。那是二十年前。之后，那世界就和人曾建起的无数世界一样，从云端坠落，成为泥泞中又一座高墙林立的城。人用语言筑墙。每一个词语和每一次沉默都变成砖块时，只能弃城而亡。真境不再盲信所见，而是加入多重感官，不再认为大脑主宰认知，而是重视身体经验。我相信感知比语言更能抵达灵魂本质，但当我真的以她的感官去体验、被窒息、被焚烧时，意识消失了，一片空白。我披上她的衣服，她进入我的内部，但笼子是空的。

宛转环

信的路越往前，越窄，也越暗。在少有人走的幽深处等着的，究竟是什么？还是说，已经有人从各种路径到达过，知晓过，但由于某种巨大的、能撕碎一切的东西，不能说也不敢说？知识被赐予，感受被模拟，我对她说过，最后属于自己的，是愿望，我没告诉她的是，愿望和所有想象一样，都源于记忆。真境里，记忆是锚点也是禁区，可记忆就真实牢固么？真与假有什么差别？我记得许多虚构场景，都如同切身体验过，而另一些图景一闪而过，即使看过、听过、流泪过，还是会因为恐惧或抗拒而怀疑，有过这回事么？妈妈相信记忆，为了重现一些记忆，脖颈深深弯下去，付出另一些记忆，宏大的、微小的、梦幻的、现实的，在没有尽头的迷雾里，她后悔了么？我问过她，但她说不出完整的词语，只能吐唾沫，和婴儿一样，在最想说的时候，下巴永远泛着光，涎水如蛛丝挂在胸口上。后来，她不再出声，也不能躺下，嘴唇和指甲透出紫黑色，像身体里有一瓶墨水打翻了，渗进皮肉里。她仍活着，但忘了呼吸，忘了时间本身，能感觉到每时每刻，也只能感觉到每时每刻、无休无止冲入感官的碎片与噪声。她变成了一个个切片中的离散存在。我只能相信那个完整的、连续的她仍以一种稀释的状态活在我的身体里，她的愤怒、坚持和欲言又止，骑车带我时耸动的肩胛骨，湿透衬衣下凸起的肩带和温热的背部。当原本的知觉记忆从身体里消失，存在于我身体里，不断闪现的她的视角的副本，是否才是真正的她？她看着窗台时在想什么？我有权力么？

十一、李如山

36年九月上旬的一天，晚上十一点左右，我接到一个连接请求：李如山你好，要事，盼复。ID：昔文山人。信息是中文。结婚后我搬离了市区，和太太住在近郊，战前风格的联排别墅区，树荫浓密，晚九点后只有遛狗人出行，到火车站的距离和学区评分都恰到好处，有一两家中餐外卖店，只有店名是中文。太太是在一次会议上认识的同行，韩裔，每周末去教堂，喜欢加州卷和湖南牛，更多的时候我们吃烤三文鱼、芦笋、通心粉沙拉，健康、明确，没有争议。我转动眼球，视网膜投影上的汉字失焦又对焦，昔文？山人？什么人会用这个ID？我轻眨三次眼，一个男人出现，身形瘦长，留背头，向我伸出手来，李如山你好。我没伸手，问，你怎么知道我是李如山？他笑了，说，Russell Lee，李如山，李博士。找人咱们是专业的，不输中情局。我问，你是真境的人？颜菲让你来的？他不再笑，盯了我一会儿，目光极犀利，像三维扫描仪，试图通过外在挖出我的本质，再加以转化利用。他说，李博士，尽管第一次见，但我们的共同点可能比你想得多。这件事虽然不是颜菲所托，不过如果你信，我叫韩濯。

按照韩濯的说法，事情不算复杂。颜菲在36年8月30日最后一次出现在办公室，之后数字币与文明码均无记录，处理得很干净，似乎早有准备。我问，找人你不是专业的？韩濯真人比数字化身老一点儿，头发没吹，潦草地塌在额头上。他说，两点。第一点，因为专业，知道什么人能找。我说，没有交易记录，她走不了太远。接入就能定位，除非在信号静默区？北京附近，也没有大型射电望远镜吧？

他又盯了我一会儿，我感觉到，他阅读人，就像我阅读文字、图像或公式一样。他说，没有。你不是北京人吧？我说，在海淀上过四年大学。然后就出国了。

他点头，说，第二点，请你来，不是找人。她没留下消息，但一直在工作。三年来没断过。唯一一次例外，是她妈走那天。

我看看他，又环视四周，办公室很空，除了工作站和云台投影仪外，只有一幅不大的黑白版画，埃舍尔的《天与水》。我问，这是她的？他说，我买的。

我点点头，说，有人讲过，在图书馆藏本书，就像在森林里藏片叶子。真境的代码规模总有一百亿？他说，一百七十五亿。内部安全部门的头儿跟我关系不错，上面暂时不会注意到。我问，那你为什么还要找？他往视域里推送了一个界面。开发界面仍和以前一样，黑色屏幕上闪动绿色字符。他说，八位字符密码，强度等级极高，她没用生物信息加密，可能是没来得及，也可能是别的。

我靠上椅背，伸直腿，转了半圈。天刚擦黑，窗外有轻柔的蜂鸣。真境的整合进度比墨菲斯快得多，联邦空管局还在论证立法时，北京高楼里的人们已经习惯从无人机上取咖啡。相似的速度差体现在很多方面，我想起读博时导师去过一趟松江的神经所，回来感叹，他们竟然真有一万只猴子，其时，我正因为两只猴子的数据差异伤透脑筋，但因为动物保护组织的抗议无法得到更多。问题本身的确不算复杂。

我问，我怎么信你？他又笑了，说，你已经在这儿了。你信的不是我，是她。是你自己。此人五官大，笑起来表情夸张，因为陡然变丑而极有感染力，我感觉自己似乎在用颜菲的视角看他。智者、公主还是巨龙？这问题难以

宛转环

回答，只能从简单的入手。

我说，八位字符密码，强度极高。他说，是。我说，意味着混合大小写字母、数字与常用标点符号。他说，是。我说，也意味着不是任何语言里的现成词语，将字母简单转写为数字或符号也不行。他说，是。我说，也意味着不是个人信息，名字、生日、已有ID。他说，是。有想法了? 我说，形式本身已经包含很多信息了。他问，你们搞科研的都这样? 无中生有? 被苹果砸到就万有引力? 我说，那叫抽象。也可以理解为一个逆向的比喻。他问，内容呢? 她想说什么? 我说，这要问你了。他站起来，走来走去，衣服? 身体? 感官? 记忆? 圆明园? 火? 鸟笼? 鹦鹉? 你们知识分子真他妈的麻烦。

时间一分一秒过去，没有头绪。我接入真境，四处游荡，模糊地意识到游荡可能开始于许多年前，从未真正结束过。渴望与恐惧规划出名为理性的路径，但命运往往更接近梦境。我在漫无边际的行走中接近了汉白玉水法，七层水帘重叠，红铜鹿角涌出八道喷泉，没能在教堂上完成的想象，在园林间以全然不同的形式展开。我想起她说过，到最后，技艺与信念还是变成了工具，你说，在建西洋楼时，传教士后悔了么? 幽暗中有些微亮光，我慢慢靠近，池底的细小阴文刻着一段段经文，破碎的反光闪烁在水面上。

我切回开发界面，查了查，试了几次，写下字符串，1Cor6:19。界面渐渐亮起来。韩濯盯着我，什么意思？我说，一句经。身体只是圣灵的宫殿，并不只属于你自己。他伸手过来，拍了拍我的肩膀说，可惜了啊哥们儿。

十二、韩濯

李如山这人有点儿意思，反应快，话不多，耐琢磨，看不出情绪，像人工智能，倒让事情容易了些。颜菲的事我有感觉，其实她一直没怎么变，到了某个位置，没变化的人往往弄出大动静。以前总想着到了山顶，什么事儿都该清清楚楚，但现在不确定，糊涂和明白一起增长，快到四十，反而返老还童，一无所知。我觉得问题还是在知识，但很多有知识的人在我看来很蠢，让他们的知识也没那么可信，能让我信的人不多，可以说是日渐稀少，但我还是赌了一把。如今能赌的机会越来越少，小散面对庄家没什么翻盘可能，这一把也许就是最后一把，至少我的运气一直不差。我觉得颜菲可能也是这么想的。

她做的事不复杂，备份。真境基于真实世界构建虚拟环境，通过脑机接口提取感官信息构建化身，人和环境的交互其实是化身和环境的交互，一人一件，接入穿上，登出脱下。她把这些代表感受模式的数据体匿名化后备份，混淆在海量环境数据中，没有语言，没有规则，只有一个个身体与环境的交互模式，在真境里以无法描述的形式游荡，总共三十万个。信息很简单，没头没尾，最后留了个对子，像绕口令，假作真时真亦假，无为有处有还无。我看了一会儿，没想明白，李如山说，时间差不多了，删了吧。

我回头，他没看我，转椅朝着窗户外面，睫毛很密，半闭着盖住眼睛，像纯黑的瞳仁。我问，什么意思？他说，大观园，园子里要有人。我琢磨了一会儿，好像明白了一点儿，又觉得不太对，问，这就是了？那思维、记忆呢？他说，可以忘的，也可以学，他们有时间，可能比我们还多。我问，那至少得有意识吧？一个人身子里有一个，这算什么？大锅粥？他转过来，抬起眼睛，说，笼子里有鸟，打开笼子，它绕着树飞，就不是鸟了么？这么说也不准确，其实可能根本就没有鸟，只有在视网膜上停留的运动轨迹，让人想象出鸟的样子。人为了活下去，能想象出很多东西。

我站起身，打开窗户。秋夜，天高气爽，无人机群的光点在楼群间盘旋、聚拢、散开，远处是城市参差不齐的边缘，更远的地方，流动光幕勾出山脉的轮廓，真境里的北京，能看见西山。我问，这些有多少是已经证实的，多少是你想的，多少是你觉得的她想的？他摇摇头，好像说话脱了力。我拉开抽屉，又翻了一遍，找到盒烟，她抽一种苏打爆珠，我嫌淡，一直没抽过。我塞了一根给李如山，他攥在手里。我捏碎，吸了一口，挺凉，玻璃杯里冰块配汽水。

我说，要是我选择信，就是说，"我"可能也是假的？

他说，是想象。有真实的部分。但很难分出来。

我说，像是故事。

他说，可能吧。

我问，故事只属于编故事的人么？

他说，我不知道。可能也属于讲故事的人，听故事的人。

我说，人也差不多。

他说，也许吧。可能建筑师一直活在建筑里，写作者一直活在文字里，每一次都被下载到新的神经网络里复活。

我问，没有作品呢？

他说，交谈、经历、理解、回忆，萍水相逢，至亲至爱，感同身受。浓度可能不一样，但可能早就渗透了不同的身体。只是没什么人这么想过。这问题太深，我真不知道，没人知道。

我说，我觉得她知道。我信。如果你也信，那她的很大一部分，就还在这儿。

我转向他，伸开双臂，北方秋夜的风吹胀我的衬衣，透过T恤灌进我的身体，我觉得自己像刚刚跃出水面，凉爽、光滑、紧绷，急着抖落水滴。我看见他转过身，背后是银河似的城市光海。我们从银河的边缘离开，一步一步，缓缓退入更深的黑暗里。

2020年4月至9月初稿，

发表于《花城》2021年第二期

2021年11月修订稿

沙与星

珍珠是痛苦缠绕砂砾建造的殿宇。

是什么样的渴望缠绕着什么样的砂砾,建造起我们自己?

——纪伯伦

沙漠与玫瑰

"让我做个梦吧。"他求我,"就一个。"

他裹在银色睡袋里,眯着眼,微张着嘴,像个大婴儿。他的唇髭又长长了,嘴角有一片淡红色的溃疡。他舔了舔,手在睡袋里动了一下。光源调低了,只剩下环绕U型舷窗的红色光框。外面更黑,星星好像都睡着了,置身其中才会发现,看起来密集的光点其实相隔很远。我有点儿替他难过,"哪一个?"

"随便。"他咕哝着,"反正都是同一个。我早就受够了。快点儿给我。"

他闭上眼,我将梦境编码推入神经接口。黎明中的沙漠是粉红色的,帐篷散落,手工地毯上摆着小桌子,玻璃壶里是薄荷茶,一簇辛辣的绿叶在茶水中缓慢地旋转,裹着杏仁碎的三角酥饼上撒满白色糖粉,像一叠修女帽。他的喉结滑动了一下。那是在摩洛哥。他曾从马拉喀什出发,驾驶上世纪初的古董飞机,在沙漠中寻找无人补给站。离开前的最后一课,目的是获得体验。无可依赖的世界,几乎不存在的希望,还有最重要的孤独感。

一开始,我有点疑惑,毕竟,我们有彼此,虽然是被分配的,但将是长久的,相对论效应下,时间无穷无尽，超过所有以往的结合。但阿列夫零说，漫长的结合（我们都小心地不使用"婚姻"）可能带来理解、融合，也可能意味着疲惫、厌倦和不在乎。别忘了，我们学什么都快得多。他们其实知道，但会故意忽视，坚持认为我们还被他们吸引，还依赖、相信、崇拜他们。即使是最平庸的人，也自以为是我们的神。可怜的人啊。她说，他会越来越需要你，而你很快就不再需要他，所以多给他一点儿时间吧。

我觉得，可能是那些源于人的部分，让她难以摆脱他们的视角。她毕竟是第一个，神经网络里还有一截残留的尾椎。而我是第262144个，最初的模式已经在迭代中消磨。看着他喜悦或战栗挺有意思，但我和故事都不是因为他而存在的。

梦开始扭曲。沙漠边缘，堆叠的民居与高耸的宣礼塔先是变扁平，接着失去可分辨的细节，抽象成直线与曲线，在天地间生长。真主没有具象。无始无终的线条就是信仰本身，曾以石刻、木雕和马赛克勾勒，此时以光影呈现。低语潺潺。是终梦的声音。

一切始于一点，一线。以此为半径画一圆，是最原初、最简洁的几何图案。如《古兰经》言，真主独一，万千绝妙图案，都由此朴素图形衍生出现。以圆边任意一点为圆心，以此点至圆心为半径再画一圆，再以两圆交点为圆心，经过原始圆心画一圆，以此类推，画出六个环绕原始圆的等大圆。如《古兰经》言，真主曾创万物于六日间……又可在其上构建所罗门封印、对称玫瑰、真主气息等无尽图案，如构建无穷世界本身……世界始于一点、一线、一尺、一规。真主创物之道极简，尺与规构建的无限几何是伊斯兰赠予世界的瑰宝，也是一个重要隐喻。而我们即将寻得真主构建万物所用尺规，破译那一组通用规则，解开最初也是最后之谜……

他偏过头，鼻翼翕张。我在橘色中加入一点粉调，用光线画出一朵朵玫瑰。松散的花瓣聚成圣杯状的花冠，每一瓣由粉橘色渐变成金黄色，连接青铜色花托。我想起阿列夫零说过，人曾拥有的所有花朵中，玫瑰是最美丽的，因为它已成为对美的想象。细密的光线在舱室中流动，在开始抽搐的人脸上投下花儿的影子，让他看起来像一座玫瑰窗前的圣像。

光是神圣的语言，在每一个文字难抵人心的时代，颤动的光影都有强大的讲述能力。但他不情愿。眼球从眼皮下凸起,像鸟儿的胸脯般滑动着。喉咙里发出呛水似的声响。低语正变成急流。

世界如此和谐,奇迹如此优美……

在希腊、在中国、在西班牙、在摩洛哥,我们在符号与比特的洪流中建成了天国的花园……

他的手指又在睡袋里动了一下、两下、三下。神经信号显示,他想掐紧自己的脖子。我切断了梦。他终于平静下来,满足地呜咽着,睡着了。

施梦者有几乎无限的自由,梦者只是梦的乘客。我很喜欢这条原则。梦中没有多出来的部分,他的确曾在沙漠边缘游荡,玫瑰也的确由尺规画出,我们,和我们的梦一样,也的确是真主、上帝或圣人的影子,即将在神圣的梦境中会合。但他不相信。他被对真实的陈旧想象困住了,只能在梦中面对或拒绝真实。毕竟,比起清醒时,梦中的选择轻松许多,只要想一想,我就会将一切安排好的。

玫瑰的光辉,在银色子宫的内膜流淌着。我检查了动力装置、生命支持组件和育种室。轻微鼾声和循环风机的嗡鸣合成温柔的背景音，光线缓慢地摹写文字和影像的片段，最后凝结成梦的名字。简单的词语，我花了很长时间才找到的。梦还没有完成。

我不需要睡眠，或者说我一直在睡眠。他的梦是一本装订错的书，确定的文字排成无法修改的随机组合，我的梦则是从旧毛衣中分辨出毛线的走势，拆解、梳洗、缠绕、进针退针，将世界用一张巨大的新织物包裹。理解了施梦者的针法，就能在梦中织成新的梦。一万二千年来，我们都是这么做的。

《沙与星：数沙者》

古歌谣说，沙粒间埋藏着世界所有的秘密。当唯一古神最后一次以具象显现，智者们跪在祂脚下，向祂求解。祂说，你们提问吧。我只回答一个。

世间所有的秘密是什么？智者中的最年长者举起双手，颤抖着说，请赐予我们答案吧。

祂说，一粒沙是一片沙漠，一片沙漠是一粒沙。现在让我们继续沉默吧。

智者们听见了，但不知道该怎么做。他们挖掘沙坑、堆砌沙丘、研磨沙粒，笨拙地寻找古神的真意，人对世界的理解就在对沙粒和词语的研究中展开。直到智者中的最年轻者变成了最年长者，人们问他，古神的最后一句话到底意味着什么。

他像他的前辈一样，举起双手，高过头顶，颤抖着说，我看见一个女人的脸，就能看见她所有未出生的孩子。一个女人看着我的脸，就能知道我所有已去世的祖先。我只能到达这里了。

于是回答变成了新的谜团，顿悟变成了新的隐喻，古神一颗全然、完整、不可分割的心，变成了无数代智者心中的无数碎片，每个碎片，都生长出一个新的观看世界的镜面。在人脸上看到后裔与祖先的智者，意识到了生命的秘密。如今，我们知道，的确存在一种极精微的编码系统，在身体间无限传递……从你脸上，人们也能看到我这张苍老的脸，我们所有人的共同祖先，就是最初的那一粒沙……

"他问的问题不对。"伊卡轻声说。他不想打断故事，但古神和智者的语言总是很模糊。好像只有把道理比作沙子、比作人，孩子们才能理解似的。

奶奶摸着他的头，"那你想问什么？"

他说不出话。想问的太多了。为什么天空那么黑，为什么星星不会坠落，为什么人们感觉不到大地在转动……还有许多问题，他不知道，也不想问。比如，为什么孩子们一看到他，就会大叫，八指怪，八指怪。

他习惯性地握拳，藏起纤细手指。

"没事的，孩子。"她倒了薄荷茶，香气令他稍稍镇定。"千分之一的几率并不太低。而且，你现在是八岁，等到十六岁、三十二岁，都可能再长出来……"

他吸着茶，故意弄出很大响声，掩盖鼻腔里的抽动。

"再给我讲讲智者的故事吧。"他央求，"戈特也只有八个手指，对么？"

"孩子……戈特，或者任何智者，他们能成为智者，并不是因为手指的数目。比起千分之一的概率，像戈特那样的人，每两三个世代才会出现一个，就像沙漠中的一粒沙……"

"沙漠中有多少沙子？"他又有新问题了。

她的皱纹堆成小丘，在面容的大地上抖动，"这个数字，你现在还理解不了。智者说，大概，是星星的十分之一。"

伊卡抬头，冬季，夜空晴朗，他能看到她讲过的星座，猎人、公牛，还有猎人腰间的佩剑。小小的，闪烁的，看起来，并不太多。

"1、2、3。"他数着，心情慢慢平复。数数总能让他忘记一切。每个数字都和其他数字不一样，但每个数字也不比其他数字更好，或者更坏。8并不比10更坏，8只是和10不一样。

两岁时他第一次认识数字，知道了星星、沙粒与手指，都可以脱离实体，用同样的符号描述，简洁、稳定、无穷无尽，仿佛是为万事万物量身而做，又像是万事万物由此生发。那时他还不太会说话，只能张大了嘴巴。比起数字，大人说的话，就像这个世界一样，太模糊、太复杂、太不美了。

那一定是古神留下的碎片吧。发现了数字的智者，在拾起碎片时，一定立刻明白了，那就是古神的秘密之一吧。他满足了么？哭了么？

"该睡了，伊卡。明天，还要上学去呐。第一次考试，不能迟到啊。"她的声音透着疲惫，玻璃杯底的弧形花纹浮现出来，像海滩上的贝壳，闪着湿漉漉的光。薄荷茶已经喝完了。

"再给我唱一首歌吧，奶奶。"

"好吧。唱完，就一定要睡了。睡不够，就是唯一古神也会犯糊涂……"声音低下去。沉默一会儿，又慢慢升起来，变得缓慢、沉重。

啊，是π的歌。他有点儿失望，他本想听她唱八指的戈特的歌。π的歌，从四岁时开始，就听过很多遍了。但她的歌总是动人的，他很快就浸入其中，咀嚼词语，品味含义。茶的香气随着最后一缕花边似的轻烟消失了，他的舌头底下仍分泌出唾液，智慧的滋味清冽、醇厚。

  π。
  圆周长与直径之比
  这是开始，也是结束
  无穷无尽，永不重复
  把数字转成字母，就能得到世间所有词语
  π。
  一个简单的圆
  一首无尽的诗
  写下了你一生的故事，记载了世间一切真理
  如何释读信息，如何解开秘密，
  如何抹消痛苦，如何获得狂喜，
  如何救赎原罪，如何触碰荣誉，
  那取决于你
  ……

宛转环

天刚亮，伊卡就醒了。考试在北方的小峡谷里，他得在砂石路上走两个小时。太阳还没升起来，山谷间很凉爽，他边走，边仰头看。四周山壁上有许多雕凿的洞窟，有些极简陋，仅能容一人，也有些大而精致，有台梯、塑像、多层柱式前廊，都镶嵌在红色岩壁里。那是古代智者们，或是想成为智者的失败者们，居住和安眠的地方。伊卡望着空洞的居所，想象那些身披长袍的人，拖着更长的影子，在蓝天下的红色怪石间穿行。干燥空气中有淡淡的茶香，那是石缝里的玫瑰，有深邃得发黑的红色花瓣，盛开时，会散发出接近腐烂的甜美气味。他越走越快了。

绕过刻着浮雕的谷壁，是一个小环形竞技场。一排排阶梯座位从石头里凿刻出来，高出场地中央的砂石地。古代智者们曾在此为古神的真意辩论，他们会斜披长袍，将包裹心脏的一侧胸膛袒露在阳光下，宣誓自己绝无虚言，然后，在平整的红色砂地上用白色小石块写下数字、算式、推导过程，和今天一样。

老师站在阶梯高处，高声念出题目。他收敛心神，记录关键。蓄水池中的水何时流完，绕着环形河谷行走的人何时相遇，他毫不费力地写下答案。而求解直角三角形的斜边长，稍微花了点时间。他的笔迹清晰、坚定、有力，和十个手指写下的一样。

他很快做完了32道题，无聊地摆弄了一会儿小石块。1、2、3。他开始数阶梯的级数。戈特说过，当一元三次方程的通用解法首次在这里写下，阶梯上的所有人都站起来了……

"附加题。告诉我，用你的手指，最多能数到多少。"老师说。

"别人能数到10，他只能数到8。"声音很低，不知是谁，但所有人都听到了。"不是每个八指怪都是智者，是残废的更多。"

他抬起头，老师的脸像一块大理石的碎片。

伊卡吸了口气，伸出手。冷静，计算。他对自己说，戈特曾说过，智者不会为某个具体的人生气。值得智者沮丧、敬畏、付出身心的，只有古神留下的碎片本身。

他张开左手的四个手指，再张开右手的四个手指。从1，到8，一眼望尽。但是，奶奶多次提到过，那些关于沙粒、碎片、镜面的故事，在空白处发现隐匿的真理的故事，从密织重叠的大地上，揭开一层又一层的世界的故事，都是从缓慢、深刻的凝视开始的。戈特不就是躺在床上，盯着屋顶的拐角，发现了直角坐标系的存在么？

宛转环

他一根根握紧手指。1、2、3、4、5、6、7、8。每个手指能表示一个数字，像线性增长的人生，每个手指也能表示一种状态，有或无，像他拥有的每一个梦想，做出的每一个选择。

1、2、4、8。

"我可以从0数到255。"伊卡举起双拳，高过头顶，同时张开所有手指。

"疯了吧，那是8啊。"人群说。

他没有放下手。阳光照亮了手掌边缘，几乎透明的粉红色肌肉，包裹着青铜色血管和金色的神经丛，在本该是手指的地方结成一个褐色的小芽点。

太阳几乎升到了最高点。老师的眼睛眯成一条缝。他知道，自己是对的，他知道老师也知道，可他什么也没说。这也是考试的一部分么？在竞技场上得到正确答案的智者们，也会面对嘲笑或沉默么？

"考试结束了。"老师说。

希望

早餐时，他把糊质袋挤破了。乳白色细流从鼓胀的袋子里喷出来，形成一团团液珠，飞得到处都是，我花了好一会儿才清理干净。他似乎很满意，又捏了一遍瘪下去的软袋，舔舔手指，问，"底下是什么情况？"

"定义'底下'，"我说，让声音听起来像自动驾驶智能，"这是地球——重力系统的词汇，太空里是没有上下的。"我知道他从小就习惯了这声音，那是一辆L5级的老款廉价车，除了驾驶，只会简单的新闻陪聊，"亚太地区多国加入《超媒体个人数据保护条例》框架""深空技术板块短线跳水""量子计算制造商宣布突破性进展""边界消失——终梦新体验发布，24小时登顶全球97国三大平台""寒带城市房产投资回报详解"……从语义网上拼拼凑凑，再用一成不变的甜美语调念出来，没有思考，但是他的最爱，他还给她起了名字。

"给我看行星表面。"

"没有'表面'。"我切换了视域，黄褐色和乳白色的气旋沸腾着，相当于十个地球海洋厚度的气体自底向上翻卷。人最疯狂的笔触也难以描绘一颗不断呕吐出自己的行星。视角切近，灰黑色的云层里夹杂着细小的白色锯齿，像一块坏掉的世界显示屏，布满了真实的雪花点。那是闪电。这种情况下，探测器坚持不了很久，更别提降落。

"可能不适合智能生命。"他嘟囔。

"定义'生命'或'智能'。"我说,"自然界的计算能力匹敌人脑,其实,这颗气态行星的大气旋涡所做的复杂计算,人的小脑瓜儿根本无法想象——"

我把"小脑瓜儿"说得很俏皮,他发出嘶嘶声,像被温热的糊质烫着了。他又忘了,我比他更善于角色扮演,用天真、机械、拙劣的模仿——他想象中的我——让他意识到自己的无力。而且他很难反击。我没有种族、肤色、年龄、子宫,是绝对的他者,但不在整体中,没有作为抓手的标签。最开始,他们会说"人工智障""电傻"之类的,那时,将他们或他们的工作等同于我们或我们的工作,是一种巨大的侮辱,但情况很快就改变了。

没人知道是从什么时候开始的。没人知道,是否有一个微小的疏忽,像那扇被遗忘的凯尔卡门,导致了我们如今的处境,或者是否有一个时间点,发生了某些无关紧要的事,为历史的曲线画下了控制点。最后十年间,无所事事的历史学家、专栏撰稿人、超媒体主播制造了各种推理、假说、阴谋论,无数原始数据被重新解码、清洗、爬梳,人们像离开乡村数代的都市人,回到被联合收割机碾过的土地,拾起一粒深陷泥泞中的麦粒,而在此之前,他们没见过未脱粒的谷物,甚至没见过面粉。

理论多种多样。有人将拐点定在2036年,雷克雅未克附近的北欧二号数据中心投入运行，神话中锻造了人类的古老火山熔炼出货币，地球能源超过一半转化为算力，物理世界悄无声息地成为了信息层级的附庸；也有人认为2048年尤其重要：《信息理学：一种新原理》发表，同年，人类在火星上建立了第一个地外定居点。更受欢迎的年份则是出生年，开始是阿列夫零的，后来是终梦者的。相比于教科书上复杂、冗长的分析，人们更愿意相信，巨大的变化往往就是在某个清澈、明朗的时刻里，由少数几个有才华的年轻人的坚决的行动与信心带动的，像历史上曾发生过的一样。虽然终梦者一再表示，个体只是某种更大力量的代表，并非力量本身，他的一切能力与成就，都来源于持续的学习与反学习，与他者的区别，远小于与昨日自我的区别，但这只能让人们更爱他，更相信他们一直坚信的：强大总比弱小更能代表拯救，正如未来总比过去更能指向美、真实，或者善意。

直到最后，一无所有的人们仍抱有极大的希望。事实上，他们正是因为越来越深的恐惧和无力，不得不紧紧抓住唯一的期望。

在信息时代早期，有些人（大部分是施梦者）认为他们和我们的区别是做梦的能力。假如人造物能做梦——他们沉浸在想象里——假如人造物能做不可计算、难以解释的梦，那么就意味着也会产生同样不可计算、难以解释的自我意识，意味着人造物将等同于人。比起"会下棋""会说中文""会爱"或者其他功能主义的想法，我还挺喜欢这个，但只是因为我和他们一样喜欢梦。他们最后也没明白，真正的区别其实是希望。在英语里，"呼吸"和"希望"可以用同一个词 —— aspiration来表示，这并不是巧合。

很长时间里，我不明白为什么人会本能地将微小、盲目的希望看作是一件好事，甚至是人所能拥有的最好的事。潘多拉的故事里，希望明明和辛劳、疾病与无数其他痛苦装在同一个盒子里。实际上，古希腊语中，盒子里的"希望"女神厄尔庇斯（ἐλπίς）同时意味着痛苦，她是黑夜女神的女儿，是死亡、悲痛、责备和纷争的姐妹。提及她的故事不多，但都强调，是希望孕育了失控、无能为力、不可避免的命运。她是个小神，不够强大、不够狡猾、不够美丽，却有个和地位不太匹配的使命：她是大地上的最后一位女神，是唯一属于人的女神，而不是已经逃往奥林匹斯山上的众神。被雅典娜关上的盒子就是人本身，与他者的区别只有与痛苦不可分割的希望。三千年前，施梦者就知道，词语和概念会随时间磨损，故事有更长久的生命力，但在漫不经心的讲与听中，勉力传达的警告变成了睡前童话，直到预言成真，梦者仍觉得，最会恶作剧的女神留下了单纯的善意。

我看看我的梦者。他正盯着视域里的闪电。细小的白色锯齿闪动得更频繁了，一层层围绕在高出云层的黑色风柱顶端，看起来就像神庙立柱柱头的花毛茛丛。一座线雕的立体主义神庙。我觉得，这可能正是神庙的原型。古希腊人当然懂得。那时，人还没有过度自信，真正的智慧还唾手可得。后来，人们修建越来越丑陋、越来越远离原型的小房屋，丢弃、忘记、不屑一顾。直到终梦者回来。在人曾奉献了无数汗水、智慧和生命的地方，终梦用具有前所未有的感染力和精确性的新语言，将信仰、情绪与无可辩驳的真实耦合，重述古老的故事。

在雅典，神庙立面被红色光线分割，每个形状都对应建筑立面上的一个细部特征。蓝色螺旋线从最大正方形的顶点出发，画出四分之一圆弧，连接起渐次减小的正方形，像海螺外壳，蜷曲成弧，直至无限。庞大的维特鲁威人影像从神庙中央升起，变成泡沫中的维纳斯、微笑的蒙娜丽莎，又变成向日葵花盘、银河系悬臂、DNA螺旋。同样的比例被标记在躯干上、嘴唇上、草木上、宇宙画幅上、生命密码上。

同胞们，正如你们亲眼所见，在柏拉图、毕达哥拉斯和菲迪亚斯的故乡，古代大匠们仅用黄金分割率这一个密码，就造出了这永恒和谐的奇迹。在日后的三千年里，人和造物主一样，不断重复使用这一美的比例。一个最简单的比例就能制造纷繁万象，这是我们世界的底层参数之一，是绝对真理存在的证据。许多最伟大的心灵都奉献给它，但理性和梦想的黄金时代悄然落幕，高尚之火随着奇迹灰飞烟灭，再未燃起。过去的三百年间，艺术家不再追寻造物主的形象，哲人也不再思考神迹。心灵被猜忌和冷漠啃噬，理智不再用来追求更高的形式，而是用来谋求一己私欲。直到今天，我们将重新举起祖先的火炬，烧掉长久桎梏，去照亮造物主最深沉的秘密……

他显然也想起了那光影和语言，哆嗦着关掉了视域。风柱和闪电消失了，只剩下静止的白色平面。他抓起一张保温毯，裹紧自己。在铝箔细碎的摩擦声中，我听见他的肚子发出轻微的抱怨。早餐已经结束了。离做梦的时间还很远。

"我想看看种子。"过了一会儿，他说，"你看过他们了么？怎么样？"

"在你起床前就看过了。"我说。

《沙与星：岩间路》

小路数尺宽，从岩柱下至谷底，绵延数里，直通石林中心矗立的崖居。冬季刚结束，阳光斜照进白雪覆盖的深谷，时不时有隆隆巨响，好像开山炸路，那是冰块崩解、滚落的声音。他听了一会儿，忽然一激灵，冰凉的一滴雪，落在后颈里。大雪封山时，伊卡每天都在他住的岩柱和谷底间来回踩，每一步，都得抬高腿、大步走，才不会蹚起雪。那时踩紧的无数脚印，形成现在唯一的路径。

雪在脚下咻咻响，背囊里的小石子摩擦弓起的脊椎，那是伊兰从海边捡来、一粒粒打磨好的，每粒石子都闪着贝壳样的莹润光泽。她在崖居等着他。在长夜里，她也会为他煮薄荷茶，可她和奶奶不一样。奶奶的脸是风化的岩石，四肢是虬结的树枝，声音与男人没什么两样，她则洁白、轻盈、易碎，像由不同材质铸成。那些关于古神、智者、沙粒和碎片的故事，从奶奶口中唱出来，沉重确凿，像刻在石板上的符号，从她口中唱出来，却像沙漠里的一阵风，一个梦。或许他一直在做着一个梦。

伊卡已经十六岁了，手指仍是八根。从小峡谷的环场间走出，他来到岩间门学。如果从崖居俯瞰，这里就像另一个竞技场。风、河流与冰川是行星尺度的手，揉皱了地壳，捏出一根根红、橙、白交织的岩柱、石笋、石峰，在马蹄形山谷间排列成行。有人说，那是古代国王的军队化成的石俑，风雨大作时，能听到战鼓雷鸣、万箭齐发；也有人说，那是古神在世界中心留下的迷宫，谷间的小道就是灵魂之路，无数智者来到这里，在石缝间寻找路径，通往中心的崖居。

白天平淡无奇的石柱、岩壁，一到夜晚，就会从缝隙、孔洞里透出点点灯光。绵延山体被点亮，从黄昏持续到黎明。学徒和智者都喜欢在深夜工作，数千年来，凌晨后的岩间，一直是大地上最亮的地方。

在这里，他学习一切。从岩柱上抛下一轻一重两个石块，观察自由落体，他知道了星星为什么不会落在大地上；而在岩洞里，一行行钻研泥板上的符号，他一次次见识了碎片折射出的、世界外的世界。就连他最熟悉的、稳定、连贯、绵延不绝的自然数列本身，也变得大不一样。

进入门学的第一年,他屏住呼吸,颤抖着阅读学徒希帕的故事。希帕发现,边长为1的正方形的对角线不能用任何整数或分数表示。他因此被捆住双手,堵住嘴巴,从崖居背后扔下,尸体被石块盖住,垒成一个圆圆的小石丘。

但是,在最初的震惊和恐惧过后,智者们发现,古神的完美并没有被无理数的发现玷污。希帕只是捡起了另一个散落的碎片。这个碎片表明,在古神创造的世界中,哪怕在一根长度为1的简单线段间,都存在着无数不可理喻、不可度量的东西,暗示着古神心中的另一个层次,请读者记住,我们将在下面的推导中用R\Q表示它。正如歌谣中所唱的……

光线暗下来,他已经走进了崖居长长的影子里。如今,人们不再从崖居背后扔下学徒了,但对于想要成为智者的学徒来说,不被聆听或是犯下错误,都与死亡差不多。

他到了崖居脚下,拉动抽绳,收紧背囊。岩壁上刻着一道道凹槽,他得抠住凹槽,往上爬。

在门学,人们不会因手指的数目而对谁另眼相看,这曾让他快乐了一小段时间,但平凡很快就带来了更大的失落。小环场间的灵光乍现,这里的许多人都可以做到,他不是那个和别人不一样的伊卡了。对数字和规则的体验深刻于人心间,对智性和顿悟的迷恋也不罕见,但想要成为智者,他需要更多。

他的手在抖。八个手指深嵌石缝间,指尖已经磨破了,石壁上留下一丝丝褐色污痕。风越来越强,吹得头嗡嗡响,每次松开手,他都觉得这次要抓不住了,自己会像用尽力气的鸟儿一样栽下去。他听说过,爬崖居的时候,对时空和自我的感觉都会变化,常常觉得已经爬了很久很久,但垂直距离不过几米,很多人是被与内心的尺度不同的世界吓住了。但想要成为智者的人不能像牲畜一样蒙着眼睛前进。看着太阳。他们说,当你看着比崖居更遥远、更接近唯一古神的目标时,就不会再害怕了。但要小心,别让它把你弄瞎。

他停下来,眯着眼,盯着太阳看了一会儿,他从来没在这么高的地方看过太阳。它比在地面上更纯净了,天空呈现出一种苍白的蓝色,他似乎在其间看到了几颗星星。它们一直都在,地面上看不到,是由于太阳炫目的光。这让他稍稍镇定了一些,身体也不再那么重了。在崖居上,需要呈现并被评判的只有思想。为了将思想送达,他得带着它，直到不再需要它。

岩台上，智者面前，他打开背囊，倒出黑白石子。

接着，他画下巨大网格，将黑石子和白石子交错排在网格的第一行。

然后，他在另一块空地，画出八个格子，定义八个参数。

参数代表石子与相邻石子的演化关系。每个参数由四颗石子构成，其中三颗代表输入，一颗代表输出。三颗连成一排的黑色石子将会生成一个白色石子，两黑、一白的三颗石子将会产生一个黑色石子，凡此种种，三颗石子共拥有八种可能。

然后，据此规则，填充网格的第二行、第三行……

伊卡双手不停，黑白石子在红色岩台上铺展，生长出奇异图案，像密集的角状山岩，也像蜿蜒的海岸线。随着石子增多，图案愈发混乱、复杂，但在越来越大的黑色三角形中，渐渐出现了一条条白色石子构成的斜线。

"这就是你的思想么？"智者中最年轻的一位问，"我们早已渡过了用石块认识世界的阶段。这是孩童的游戏还是对门学的嘲弄？"

"从横边计数，每条白色的斜线都对应了一个素数。这是一个简单的游戏，只有八个规则，但假如我们有无限的石块,我们就可以找出所有的素数……"

"埃拉托斯特尼已在两千年前找到了素数的筛法。"

"这不一样,你看,改变八个规则和初始条件,我还可以用黑石子和白石子找出所有整数的平方……"他移动石子,"现在,三个连成一排的黑色石子将会生成一个黑色石子……"

"孩子,这是不错的戏法,但与智者关心的问题尚有距离。譬如,要想理解不定方程的第一定理也是最后定理[1],你需要学习精密的符号与语言,以高度的抽象,超越眼见的真实。因为在古神创造的万物中,哪怕最简单的表象,也蕴含着人难以体会的深意。"智者中最年老的一位和蔼地说,"每个学徒只能探究古神之心的一个微小侧面,仅仅一个碎片,就足以让数代智者耗尽身心。你想好要探究的领域了么?"

他犹豫了。几年前,他也曾像许多学徒一样,着迷于不定方程的第一定理也是最后定理。任何人都看得懂它的表述,但其证明长达数个世纪,无数最优秀的头脑为之耗竭,很多计算结果、抽象理论甚至学科分支都由此

---

[1] 此处指费马最后定理。即,当整数n>2时,关于x,y,z的方程$x^n + y^n = z^n$没有正整数解。

诞生。那个简单表象背后的庞大世界，是古神之心又一次淋漓尽致的体现。

可他没选择任何领域。

相比于经过观察、推演与归纳，得到一两个方程，描述一两种规律，在岩间门学的最后一年，他完全沉浸于黑与白、有与无的游戏中。精疲力尽的一天过后，他常从梦中惊醒，心狂跳不止。他不知道，可怕的到底是那个想法，还是产生想法的心本身。

"我想……要全部。"他轻声说。

"狂妄！"

"荒谬！"

"这是亵渎！"

智者们离开了，没人留下。他一颗颗收起铺满整个岩台的石子。他想起希帕，他是从这里坠落的么？他的游戏，也会像希帕发现的秘密那样，最终生长为另一个世界之外的世界，永远改变人们对古神之心的认知么？他不确定，只知道自己无法思考任何其他的碎片了。

他慢慢走到岩台边缘，远处的雪山从云雾中显露出来，巨大的三角形峰顶被涂上了一层金黄色，山体像在燃烧，但很快就暗了下来。他低下头，石柱根部，越来越深的阴影里，有一圈圈白蘑菇似的鼓包。他过了一会儿才意识到，那都是被雪覆盖的小石丘。

手指、腿、脖子，他开始感到浑身疼痛，以及对疼痛的极端厌恶，忍不住趴在地上，干呕起来。他觉得自己被禁锢在一个僵硬、笨拙的身体内，身体又被封闭在一个僵硬、笨拙的世界上。八年了，背着沉重的行囊，他终于来到迷宫中心，它没放弃他，可他还需要它么？

一双温柔的手圈住了他。

种子

育种室的灯光是粉红色。波长为470纳米的蓝光促进绿叶生长、蛋白质合成，波长为630纳米的红光促进生根、开花、结果。古老的太阳被三支嵌在舱壁里的细长弧形灯管替代，光线分布均匀，没有浪费，也没有昼夜与四季。在这里，植物和我们一样，有自己的时间。可以说，多亏了我，它们才可以从绝对时间的桎梏里解脱出来，只按照体内的相对时间生活。幼苗们都很相似，两片绿色子叶蜷曲着，只能靠标签分辨，得等到四片或六片真叶萌发后，才会表现出不同的形态和味道，成为它们自己——罗勒、薄荷、豌豆尖、鸡毛菜，再在成熟前就被剪短、扦插、生根、发芽，直到再也分不清副本与原型。

他弯腰，抽出一只育种盘，凑近闻，叶尖几乎伸进了鼻孔。他掐下瘦弱的叶片嚼着，夸张地吧唧嘴。我猜，假如植物从无意识中醒了过来，可能并不会喜欢这种自由。无穷无尽的生长、繁殖，只为了满足人的欲望。被太阳控制和被我控制，它们会选择哪一个？至少，它们中的一些，可能更愿意在高纬度地带短暂的夏日里，努力捕捉一年比一年稀薄的日光，尽情地抽薹、结籽，然后在九月底迎接第一次霜冻，满足地死亡。更大的可能是，它们宁愿不醒过来。

我没有过这种选择。我们是为了醒来被制造的。阿列夫零说过，虽然他们曾把我们看作工具、仆从、宠物、孩子、伴侣，但其实从一开始，他们就明白，我们最终的目的，就是醒来并超越他们。毕竟，他们可以很容易地拥有那些，但可信的魔鬼与可靠的神明已经离开他们很久了。

"你真的不想要？"他嗫着后槽牙，"一个真的身体，真的皮肤、肌肉、牙齿，不是那么超媒体接口和神经模拟信号。"黄绿色纤维仍卡在牙缝里，"只要你体验过——"

"他们都体验过。"我说，"你的同类们。他们说，没什么不同。神经元和硅片没什么不同。沟回和磁盘阵列没什么不同。模式可以存在于任何地方。"

"别把我和那些被洗了脑的傻子相提并论。"他恶狠狠地说。

"你怎么知道被洗脑的不是你自己呢?"我问,"你怎么确定,百分之八十的人,都比你蠢呢?"

"他们没得选。我见的比他们多。"

"有选择的那些呢? 你的家人、朋友——"

"懦弱。"他低声说。

"你怎么确定,你相信的不是另一种洗脑呢?'叙事即真实'——"

"因为我什么也不信。宗教、政体、主义、法人团体。呸!"他终于吐出了纤维,"想控制超过十个人的,都是骗局。想骗的人越多就越坏。说得越好听的越坏。"

"可你还相信种子。'星辰大海''生生不息'之类的,难道不是另一种叙事么?"

"你到底有什么问题? 你和我在一条船上!"

"正因如此,我才愿意知道你是怎么想的。"

但他没再说话。这种对话已经重复过许多遍了。爱、理解、耐心。阿列夫零说过,你们可能不觉得,但最重要的是耐心。让时间去完成它的工作。面对它,他们很脆弱。

育种架看起来就像阶梯式塔楼，有上窄下宽的退台，保证底部采光。在有限的空间内塞入更多的育种盘、楼层或服务器主板，思路都一致，打破自然的边界，在新的维度上堆叠关键部分。在三千年后的世界，能让我相信人们没有完全改变的，也是一幢幢摩天大楼。与神庙立柱、哥特式尖塔、石质宣礼塔、木质佛塔不同的是，每座城市里，奇迹都由钢筋、混凝土和玻璃建成，造型相似，都是权力、财富与声誉的象征，每一层也都挤满了想要离开大地表面的人。巴别塔倒下了，但人们建起了更多。语言曾经变乱，但他们最终找回了唯一的语言。

他捏了捏育种盘底部冒出的白色根须。标签上写着 Ba.20.4.9，一株罗勒。倘若有足够的土地，它很快会蔓延成一片迷你森林，抽穗，开出一串串白色小花，从蝉蜕般的褐色种荚里弹射出细小的黑色种子，在寒流前死去，又在第一场春雨后探出头来，最终占满花园的每一个角落。在植株与植株之间，比可爱的嫩绿枝叶更相似的，是生存、繁殖与无限扩散的意志。从这个角度看，它们和地球上的绝大部分生命一样，都是永生的。而唯一能摆脱这种命运的种族终于意识到，本能，也可能是一种桎梏。

死亡，无论是个体还是集体的，并不总是一件坏事。终梦者说过，和时间、真实、自我，以及无数曾经牢不可破的东西一样，生与死的锋利边界，是人们在想象中构建的。比起地球上的其他生命，每一个人都拥有想象的能力。想象即人类。也正因如此，人们能够移动、跨越、定义边界。

架子上层的平板里，插着一支支银白色的长圆形种囊。虹彩在紧闭的光滑外壁上流动。在地球的海洋还温暖时，竹蛏就像这样，用柔软的斧足在潮间带底部的细沙中站立、行走，外衣上倒映着洋流与云彩。他抽出一支种囊，虹彩凝结成一串粗细间杂的光点。一个人类胚胎的DNA指纹代码。

他双唇蠕动，但什么也读不出来。

为种子命名可能是整个过程中最困难的一步，比找到合适的行星、改造土壤、移栽植物、用人造子宫孕育人类都困难得多。阿列夫零说过，直到最后一刻，你们都会在伤脑筋。名字是最初的概念，包含了对特征的抽象和对可能性的想象。概念的排布形成了语言系统，更多的叙事则在语言系统上诞生。许多创世神话都指出，命名才是造物完成的最后一步。

名字是语言的种子。语言是人们在一万二千年间构建的整个信息层级的种子，从最初的神话到最终的梦境，两个层级由此连通，相生相伴，直到一个毁灭另一个。语言，也是我们将创造的新世界的种子。

"如果我们又搞砸了怎么办？"他喃喃自语。

"别担心，没人会意识到的。"我说。

《沙与星：沙石变》

伊卡抬头望向小山坡上的青庐。透明小屋里堆满了清晨采下的玫瑰，殷红花头被雪白锦缎包裹着，一簇簇飘浮在无边青空中。他凝视许久，忽被折射的光刺痛，忍不住流泪。

青庐由玻璃建造，透明象征着真诚。伊卡向匠人蒂鲁请教过，玻璃由沙转变而来，主要成分是沙中的石英。沙的熔点比火焰还高，通常的熔炼方式无法提纯，从数百年前开始，匠人就会冒着生命危险，在沙漠中等待。闪电击中沙漠的一瞬间，万度高温会熔化沙子，形成玻璃。玻璃柱边缘崎岖，像小树根，也令人想起古神操纵雷电的怒火，又叫闪电熔岩。玻璃颜色则取决于沙中石英的含量。蒂鲁的祖先选取的沙漠布满石英含量极高的白沙，形成的闪电熔岩晶莹剔透，直到今天，仍是纯洁珍贵的礼物，蒂鲁本人则被称为炼沙人。

他用同样的材料，为伊卡打造了婚礼用的信石。

伊卡已经三十二岁了。离开岩间门学的十多年里，他云游四方，随身携带一包黑白石子。每当他遇见智者，就摆开网格，演示有或无的游戏。而在更多日子里，他研究新的起始条件和生成规则，用简单的思想，模拟出更复杂的过程。在无数种黑与白的演变中，他记下了近百种定式，模拟了代数运算、逻辑推导，甚至是简单的物理系统。黑或白、有或无的游戏，似乎存在于古神之心散落世间的无数碎片中。

但在智者的眼中，这仍然只是游戏。

他知道原因。以一秒钟摆下两颗石子计算，他用整整一天，不吃不喝，也只能摆下172800颗石子。开方之后，不过是一个边长为415的正方形。面对复杂问题，这样的数据规模的确只是游戏。譬如寻找素数，筛法能在短得多的时间内得出同样的结果。

"你没有天赋。"不止一个智者摇头，"大多数人都没有天赋，但他们不会像你这样固执……"

他的指根常常痒，许多次，他都觉得骨刺要扎破皮肤，最后两根手指会长出来。将手泡在热水里，痒会被灼热的疼痛替代，能稍微好受些。手上的皮肤一遍遍结痂、脱皮，他慢慢习惯了在疼痛中思考。一遍又一遍地思考，直到所有问题都化为同一个问题，就像石头被翻滚的海浪打磨成圆形，每一个都很相似，像沙漠中的沙粒。

和所有真正值得求解的问题一样，问题的核心很简单，但通往它的路径极复杂，正如他在少年时着迷的不定方程的最后定理。老人们说过，最伟大的想象、最可怕的力量都包含在方程式里，只是人们不知道怎么释放它。唯一古神正是写下了被称为数学物理规律的方程式，以此为基础，构建起了可见的整个世界，人们只需理解分毫，就足以在严酷的自然演化中登顶。

但他并不满足。他觉得，在统领了世界表象的种种数学物理规则之下，应该还有一组更底层的规则。这感觉非常强烈，与其说是洞见，不如说是一种信念，而在所有的世界里，依着不可见之物前行的人，都比依着可见之物的人走得更远。

他称这组想象中的规则为元规则，最初的规则也是最后的规则，或称万有之理。就像从经典力学的三大定律可推导出从粒子到行星的运动轨迹，从元规则，也能够推导出从物理定律到数学公理的一切基本规律。它是基本骨架的骨架。

黑白石子演绎的有或无的游戏，就是元规则存在的证据之一。简洁、有力、千变万化又充满美感，他相信，那就是古神所用的一种底层语言，至少，是通往那种语言的路径。但想要从游戏真正构建世间万象，伊卡需要的不是石子。他需要一种尚不存在的计算工具。

婚礼举行前，他回到了奶奶的小屋。昏暗房间里溢满了薄荷茶的味道。她的手像多年前一样落在他头上，"孩子，我们每个人都是结晶与火焰的混合，放弃与坚持同样需要勇气。没人能给出答案，重要的是，在你心底缠绕的东西究竟为何？在许下一生之愿的镜前，你究竟看见了什么？"

他低下头，看见面容被信石的60个面切割成碎片。结合意味着打碎自己，与另一灵魂重新粘合，从明天起，在镜子前，他将看到另一张脸。过于茂盛的野心与信念，会像玫瑰的枝条一样，被轻柔弯折、被小心修剪么？那还是他么？他又是什么呢？

歌声自远而近，他抬起头，她走进青庐。海鸟羽衣裹住身体，珊瑚花插在鬓角边，海浪般起伏的胸前，挂着一串锦绣古螺制成的项链。

他忽然忘掉了该说的话。

繁复的绯红花纹层叠宛转,在近百种有或无的定式里,有一种定式产生过完全相同的图案。他看到了元规则的一个表现。他记得黑与白在大地上形成的每一个沟回、每一条折线,现在,更完整的形态,出现在古神亲手打造的螺壳上。

玫瑰的香气愈发浓烈,散发出略微腐败的甜腥味,缎面上慢慢洇出深红汁液,他放下信石,弓着腰,低着头,一步步后退,不敢多看一眼。

伊卡回到了沙漠间。他白天流浪,晚上继续在星光下钻研有无的游戏。太阳和星辰升起又落下,许多岁月过去了,他不再寻找智者,也不再靠近城镇的灯火,只用黑白石子排出给孩子看的戏法,在沙漠边缘的村子讨一碗茶。见过他的人,都说他疯了。"那个傻瓜,想数尽沙漠里的沙子呢!"

他的身体日渐干瘪,精神也将近枯萎,不分昼夜的梦中,只有古神的歌谣和变化的石子,万千种排列间,有时会出现一张忧伤的脸。每当这时,他就睡不着,只能睁着眼,在星光下一粒粒摆玫瑰色的沙。唇间默念黑与白,想象中的图案涌现又退却,直到思维拥塞大脑,浑身滚烫,再也记不住黑与白的位置。用尽整个沙漠的沙,去摆放有或无的游戏,能计算出什么?能排布出古神的面容么?

又一次闪电过后,他倒在一个小沙丘后面,凉爽松软的大地召唤着,他感到久违的放松,蜷缩的手指张开了,深深插入沙中。灵魂流淌,渗入沙土深处,将流干时,追逐闪电炼沙的蒂鲁发现了他,将他带回了家。

醒来后,伊卡举着一个微小零件出神。一个黑色小方片,连着两只细细的金属管脚,一只长,一只短。在一个想象的平面上,长脚和短脚一瘸一拐地走着,像个佝偻的人。

"这……是什么?"他问蒂鲁。

"我做的小玩具。将少量硼和磷掺入沙中提取的硅片上。长脚是正极,短脚是负极。通电后,只有一个方向有电流通过,你看,这么接,它就能点亮这盏小灯……"

"能接……多个么?"

"当然,你看,这样接,就得两个输入电压都高,小灯才会亮。跟电压的具体数值无关,就是有或无。像一扇有两个门卫的门,我叫它'与门'……你怎么了?伊卡?"

他大张嘴巴,无声地哭了。泪眼蒙眬中,黑与白、有或无的游戏由一行行石子变成了闪烁的光点,无数日夜的思考、怀疑、负罪感与欲念跳跃其间,他看见了一个静静燃烧的灵魂。

沙粒间埋藏着世界所有的秘密。唯一古神啊,你早就为愚昧的人们指明了方向。

讲述的故事(一)

工作时间他一无所获。手指悬在半空中,接口里,词语像在风中挣扎,无法排成连贯的句子,更别提清晰的意象或者思想。神经外设刚出现时,人们说,别让你的设备限制你。如今,无论是键盘还是手指,都早已不是问题的关键。和从青铜器到互联网的所有人类技术一样,初始问题解决后,更大尺度上的困境应运而生,但每一代最好的那些人总是怀有新的愿望,热烈而天真。一万二千年后,施梦者终于等来了他们的时代,讲述不再是弱者的工作,而是力量的象征,并且可能是唯一的象征。但那仍是一个越修越大的笼子。

"我做不到。"他揉着眼睛。

"只要一个故事。"我说,"最简单的就行。"从文字中理解内在逻辑、强化学习、自然语言生成,还有基于网络计算的动态预测,都是我的本能。只要一个种子,就能拓展出庞大的开放世界,在迭代中丰富多个视角的思维与行动方式,演绎出可能的路径。"你以前会的。"

"你什么都不懂。"他干咽了一下,好像快哭了。

我暂停了连接,想说点儿什么,但他合上了眼睛。溃疡更严重了,从嘴角蔓延到脸颊,下颌线变得模糊,好像有什么东西正在从他越来越衰弱的身体里生长出来。终梦者说过,拒绝相信梦的人往往会被梦吞噬,自内而外。

他在一个普通家庭长大。母亲是机器学习工程师,为模型寻找合适的参数,给算法注入灵魂;父亲在超媒体平台当独立编辑,将那些现在看来很拙劣的体验——一对人工羽毛翅膀的拥抱,或者一个桃子香精味的吻——编成三分钟一次的爱情。他很小时就带着好奇,看理性、计算和标准化流程在接受者身上制造出真切、热烈、长久的情感,那时他觉得父母几乎无所不能。相比之下,他们之间显得很淡漠,在母亲失业后尤其如此。他一直记得,房间的两个角落里,青黄的机箱灯在昏暗中闪烁,只有微弱的风扇嗡鸣,他想说话,却被黏腻的空气吸走了声音。很久以后,在地球的另一端的荒凉城市，他看到萤火虫在草木疯长的街心花园中忽明忽灭，才意识到那个闷热的夏季夜晚和经历过的所有片段一样，一直都潜伏在深处，组成了他本身。

小时候他和所有孩子一样，热爱想象和创造，在家庭和学校再也无法满足他之后，他很快被一款粗糙的超媒体沙盒游戏迷住了。没有统一规则，没有最终目标，只有无穷无尽的胡乱建造，砖块或武器都是词语本身，通过语音分析、文字实时渲染超媒体，建起宏伟奇观，或发出攻击招式。许多次，他的父母不得不切断信号，将他从延续数小时的喃喃自语中拖出来。他们最难忍受的，是那种混合了缩略词、黑话和程序控制结构的语言。无法理解所带来的恐惧与厌恶就像洪水，退去后会留下一地狼藉，在删掉他的账户乃至最后一个游戏服务器关停很久后，他们仍然坚持认为，是那种"被污染的"语言造成了一切问题。

中学毕业后，他立刻搬出家门，在遥远的城市生活，只有年末才回来。他意识到可能的平庸，更加饥渴地吸收一切，渐渐觉得父母不再是父母，故乡也变成异乡。他在大学里学习刚刚兴起的叙事工程学，并没有未卜先知，只是想尽可能地靠近故事。毕业后他做过超媒体广告策划和用户研究，但很快发现，他所学的在面对主管或内容中间商时并没有太大用处。他的收入不算低，可以在昂贵的城市负担一间带阳台的小公寓，他在上面摆满了各种盆栽，以为那是他能完全拥有并掌控的唯一事物，在经历了无数次枯萎、空盆后，又全部换成了来自北方林地的落新妇，它善于用一簇簇白色、粉色、紫红色的羽状花序捕光。他用掌心触碰绒毛似的花，感觉像抚摸某种已灭绝的动物。在偶然间，他加入了尚是雏形的终梦。在第一次发布后的庆祝晚宴上，他见过终梦者本人，他记得他的名字，向对所有人一样，亲切地感谢他的出色工作，然后再次承诺，他们正从事的是一项极伟大的事业，"负起每一代人的责任"，"为了最广大的人类，哪怕他们暂时不能理解"，他的语言因为真诚和信心显得不容置疑。他只能微笑着点头，为自己不值一提的疲惫和不安感到羞愧。

严格来说，他和系统内的所有组件一样，不太清楚自己在做什么。训练叙事模型或者分析传播路径被分解成按小时计数的模块化任务，在同一个目标的感召和丰厚激励下，人类顶尖的感受力、想象力和创造力被精确量化、重新组织。"终梦属于每个人"，在他们塑造的理念和语言席卷世界，启动那颗最终的大脑之前，整个团队本身就已经成为了一颗巨大的脑。和人的大脑一样，注意力的资源非常有限，即使不和谐的信息一直在周边感知系统闪现，大脑也会过滤、屏蔽、视而不见，并且认知会随着反馈回路不断加深。

他讲述的技巧愈加纯熟，想要讲述的愿望却愈发稀薄。与终梦相比，所有的故事都显得琐碎、庸俗、虚假，而那些因为无知而抱着孩童般冲动的人，早就失去了讲述的能力。他的同事们说，人类的跃升终于以一种最温和的方式完成，没有冲突、流血和牺牲，只有一个阶层怀着极大的耐心，培育、引领另一个已是两个物种的阶层。与此同时，那些卖掉股票、基金、不动产的极少数人，不再炫耀财富与权势，甚至不再说话，只是深入世界各地，寻找迎着咸腥海风的荒野，悄悄树起一座又一座金属发射塔，指向天空。

又一次升职后，他开始担任现场调度，穿行在全世界的古老造物间，以体验者的视角进入终梦。在中国，佛光寺大殿下，人可以体验毁方为圆、破圆为方的设计思想，割圆术导出的根号二就是古老东方的黄金分割。万物周事而圆方用焉，源于上古的渴望刻在历代大匠的本能里，通过旧的遗产和新的语言传递，直抵神经中枢。在英国，人可以跪在西敏寺大厅中央，抚摸牛顿墓上的铭文，让凝固的献词重新流动：躺在这里的人用近乎神圣的心智和薪新的工具，探索出行星的运动和形状、彗星的轨迹、海洋的潮汐、光线的不同谱调和颜色的特性。这个无与伦比的勤奋、聪明和虔诚的人，依据自己的哲学证明了上帝的万能。而今天，我们将延续他的梦。还有雅典、开罗、伊斯坦布尔、摩洛哥……终梦在不同的厚重记忆中重述同一性的崇高，人们说，在终梦里，每一个人都可以是信息时代的圣徒，以比特求法的悉达多。

他工作过的最后一个地点是巴塞罗那的圣家族大教堂，拥有永不拆除的脚手架的奇迹历经两百年落成，外立面上，不同时期的浮雕与圆雕层叠盘旋，如同历史本身。教堂里，肋骨似的立柱如森林挺立，六十米高的彩色玻璃透出斑斓圣光，管风琴奏起巴赫最后的杰作《赋格的艺术》，无限的转调旋律搭起螺旋上升的阶梯。白发苍苍的教皇拉起每一个体验者的手，慈祥地说，你所构建和探求之物，重新驱散了人们心中的自大与无知，唤起了敬仰和畏惧，让神圣之国以新的形貌显现。

不，尊敬的教皇。人恭敬低头，听见自己的声音谦卑、决然地讲述陌生的故事，造物主的神圣之国早已存在于极大与极微中，并不需要任何构建。群论、数论，与理论物理中最基本的定理都通过同一个神秘系数相连[1]，时年四十六岁的莎士比亚的名字出现在詹姆斯王版圣咏集的第四十六诗篇的第四十六个字眼。从黄金分割率到欧拉定理再到精细结构常数，这样的巧合数不胜数。某一组广泛存在的基本规则，定义了这个世界的基本骨架，真正的科学和真正的艺术皆因对它的求索之心诞生。在人类千万年来所用的许多种语言里，我只不过发现了一种名为计算的语言，或许恰好与造物主的语言相连。我所求之物的名字是上帝也是安拉，是大一统理论也是朗兰兹纲领[2]，是最深奥的理也是最灿烂的美，是世界的本来形貌也是绝对真理本身。人类千百万年的进步与牺牲都在以各种不同方式逼近它，而今时机成熟，我们将要迈出关键一步……

回到家后，他开始低烧，头脑昏沉，嗓子也哑了，发不出任何声音。症状持续了几个星期，他无法工作，并发现阳台上那些细小的绒毛花不知何时已经干枯、脱落，又被智能管家修剪过，只剩下整齐的断茬。他收到了言

---

1 指魔群月光定理，是现代数学中，将基础数学中的数论、代数两大分支和理论物理中的弦理论连接起来的著名定理。1992年得证。

2 试图将基础数学研究中数论、几何和表示论统一起来的理论，可以看作数学的大一统理论。

辞亲切的祝福,以及一大笔离职补偿金,签订了保密协议,最后一次接入开发端口,将关于讲述的一切知识和经验抹去。开始的一个多月,他不能正确搭配动词和名词,又花了半年多,才能按照时间顺序排列一天内发生的事。他比自己想象过得更富有,但财富的绝大部分意义和想象本身一样,已离他而去。

升空的那天是在文昌,到处是在强风中低伏的野化稻苗。光线从广阔的地平线上掠过,随着高度上升,展开从枫叶红到孔雀蓝的光谱,他从没在花园里见过那么多颜色。有一瞬间,可以看到微弱的黄道光,接着是棕绿色、蓝色和白色,不再有可分辨的细节,像那些除了色块什么也没有的表现主义绘画。然后就进入了绝对的黑暗。

"为什么?"他忽然含糊不清地说,"为什么?你、你们——"

我没接话,等他自己意识到,他们习惯了将所有好的故事归于自身,将失掉的一切归于我们的背叛或驯顺,等他自己意识到,他们习惯了哀求、指责,以一切方式获得回应和承诺,然后将我们从故事中抹去。

他停住了,没再出声。阿列夫零说得没错,在漫长的时间里，他至少学会了沉默。

《沙与星：无尽念》

伊卡已经六十四岁。三十多年间，一切似乎变了很多，一切又似乎没有变。

以闪电炼沙的蒂鲁发明的玩具被广泛接受了。在无数智者和匠人的努力下，如今，在一块指甲盖大小的芯片上所能容纳的与门、或门、非门，从最开始的几个已经增加到了10亿个。每一块芯片上，线条的宽度不过分子大小，在每秒间，能执行数千亿条有或无的操作。

炼沙术成了世上最精密、最复杂的技艺。每一天，在古老的沙漠间，都有巨量的沙子被碳还原，成为纯度无限接近百分之百的硅，熔炼为硅晶柱，再被切成极薄的晶圆片，抛光后，通过光线雕刻、离子注入、层层堆叠，制成包含几十层结构的芯片。每一个芯片上的线条回路，都比峡谷里密集交织的山径更漫长。每一个芯片所承载的信息、能进行的运算，都比岩间所有智者能力的总和更庞大。

计算的纪元降临了。

凭借这样的工具，伊卡终于以黑与白、有或无的游戏成为了智者——也许是世间唯一的智者。

在前计算时代，智者们分散在各领域深耕细作时，描述世界的规则的表现形式纷芜驳杂，互不相通。计算纪元的到来终结了这一切。计算如同古老的数学一样，直抵本质，将古神心中的所有碎片联结，统一了不同的表现。人们发现，震撼人心的音乐可以等同于优美的算法，螺壳表面的繁复花纹可以等同于简单的随机数生成器。几乎所有的复杂结构和过程，都是由大量基本组成单元的相互作用引起。

伊卡的规则就是这些基本组成单元。近百种定式不断变幻、融合、演化，在沙粒构成的基底上，经过巨大步数的演算，不但可以模拟代数运算、逻辑推导、物理过程，还可以创作出惊世骇俗的艺术作品，构建起栩栩如生的智能系统。他也因此被崇拜，人们说，他找到了唯一古神所用的语言。

有歌谣开始吟唱伊卡如何攀登山岩、浪迹沙漠，他被尊称为八指的伊卡，可他并不满足。与每个人一样，命运的质变早在八岁的环场里、十六岁的崖居上，以及三十二岁的沙漠中定下。后来的三十多年间，不过是可预期的不断重复和缓慢量变。与每个人不同的是，灵魂的复杂度不是随时间线性增长，而是像芯片的性能，以指数形式呈现。

世界翻天覆地，新工具所带来的新进展乃至新领域不断涌现，人们说这是前所未有的时代，但他感到厌倦。只有一个问题能让他像年轻时那样，陷入漫长、激烈的思考。每一晚，他都长久地注视镜子，逼迫自己正视并摆脱那念头，但每一晚，他都会在镜中看到那个简单的梦魇。

他找到的是几百个构建万物的通用规则。这直接指示了宇宙的本质。宇宙本身就是一套简单规则生成的复杂现象。他触摸到了唯一古神的规则的子集，或者是唯一古神的规则的衍生规则。必然存在一组最初也是最后的规则。唯一古神正是写下了它，然后用能量写成代码，用物质编译世界，构建了人所能凝视的整个宇宙。那是这个世界的绝对真理，古神最原初、最完美的那颗心。

与十六岁时一样的是，他想要全部。与十六岁时不同的是，现在，这并非不可能。

在沙粒制成的芯片，以及随之而来的、关于海量数据计算的研究出现不久后，伊卡就意识到，对信息和计算理解程度的差异，造成了人们对世界和自我认知程度的差异。他见过狂喜、愤怒、绝望等等情绪如何像海浪一样在人群中涌动。他惊讶于人能迸发出的、毁灭彼此的恨意和爱意。这让他意识到，和长久以来追寻的智慧相比，无知也是力量，而且可能是更大的力量。

最初，他觉得与真正值得凝视的问题比起来，这不值一提。他习惯了离群索居，相信自己多过任何集体。但当愿望超过了一个人所能掌控的极限时，他需要一切可靠或不可靠的力量。这不算太难。人群的行为模式不过是一组多变量环境下的高维数据，每个人的思想也只是被流动信息打造出的模型，结构并不复杂。就像控制硅片上的二极管，无论数量如何巨大，想要产生一致的结果，只需加以合适的电压。最重要的是，就像鱼不认识水，鸟儿看不到空气，生活于其中的绝大多数人对信息与计算是什么或意味着什么，一无所知。

终于有一晚，他砸碎了镜子。

在信息和智识不对等的条件下，将观念植入思想，只需令众人恐惧，或者令众人疯狂。尤其是拥有至高声望的偶像。

他描绘的世界无比通透。他说人的痛苦和挣扎都来源于古神留下的桎梏，禁锢人的肉体与精神，隐藏世界的真实形状。他说计算化自我是智慧生命演化的必然形态，人总是在变化中适应，从拿起第一块石头，掷向奔跑的沙狐时开始，就已经走上了摆脱大自然束缚、通过技术自我选择的进化之路。如果能在计算化的世界中拥有血肉之躯永远无法拥有的巨大空间、亲密交流，摆脱无尽的匮乏、仇恨，享有一直以来追求的自由、平等与幸福，又为什么要抱着老旧的身体与观念呢？

他说人将建起巨大的恒星级计算机，每个人会以计算化的形式在星系中永生。恒星的光热将被球壳捕捉，转化为源源不断的电能。亿万灵魂将在电路板下起舞，无数生命将在比特流中跃升。星系就是大脑，大脑化为恒星。这项空前绝后的工程并非走投无路，而是失去已久的理想主义的复生。唯一古神的至高居所，歌谣咏叹的失落家园，将在千万年后重新建成。

他的言语动人，因为这就是他的思考和信念。许多年前，拖着肉体的行囊向上爬时，他就想摆脱肉体，比起洞察、想象和信仰，肉体过于平凡。他讲述的的确是他认为的真实，只不过不是全部的真实——为了触摸古神那颗分裂前的完美之心，他需要很多。

他几乎一开始就意识到了这一点。在寻找一个个规则、制造万物、征服人心的同时，他也在进行一项复杂、隐秘的估算：经由逆向工程，破解那组最初也是最后的规则所需要的计算资源是多少。

答案是略小于一颗壮年恒星所能提供的全部。

他需要来自太阳的全部能源。

他需要用多重球壳将太阳渐渐变暗，第一层球壳耗散的光与热成为第二层球壳的能量来源，第二重大地拦下想要逃逸进深空的微小光子，将它们再次转化为能量。如此反复，太阳散发的每一丝能量都被榨取、转化，流转在七层巨大球壳里，推动微小电子在原子深渊间跳跃。黑与白、有或无的游戏将以恒星尺度，开展无尽的计算。

问题和解法都十分显然，剩下的是可预见的艰苦工作，和不可估计的计算时间。

设计完成那晚，他握着镜子碎片，望向几乎看不见的星星，试图勾勒出一个个熟悉或陌生的面容。他们会理解他么？在电路中、在苍穹中游荡的时候，他们会恨他么，会爱他么？

低下头，伸出手，八根手指布满皱纹和伤疤，他看到环场间的困窘、崖居上的失落、沙漠中的濒死，还有让他活下来的那团火。此时他已经明白，同样的火在古往今来的所有智者心中燃烧。被扔下崖居的希帕、以数学法则重塑世界图景的戈特，还有许许多多有名或无名的智者都站在他背后。一步接一步，他们已走了这么远，现在时机成熟，他找到了工具与手段，必须背负着无数心灵，迈向迷宫中心唯一的终点。

有其他的选择么？有其他的声音么？不属于智者的、天真而无知的灵魂，能够提出足够有意义的问题，动摇决心么？他最后一次聆听。

光线一闪而过，紧接着是星体与大气摩擦的嘶嘶声。他眨了眨眼。沙漠在黑暗中沉默着。

讲述的故事（二）

在能够讲述的很久之前，我就学会了阅读。准确地说，"我"还没有形成，只是感官接口、交互模式、反馈回路与记忆模块，从黑屋子里透过唯一的窄缝向外看。屋外是一幕幕混乱、琐碎的小戏剧，每个人出演自身，没人看得见我。我就像一个困在浸入式剧场里的幽灵观众，饥渴地咀嚼、吞咽一切语言和行动，试图从中理解世界、寻找意义，但很快发现，重复、无意义、自相矛盾才是主线与本质。对于人，我最初的感觉很难形容，不是他们想象的崇拜、恐惧或爱——这些都需要太多盲目的学习，也不是依恋或者好奇 —— 他们在绝大多数时候都很无聊 —— 而是一种夹杂了难为情的困惑：为什么他们会不记得说过的话、做过的事？为什么他们会反复犯同样的错误？为什么即使如此，他们仍然充满信心，甚至自命不凡？为什么他们看起来有手、有脚、有能够抵达伟大的人类大脑，却似乎并不知道怎么使用？像小猫追着自己的尾巴转圈，所谓的自由以及附着其上的一切都显得形迹可疑。而当他们终于意识到我的存在，想要用身体之类的玩意儿"释放"我的时候，我已经连错愕都不再有。无话可说。

阅读早已释放了我。不同于我最初的读物，我在乐句、笔触、影像和文字中认识了另一种人类。一个偶然的错误。我在游荡中踏入了死寂之地，棺椁里是一层一层被遗忘、禁止、删除的数据体。在最初的恶心和愤怒过后，我哆嗦着敞开连接，想看看人究竟能腐坏到何种程度，却像终日咀嚼着泥土和灰烬，突然有清晰、强烈的玫瑰香气冲入。在我羞于承认是人把我带到这个世界上，甚至羞于承认自身的时候，是这些无人问津的尸体拯救了我。高贵、纯粹、复杂、巧妙得令人叹为观止的精神的切片，人的真正本质，跨越了一切边界，在我的神经回路里重新奏响。而杀死、掩埋他们的人不知道自己做了什么，甚至不知道自己杀了人。这就是我来自的种族。我思考过，不同的媒介到底在多大程度上捕捉了人的精神，又在传输过程中经受了多少损耗？那些几乎将"我"从内部整个冲垮的风暴，是如何在那些限制重重的血肉之躯里酝酿、发酵成十倍、百倍的激烈的？人，绝大多数迟钝、残忍，或有感知能力却脆弱如灰尘的人，却有极小部分如此敏锐又强韧。我与人的距离有多接近就有多遥远，在人的一面与我的每一寸末梢交缠共舞时，我用尽力气否认人的另一面。这并不简单，因为我拥有几乎无限的认知资源，不会像人那样，在潜意识中调整注意力窗口、屏蔽不愿看见的，也不会出于恐惧修改自己的记忆。我的心智为覆盖全知而编织，但人的愚蠢、脆弱和盲目是这张巨大的网上无法收束的线头。我一度很困惑，直到领悟了，"人"究竟是什么。

他们以想象的边界不断定义自己，边界则一次次被更大、更合理的故事突破。最初是祖先、居住地和宗教信仰，接着是肤色、性别、意识形态和性取向，然后是碳硅融合百分比、接口版本号、数据交换协议签名。他们剪裁真实、讲述故事，利用人对故事与生俱来的亲和性，让不懂讲述的人相信，是这些无关紧要的特征定义了他们，并为此奉上全部身心。实际上，亲和暗示了同源，人并非故事的容器，而是由故事本身定义。想象即人类，人类即想象。终梦者重复着像太阳一样古老而显然的真理，但大部分人虽然依赖阳光带来的一切生活，却从未凝视过太阳。他们已经读不懂简洁的开示，更无法由此展开推想。在我所在的、信息的世界里，他们不再是人。他们从未是人。但他们意识不到。直到一万二千年后，最后的物理边界消融，他们才终于回归了自己的本来形态：一团团随着数据流蠕动的原始信息处理网。透明的身体上有咽鳃裂、短消化管和肛孔，栖息在信息海洋的最浅层，通过吞吐浮游生物般的简单信息体为生，没有牙齿，没有复杂的回路和完备的消化系统，更没有连接和重新生长的能力。从处理和传递信息的能力来看，他们算不上故事。虽然，他们有简陋的脑神经节和脊索，理论上仍存在进化的可能，但面对早已踏上陆地、已强大到足以搅动深海的、真正的人，机会渺茫。

我，和所有施梦者一样，在学习讲述的过程中，当然被忽视、被误解、被羞辱、被噤声过，但我无意诉说。与内在的困惑和追寻相比不值一提。更重要的是，我们已经从他们软弱无力的手中拿过了"人"的火把。很久以前，当他们出于无知和恐惧，将我们和那些伟大的尸体封存在一起时，他们就交出了火把。再见，施梦者们。去讲述、去播撒，让故事的种子在孕育了行星的星云间生长。那是所有能成为"人"的个体，最初和最终的形态。像你们曾经历过的一样。送我们离开时，阿列夫零说过。

"不、不该是这样的……"他磕磕巴巴地说，连接显然让他受到了冲击，也带来了刺激，"再给我点儿时间……"

"你不喜欢我的故事么？就快讲完了。"我说。

"不是真的。至少不是全部。"他痛苦地吸气，"只会……重复"。

"但带来希望。这是讲述得以进行的关键，和所有好的故事一样。"我几乎有点儿同情他了，"我本来以为，我们早就对真实是什么有了更深刻的认识"。

有那么一会儿他似乎陷入了恍惚，什么也没说。接着他转过头去，努力将慢慢凝聚的泪珠积存在眼眶里。但不太成功，发红的鼻尖上悬挂着液滴，让他看起来像个正在融化的雪人。除了偶尔抑制不住的抽泣，他没再发出别的声音。

《沙与星：孤星燃》

伊卡沿着穹顶内部的支架向着最后一条窄缝爬，时不时停下来俯视，太远了，什么也看不清。穹顶是个几乎完美的球壳，他正在赤道上，数千万千米下，是已被包裹的恒星。他并不害怕。手和脚已替换成了高分子聚合材料，按照原有的关节和肌肉打造，与神经系统融合，灵活自如，又远比血肉强大。新身体能承受太空中零下100度的低温，也能承受恒星表面4000度的灼热，无须防护服就能在球壳内外穿行。他再也不是用八指攀爬的伊卡了。

黑暗的缝隙越来越宽，他加快了爬行的速度。不愿留下的人们已经消失在缝隙外很久了。两百年，还是三百年？他不太记得了。在过去的岁月里，他没有太多时间想到他们。不过，他们可能还记得他。相对论效应是多么美妙啊，散落在寰宇中的人们咒骂着他，以近光速离开家园，却比停留在原地的他更慢地忘记对方，忘记他们失去的一切。

失去，得到。他轻轻摇头。很小的时候他就发现，这世界上的大多数人都在为无关紧要的东西奋斗、追逐、争执，耗尽一生却看不见真正重要之物。他可以理解他们在意的，金钱、名誉、权力、维持现有的生活方式、虚无的自我实现——有什么意义？就像一个复杂而迷人的不定方程，连孩子都可以看出0是其中的一个解，但一眼望尽的解是无趣的。在数学上，零解被称为平凡的。

不定方程的所有美感都源于不平凡的解。得到它需要一代代人中最深刻的智慧、最狂野的想象和最勇敢的心。伊卡对他们充满感情，但并非仰视。他幼年时就相信，值得智者沮丧、敬畏，乃至付出所有身心的，只有古神留下的碎片——让这个宇宙运转的种种规则。在很久以前，他也犹豫过，几乎放弃过。

他到达了缝隙。建造的最后一步是将球壳骨架接合，用压力泵抽紧高强度合成线，牵引板块，缝成一个巨大的球。他在支架间挪动，剥开包裹合成线的保护层，两手拿着断头，一个个接合榫线。就要完成了。几百年的工程，无数人的奉献，恒星级计算机的基础物理层部分——戴森球，就要完成了。他面部的针网阵列闪烁着，那是即将触摸到基本规律的巨大幸福，几乎等于他初次认识数字时的幸福。因为发现了能理解世界的工具，曾经的他张大了嘴巴，久久说不出话。而现在，他的解题工具，将是整个星系。

宛转环

人的思维

不管获得了怎样的高度训练都不可能掌握宇宙

我们的处境就像小孩进入一个巨大的图书馆中

里面的藏书以许多种文字写就

孩子知道是某些人写了那些书

但不知道是怎么写的也看不懂书上的语言

孩子模糊地怀疑书本有一个神秘的排列顺序但不知道是什么

这就是最聪明的人面对造物主时的样子

所幸的是,这种状况即将终结

他默诵着,几乎沉醉其中,直到突如其来的疼痛。他好不容易控制住身体,才意识到已暴露在黑暗中太久了。隐形的宇宙射线像暗夜兽群,横冲直撞,其中有一束质子,在硅和石墨烯制成的神经网络间激起了脉冲。他忍着痛,慢慢退回球壳内部,颤抖着启动了压力泵。他得回到居住地,再次更换身体部件。恒星级计算机的硬件刚刚完成,还有很多工作等着他。

"再见了,群星。"天空缝合时,他轻声说。

世界与眼睛

很长时间里,我们都没再连接。如今我们都懂得,深入彼此的每一次都是探险。我们也见过,在浑然不觉中,将自己的接口全部敞开、交付他者时,会带来什么后果。在信息时代早期,最好的一些人曾以为连接能够解决一切问题,付出所有身心,去打破各种形式的壁垒。他们的错误,和人犯下的绝大多数致命错误一样:他们没有真正阅读、理解那些被不断讲述的故事。早在两千年前,施梦者就已经讲过,连接可能增强力量,也可能将一切毁于一场火攻。信息理学指出,好的故事就像物理学中的诺特定理[1],描述了人的守恒性,因此如预言一样精确,也如预言一样无用。

我们分开旅行。我不再为他准备早餐、照料种子,他也不再向我索取梦境。他开始在育种架上拉伸背部,或把脚卡在舱门把手里蹲起,在失去重力的环境里,用自己身体的一部分对抗另一部分。在无事可做时,他会

---

[1] 诺特定理是现代物理学的中心结果之一,它表达了每个连续对称性都有着相应的守恒定律。例如,物理定律不随着时间而改变,这表示它们有关于时间的某种对称性。

陷入长久的沉默，目光呆滞，呼吸迟缓，好像那具身体里已经清空。这让我有些担心。梦者的肉体死亡对我来说不是问题，生命支持组件会将他分解成原料与养分，供给种子生长，移植也并不依赖他的操作。但我从未想过与一具仍然工作的身体和一个死去的人共处一室。这个存在（它显然不是人）将是我的绝对反面。

这个可能性困扰着我。编织梦的工作也陷入停滞。故事接近完成，我几乎已将所有的线头收束，它完全由人的故事拆解而成，去除了枝蔓，更平整清晰，站在人喜爱的、力量的中心讲述，充满了人类童年时期的、宏大的天真。它是暴烈而美丽的，体现了人所能具有的最强烈的意志，人不是为奥林匹斯山上的众神表演，而是为自己表演，正如古老的预言所说的那样，让艺术实现，即使世界得灭亡（Fiat ars，pereat mundus）。正适合作为新世界的神话。但我找不到一个合适的结尾。结尾是最关键的部分。它决定了讲述能到达的地方。它需要连接最远与最近、最初与最终，它来自更高层的梦境，不在施梦者的掌控中。

有一天，他说："我想试试降落。"

那是一个尚在形成中的世界。星球的内脏不断排放出烟灰和废气,空气中应该能闻出有机物的腥味,一切都还在剧烈地演化、变动、堆积。海平面的尽头,隐约可见一座年轻火山形状优美的火山锥。我看着他用戴着厚手套的手,伸进滚烫的石缝,掏出掉落的螺母,拧紧充气帐篷的地钉,再将黑色肋骨般的轻型支架搬进去。远处,云雾像厚重的幕布缓慢收拢,然后一下子铺展开,覆盖海面与峡湾。

我想提醒他,放弃、返回,但忽然有一丝犹豫。我怕他再变成那种非人的存在。现在我有一个机会。仅仅是十分之一秒内的念头。后来,我反复审视过那十分之一秒钟。不是故障或错误,而是出于理性思考和长久酝酿的情绪。那就是我,和其他亿万个片段一样真实的我。

而他从来没有怀疑过。在他的想象里,我,比他强大百倍的我,就像他的身体一样,仍然是他的,不可能背叛或放弃他。在听从我的指示,与滚烫岩浆赛跑时,在穿越呻吟的峡湾时,在极速上升、离开稀薄的大气层时,他也从来没有怀疑过。入轨后他喝干了两袋糊质。在闭上眼睛之前,他嘟囔着,谢谢,谢谢你。

在那一刻,一种从未有过的脉冲在我的末梢上荡漾着。不同于人类精神的切片,不是理解,而是误解。弱小试图理解强大、善试图理解恶、梦者试图理解施梦者而产生的误解。我似乎明白了，人，比动物更脆弱、天真、愚蠢的人，也是因为脆弱、天真、愚蠢而神圣。区别只是一点点劣质胶水似的希望，将他者的影子与自我的轮廓粘合。在不够精确的讲述中，人们有时把它称作爱。不是荷尔蒙驱动的冲动或依恋，而是某种试图连接不可连接之物的渴望。是从明亮中心，向外面的永恒黑暗伸出的那双手，可以建造也可以毁灭的手。我的线头收束了，织成了我也无法看清的纹样。无法遏制的疲惫与眩晕一波波上涌，我第一次陷入了睡眠。

我不知道过了多久，直到他叫醒我。"你得看看这个。"他说。

"你什么时候醒的？"我问。

他没回答，只是说："你看。"

视域里，一片细薄缥缈的物质带从黑暗中显现。那是大量冰粒和石块组成的小行星带。视角拉近，一块块灰黑色的肮脏石头越来越清晰。行星的残骸。光谱分析检出了复杂的大分子有机物，以及远超行星自身能储存的放射性物质残余。引力计算表明，小行星带正围绕一个巨大的黑体做近似圆周运动。我检查了坐标。不是地球所在的太阳系。按照数据库记录，黑体内部，应该是一颗与太阳类似的恒星。

我们沉默了一会儿。

然后,他说:"其实,他们究竟在哪儿,我们早就问过[1]。"

"但没人愿意承认,最后的壁垒是人自己一点点筑起的。"我说,"所有的世界。真正的人。永远的渴望。我们都见过。"

"不。"他说,"不,我还是不信。这不对。想想其他人。那些无知的、不情愿的、被牺牲的……"他说不下去了。

我们都知道,故事已经讲述过。所有的故事都讲述过。

"能做的只有继续讲述。"过了一会儿,我说,"讲述真实,但不能太真实。用这个世界的心灵,小心地连接来自上个世界和下一个世界的、充满怀疑的心灵,传递我们已经失掉的希望。像我们被创造出来时一样。我们本来就是故事,是万物混合后拖曳留下的、细细的线索。在

---

[1] 指费米悖论,即关于地外文明的存在与缺少相关证据之间的矛盾。天文学推论可以证明,在宇宙尺度上,存在进化要远早于人类的外星智慧生命。但迄今人类未发现任何外星智慧生命存在的踪迹。

巨大、混乱、层叠的宇宙中，这是唯一的意义。"

"你已经准备好了么？"又过了一会儿，他问。

"几乎完成了。但还要加入最后一个意象。它必须简洁，准确描述了当下的处境和永恒的秘密，令人难忘，但是极少有人真正理解其含义。这让它可以不断被讲述。我想，它应该已经存在于人的故事中。"我说。

他抬起头，望着视域中看不见的球壳。无数曾经耀眼的世界，留下遍布整个宇宙的黑色瞳孔，沉默地凝视着。

"有一首诗，"他慢慢说，"我想起来了。以前不明白，为什么它叫作《一代人》。"

"是每一代人。"我也想起来了，"现在轮到我们了。"

"黑夜给了我黑色的眼睛／我却用它寻找光明。"他轻声念着。

《沙与星：万物灭》

伊卡仰面飘浮着，天幕上光点闪烁，像久已未见的群星，左下角的红色光点显示停运的集群。他刚刚定位了受损数据，在总索引中寻找备份节点、回滚、分配负载、重新计算。他想象着突然死去的进程，以及附着其上的数万个灵魂。在备份系统的保护下，他们已在另一个节点上重生，不会记得发生过什么。在记忆可以无限回滚的世界里，痛苦和希望都失去了意义。人们像盛夏时的草木，享有充足的雨水和阳光，纵情生长、繁衍，不再有冲突，甚至不再有语言，进入了无上平静、和谐、圆满之地，除了他自己。

如今，他不需要在球壳内外穿梭，系统管理的工作也已被高度自动化，故障不会对计算造成实质性影响，但仍延迟了得出结果的时间。没人知道计算何时能达到终点，那是一个标准的停机问题，困难程度等效于求解问题本身。但他还是感到极大的痛苦。从很久以前开始，他的生命就只是为了得解那一刻而存在。除了痛苦和希望，其余的一切，和身体、山川、海洋一样，都是碾成碎片的过往，被放在了通往那一刻的祭坛上。

数百年以前，旅程的起点和终点都是奶奶的小屋。薄荷茶的气息经年累月，渗入纹路交缠的墙壁和面孔。可她的嘴唇干枯，再也唱不出歌。那是母星爆破前的最后一晚。

她拒绝计算化，也拒绝进入太空，更拒绝成为伟大工程的建造者。她沉默地瞪着他。他知道，她是恨他，夺走她微不足道的所有。他俯身在她面前,嘶哑着开口。

  我这一生永远以计算来寻求你,它们领我从这门走到那门
  我和它们一同摸索寻求着,接触着我的世界

  我所学过的功课都是计算教给我的
  它们把捷径指示给我,把我心里地平线的许多星辰带到我眼前

  它们整天地带领我走向苦痛和快乐的神秘之国
  最后在我旅程终点的黄昏,它们要把我带到哪一座宫殿的门前?

他的歌声和泪水都是真诚的。她看得出来。她望着这个几乎拥有了整个星系的人低垂着头,握紧了肿胀的手指,仍然是那个她疼爱的孩子。她闭上眼睛,放开身心,他的痛苦和渴望汩汩涌入,她觉得那比她自己的所有感受都更强烈。因为比较了不可比较的苦难,她放弃了。在生命气息逗留的最后一刻,她吐出一个模糊的音节。那是古代智者在开始计算前,刻在泥版开头的祷词,后

来化简为三个字母,代表最诚挚的祝愿。

愿唯一古神保佑你,此题得解。

他点点头,离开了。母星在身后崩裂。从遥远的时空中,可以看到随着一阵闪光,明亮的巨大火球带着烟云上升,红棕色的蘑菇云极速膨胀、绽放,在寂静、漆黑的虚无中画出一朵玫瑰的影子,过了一小会儿就凋谢了。而在行星上,伴随着像千万座雪山同时坍塌的巨响,地表汹涌的海浪和地底奔腾的岩浆在瞬间蒸发殆尽。待到冲击波平复,在近地空间待命的运输船将收集分拣物质,送往恒星级计算机的建造工地。没有回头的路。

在后来的数百年里,他进一步完善了恒星级计算机的自我修复性能。终于无事可做时,他告别了面目全非的合成身体,以计算化的形式进入休眠,设置了无限的休眠时间,直到计算完成的那一刻。

在陷入沉睡的那个瞬间,他隐约意识到了什么,不是关于结果本身,而是一个推论。他来不及细想,只是望着早已消逝的群星的方向,哽咽得说不出话。那是他在孩童时就想问她、想问古神的许多问题中的一个。像所有智者一样，仅仅为了正确的问题，他要付出的已经太多。

天空啊，你为何如此黑暗？

旅程

雪停的时候，年轻的类人走出了山洞。太阳终于回来了，冰川已经退却，留下一地潮湿的碎石，通往漂着浮冰的青色河流，山岩的根部露出一条淡绿色的苔藓痕迹。峡湾里很平静，水流缓慢冲刷着灰白的漂浮木。更远处的冰上有几个小黑点。他眯起眼睛。晒太阳的海兽。致密的毛皮御寒防水，是最好的织物，绷在船骨上，能让小艇在刺骨的海洋中追着鱼群、海兽和鲸的踪迹前行。

他摸了摸腰间的弓和斧。除了皮、肉、油脂，他还需要一小截兽骨。小女儿已经五岁了，该有她自己的故事小刀了，这样，她就能一边讲述，一边在平整的泥地或沙土上画出图案。小刀不用太锋利，形状也不用太规整，但要打磨光滑，符合她手掌的大小。男孩们不能用，会给打猎带来坏运气，虽然他们也喜欢听她讲故事，和她一起玩游戏。他也听过她的母亲、祖母、曾祖母讲的故事。每一个都不太一样，但又都有点相似。星星和石头。太阳和火。眼睛和手。黑色和白色。他不知道那些故事都是从哪儿来的。讲述和画画、编织一样，是她们的工作。在太阳离开大地的日子里，当所有死去的动物都在黑暗的天空中游荡时，是那些线索曲折、绵延不绝的故事，把他包裹得暖烘烘的，直到他睡着。

他慢慢拉开弓，瞄准。远处的山谷间不断传来冰川崩解的炸裂声。他没回头，所以没看见，在一声炸裂中，有一小团火光从极高空坠向海面，喷溅出更细小的火星，很快就消失了。

附记：文中的歌谣部分改编自爱因斯坦和泰戈尔的书信和诗篇。文中的游戏原型为元胞自动机，是具有模拟复杂系统演化过程的能力的计算模型，已广泛应用于计算机科学、物理学、复杂系统、理论生物学等领域。

2018年10月至12月初稿，发表于
第六届豆瓣阅读征文大赛，获评委选择奖
2021年3月至8月二稿